茂密的扎干林

黄 聪 著

黄河出版传媒集团
宁夏人民出版社

图书在版编目（CIP）数据

茂密的扎干林/黄聪著.—银川：宁夏人民出版社，2016.12（2023.8重印）
ISBN 978-7-227-06519-7

Ⅰ.①茂… Ⅱ.①黄… Ⅲ.①短篇小说—小说集—中国—当代 Ⅳ.①I247.7

中国版本图书馆CIP数据核字（2016）第282172号

茂密的扎干林

黄 聪 著

责任编辑　杨敏媛
封面设计　袁绍华
责任印制　侯　俊

黄河出版传媒集团
宁夏人民出版社 出版发行

出 版 人	薛文斌
地　　址	银川市北京东路139号出版大厦（750001）
网　　址	www.yrpubm.com
网上书店	www.hh-book.com
电子信箱	nxrmcbs@126.com
邮购电话	0951-5052104　5052106
经　　销	全国新华书店
印刷装订	三河市嵩川印刷有限公司
印刷委托书号（宁）0027073	

开　　本	690mm×980mm　1/16
印　　张	16.25
字　　数	260千字
版　　次	2017年1月第1版
印　　次	2023年8月第2次印刷
书　　号	ISBN 978-7-227-06519-7
定　　价	49.00元

版权所有　侵权必究

一缕漠风沁心香
——读黄聪的小说集《茂密的扎干林》

赵海荣

黄聪出生的那个地方叫吉兰泰，吉兰泰因全国第一个机械化采盐场所在地而知名。据我所知吉兰泰这个地方在阿拉善文化圈也很出名，这里曾经出过许多优秀的文学青年，全国知名作家漠月就是出自这一地方。

黄聪是一位勤奋的青年作家，近些年已在国内知名刊物发表了不少小说、散文等。这部集子收入了作者近年所写的几个中篇，都是反映西部大戈壁牧人生活的，充满着戈壁泥土的气息。黄聪在阿拉善以汉语进行文学创作的年轻作家中成绩斐然，内蒙古著名作家白雪林先生对黄聪的创作给予了很高评价。

黄聪小说创作手法不温不火，沉着冷静，娓娓道来，亲切自然。总结起来有两个特点，一是地域特点，二是语言特点。无论地域特点还是语言特点都与作者的生活经历有关。他出身于戈壁牧民家庭，自小跟父辈们在沙漠戈壁摸爬滚打，十分熟悉戈壁的环境与牧人的生活，艰苦的生活为他的创作积累了丰富的素材。因此他的小说充满西部戈壁牧民生活气息，那就是朴实、粗犷，打开他的小说每每感到一股挟着冬青花香的漠风迎面拂来。

《六月天》这篇小说描写了戈壁牧区一段时间的现状，比较细腻地展现了大戈壁各类人物的思想、行为以及正邪力量的碰撞。小说以现实社会生活为缩影，写了戈壁最小基层组织的生存状态，形象地描述了近些年基层组织的现状：这些年我们的经济上去了，但一些基层组织已被坏人所把持，他们只顾个人发财，不顾及百姓的冷暖，这种情况即使在边远的戈壁也不能幸免。

小说的人物中有新老两位嘎查书记，他们做人的境界截然不同。乾德是一位受党培养多年的老党员，对党忠诚，属于踏实肯干的老实人，在辨人识物方面还有些木讷。虽然早已经从书记岗位上退了下来，但他还在为乡亲们操心，无时不牵挂着嘎查的牧业生产。乡亲们也十分敬重老书记，心里话也愿对老书记说。他也充分利用自己曾经担任书记时人际关系的余脉为乡亲们奔波。而现任书记王有根是当下一个比较典型的投机作恶村官，他利用窃取的权力疯狂敛财，财富的积累并没有让他带领大家致富，而是骄横跋扈、欺压群众。

戈壁的六月是草木生长的重要季节，可这一年的此时戈壁"天上没有一丝云彩，太阳不惜余力地把光和热泼洒下来，晒焦了满山的沙霸王"，老书记乾德知道"再不下场雨牲口全得旱死了"，他心急如焚。戈壁牧业日渐凋零，而书记王有根个人在山里采矿的炮声却十分热闹。嘎查书记王有根和许多腐败分子一样，都会在政界寻找保护，因而有恃无恐。这位村霸书记的一系列行为折射出这些年农牧区基层组织工作的缺失，而且这种情况已经蔓延到了边疆牧区。小说以一个侧面描述了戈壁乡一级的组织苏木的弱化萧条，苏木作为戈壁乡镇一级政府所在地"曾经是很热闹的地方，有苏木政府、学校、医院、粮站、邮电局、供销社等机关单位"，现在是"前所未有的冷清"，同国内不少乡镇一样，"现在留在这里的多是他（乾德）这样的老人，有的是恋旧不愿不想搬去人多的地方"。

金钱至上的驱动使基层的一些领头人早忘记了共产党人的宗旨，不是带领牧民向幸福出发，而是个人走向了人民群众的对立面。小说描写了基层官场，同时揭示了社会发展中的一些矛盾。《六月天》以独特新颖的视角展示了边远牧区社会发展的一个层面，揭露了由社会不正风气导致的社会不公。小说向我们提出一个不可忽视的问题，即基层组织重新建设已刻不容缓。黄聪的写作主题往往大胆触及社会现实，不回避社会关系中的尖锐矛盾。没有忘记作家的社会责任，这一点是难能可贵的，显然和现在某些作家的商业写作不同，不以俗套、造梦来一味迎合读者。

这篇小说的故事显然较老，没有悬念丛生的惊险场面描述，亦无曲折复杂的情节，然而正义与邪恶在争斗、金钱与伦理道德的矛盾十分突出，特别是这样的故事发生在边远的戈壁，因此这篇小说更能引起人们的注意。

另外，以"六月天"命名小说，自有其深义。有过戈壁生活经历的人大都知道，正常的年景，农历六月正值暑期，气温高，光照足，雨水大，"五月无干土，六月火烧埔"，年终收成如何，此时基本定型。这个关键的季节，草原上却"赤日炎炎似火烧"，这对以草场看年成的牧区是要命的，我想作者的"六月天"不仅仅是指自然的年成，还寓意着人祸吧。

《茂密的扎干林》是一篇讲述牧民在戈壁艰苦创业的小说，我个人以为也是一篇生态小说。小说描绘了牧人之子红旗的生活轨迹，形象地记录了当代草原牧民的生活以及大自然对人类的馈赠，从而揭示了人与自然共同生存、共同繁荣的主题。昔日蒙古族牧民十分注重保护生态，他们把草场当作一个有生命的物质崇拜。人们认为在戈壁滩谁破坏了草原的生态环境，那就会遭到大自然的惩罚。这篇小说没有直接写保护生态这一主题，但还是间接地反映了生态环境与戈壁牧民的相依关系。戈壁青年牧民红旗正是倚仗沙漠植物扎干发家致富的。小说将戈壁牧民生活的拼搏与磨难、向往与追求描绘得十分生动，有些细节描写印象深刻，如村级选举的情景等。

在这篇小说中作者将凝聚着激情的笔触伸入戈壁牧区错综复杂的关系之中，展现了进步与落后、文明与野蛮相互杂糅的诸多侧面，塑造了红旗这个具有独特个性与气质的当代牧民的形象，描绘了戈壁特有的风俗人情。从这篇小说中可以看出作者严肃地思考人生，分明地揭示生活矛盾，传达时代发展的一些步履，让读者引起强烈共鸣。

黄聪的作品结构都较为单纯，不事雕琢，但却有着浓郁的生活气息和真挚感情的坦露。杜勃罗留波夫说过：作家在生活中捕捉的，往往是那些"跟他的心灵十分接近而亲切的东西"。作者以他熟悉的生活为背景，以独到的抒发感慨的笔调来营造他的小说氛围，以犀利和严峻的构思大胆而深沉地抨击了当今社会的弊病，在严峻的社会问题面前，从现实生活的纵深中表现了真善美,揭示了生活的本质。

草原上的生产活动锻炼了牧民的生存能力,也使他们真正认识到了生态环境对人类生存的意义:大自然不变的生存法则,只有保持物种的均衡,才能保证社会的和谐发展。这一点小说人物红旗的奋斗经历作了证明。

作者以他独特的思维和视角,展现了青年牧民红旗在时代变革中的经历。红旗前后两次立志要以扎干的寄生物苁蓉发家致富,却在南方受骗上当,债台高筑。不屈的红旗咬定扎干不放松,终于成功。从红旗的经历中,小说给了我们许多启示,好的生态环境给我们带来可持续发展的可能,让我们从中悟出一些生活的哲理,我以为《茂密的扎干林》也是一篇难得的励志力作。小说讲述的是红旗不屈不挠与命运抗争的故事,另一方面可以说也是上苍馈赠给大戈壁人的扎干助他成功的。所以我说这篇小说也算是一篇极佳的生态小说。

随着人类对自然环境的开发利用速度加快,人类的生存空间越来越小了,自然环境对人类来说不仅是欣赏和审美的对象,更是不可脱离的生存根基,人与自然和谐相处的生态社会的理想始终贯穿在黄聪的这篇小说中。

扎干就是梭梭,曾经梭梭在阿拉善遍布大漠戈壁,它的寄生物肉苁蓉也没有像今天这么知名。曾几何时扎干林成片被毁,这些年人们才重新认识到它的价值,但又一味地开发,一味地扩张,使戈壁脆弱的生态受到极大影响。小说通过新的角度反映在优越的生态环境下新型牧民红旗的人生追求、道德观念的变化与冲突,揭示出复杂多变的时代背景,这篇小说是一部颇具特色的现实主义作品。小说形象地讲述了红旗在扎干林里的奋斗史,小说人物中金花的性格十分成功,给人留下很难忘的印象。

黄聪小说第二个特点是语言。读黄聪的小说能感受到作者文中运用了大量阿拉善方言。阿拉善其实是一个移民地区,由于历代亲王大都是大清驸马,亲王作为大清"人质"自小都在北京生活,这种特殊关系,让京式普通话成为阿拉善的官方语言,但在阿拉善民间交往中(指汉族人)多是以甘肃民勤人和宁夏人为主的百姓,于是一种界于宁夏话和甘肃话之间的、两边移民和阿拉善土著人皆能听懂交流的语言诞生了,这就是阿拉善方言。

我们看到作者的文笔常巧妙地将阿拉善方言运用其中，如"你们天天务艺这个""你看现在放牲口的根骨都没有了""我就是恰了没文化的亏了"等。在阿拉善方言中，"务艺"意为练习，"根骨"意为无力气，"恰"意为吃亏。这样的方言词句文中还有很多。方言的运用使黄聪的小说具有了质朴的乡土气息，也使表现民俗的叙述更加真实。民俗是生活文化的基本构成，民俗生活是生活文化的基本表现，包括人生的基本内容，方言则是其积淀。一定程度上小说的语言就是小说的内容。著名作家莫言的《丰乳肥臀》等小说语言中就渗透了浓厚的山东地方方言情调和底蕴，这种语言的独特性更多的源于他的山东高密东北乡方言的哺育，显然一个作家在使用自己的方言母语上是拥有更大自由空间的。方言让黄聪的小说有了一种特殊的语感，这种语感应当属于语言中那种较深层次的东西，形成了黄聪创作的底色。

黄聪的小说有特色、有意味，生活经历使他能站在人性的高度，对作品中的人物给予深切的人文关怀和鼓励。把小说写得充满生活气息，人物形象栩栩如生。

现代小说不再注重故事了，但我认为一篇好的小说，还是要有一个吸引读者的故事，依靠故事的发展推进情节的发展，在情节发展中展示人物性格、塑造人物形象，沟通与读者引向深层审美的目的。黄聪是一位会讲故事的作者，而这些故事是来源于他的生活，因此他讲的故事经得起推敲。现实中有些小说家将新闻事件发挥一下当小说，貌似贴近生活，仿佛十分精彩，但缺少文学意味，实质没有灵魂性提升。就像现代一些画家靠照片创作画一样，作品无立意，当然就无意味。小说要传达的是意味，故事也是载体。

黄聪的小说没有宏大叙事，不以历史事件和社会实践为主要叙述对象，也不以相关的历史意识和社会意识为叙述目的，而是转向个人化的叙事立场。特别是作品中的人物也由典型的政治化的人物转变为日常生活中的普通人物。读者从黄聪的小说中能够感受到的，是时代和即使地处边远的西部也随着社会的变迁而在诸多方面发生的变化。

黄聪毕竟还很年轻，生活和写作经历有限。从他的小说中不难看出某些不足。如小说缺少对沙漠戈壁诗意的描绘，小说中的情节安排不够集中，悬念设置未能扣动人心等。个别小说就整体而言，无论在作品结构上、文字上或是细节的描写上，都能从中窥见这样那样的不成熟痕迹。

如今的文坛是很活跃的，各种各样的脚印叠加交错，让每一位作家都有自己认定的路，每一条路上都会有成功和失败。随着社会的变革和发展，戈壁牧区深处的社会关系也必然产生急剧变化，这些变化必然会让我们生活在特定地区的人涌现前所未有的心理阵痛、苏醒或诗情，相信黄聪的文学创作一定能更上一层楼，不断拓展自己的天地。

（作者为内蒙古作家协会会员、评论家协会会员，内蒙古工艺美术大师）

目 录

◎ 茂密的扎干林 001

◎ 架子梁佚事 073

◎ 六月天 118

◎ 那些年 那些事 171

茂密的扎干林

一

我起来的时候天还没有亮，春天里很少有这样不刮风的天气，满天的星星一闪一闪地看着我，有些冷。再过几天就是清明节，我打算去趟牧区，每年这个时候我都要去看沙漠里的畜群。我发动了吉普车，点了支烟，这已经成了习惯，每次启动车我都会吸一支，每次都是我吸完了烟金花才磨磨蹭蹭地出来锁门。可是今天，金花没有出来。已经整整三年了，我再没有看见过我的金花。

金花已经到另一个世界去了。

我把车开出了院子，再下来锁了门，从前我总是嫌金花没有个利索劲，锁个门还要那么大工夫，现在我才发现自己懒得连锁门这么简单的事都不想做。可这是我的家，只要出一次门就得十天半个月，孩子送去住校了，没有人替我看家，没有人给我拾掇屋子。金花不在了，我又过回了光棍的生活，再没有别的靠头，所有的事只能自己做。

天还没亮，街上静悄悄的，没有路灯，没有行人，小镇还在睡梦里。我不喜欢这样的安静，我厌烦甚至害怕没有金花陪伴的日子，我按响了喇叭，人的世界里不该这么清静。我好像听到了一两声狗叫。

三年前的今天，也是这样的清晨，也是这样静悄悄的街道，那天起来刮着风，可我的心是热的，我和金花去沙漠里的家。我记得那天和金花说过的每一句话，我记得金花的唠叨，我记得金花的每一个动作，我什么都记得。

那天早晨我发动了车，踩着油门预热。一支烟抽完了，金花还没出门。我朝金花嚷，磨磨蹭蹭做啥呢还不出来，天都快亮了。我看下有没有落下东西，金花说。早是干啥的，现在走才想起来拾翻？我说。金花抢白说，你说的好听，那你咋不收拾，现在把东西找便宜了，省得你来回开车跑，啥事都是我操心，到时候车来回跑空趟，烧的油好不是钱啊？我整天嘎查上的事情还忙不完呢，谁管球这些事，要你是干啥的？我说。行了行了，就你事情多，再人都是闲人，金花没好气地说，你往出开车吧，我锁大门。

和金花拌嘴是常有的事，可这并不影响我们的感情，我脾气不好，金花也不全顺着我，事实上有些事情金花想得比我周全，毕竟女人的心细。每回拌了嘴，我一肚子气还没消化，金花已经啥事没有似的贴过来，说笑家长里短的琐事。看我依旧拉着脸，黏过来似笑非笑地说，看你那个球德性，锅和碗还经常碰架呢，还不往一个柜里放啦？她说这话的神情很让人生怜，也就没有再生气下去的理由。

平时这时间总有几个老头老太太在马路边锻炼身体，但是那天早上刮风，街上一个人都没有。头天我看了天气预报，这两天会有沙尘暴，金花还劝我迟几天再去畜群，我没有听，放牲口的还怕刮风啊，我们现在是在镇上，住在沙窝里的人刮风天气还不活了？可是现在我后悔说过那样的话，我后悔没有听金花的话。如果当初我不要那么倔强，我的金花就不会那么突然地走了。

镇子很小，眨眼的工夫就穿过了，然后，就是黑黢黢不辨形状不知深浅的沙漠。我是一个实实在在的沙漠牧民，生在沙漠长在沙漠，虽然有几年曾经离开沙漠去外头闯荡过，那些日子里做梦想着的是沙漠，碰壁受伤寻地儿疗伤也要回到沙漠，我知道我的命运从我出生的那一刻起就和沙漠联系在一起来了。沙漠是牧人放逐人生的天堂，也是牧人拥有的最大的一笔财富，牧区人的吃喝穿戴用都取自沙漠。很简单的道理，沙漠滋养了牧家的牲畜，牲畜又供养着放牧的人，牧人们又勤恳地护佑着牲畜，精心呵护着沙漠的草场。如此反复，一代又一代牧家儿女的根就牢牢地扎在了沙漠里，以至于不适应沙漠外头的生活。但是，我是沙漠里的叛逆者，传统的畜牧生产渐渐地疏远着我的生活，春天于我是另外一个收获季节。沙漠里到底蕴藏着多少宝藏，我不知道，我只倾心于沙漠里独有的一种宝贝——苁蓉。这种被誉为沙漠人参的药材是我发家的根本。可以这样说，是苁蓉救了我的命，在我最为落魄的时候，苁蓉是我抓住的唯一的救命稻草。

开车一路向西，我和金花说着闲话。

清明的缝缝谷雨的头，这个节气找顶缝的苁蓉就得在早上，早上看得清楚，一过十点太阳亮光就不好找了。

好似谁不会挖个苁蓉，哪年还不都是我比你挖得多。金花撇撇嘴说，这几天风大，怕是把苁蓉缝缝也扯平了。

今天扯平了明天又会顶出来，总有风刮不着的地方，昨晚上我做了好梦，今天早上说不定能碰着大坑。

我估摸着去年挖过的那两个大坑苁蓉也顶缝子了吧。金花说。

傻了吧你，去年那种大坑好几年才能长成，过几年再说吧。

那两坑苁蓉太喜人了，整爽爽的，那个独苗差不多两米长，光坑我就挖了整整一天，差点没把我累死。

那种苁蓉就是挖上三天也值，就那一苗就卖了三千多块钱，抢银行也没有这个来钱快。

去年下雨多，今年苁蓉不知道啥样子？我看这几天就有人骑摩托车驮了苁蓉在街上卖，你说，他们该不会去我们扎干林里挖苁蓉吧？

怕的就是这个，要不我说早些进沙窝，今年你就攒劲地挖吧，两万多亩的草场，光圈起来的扎干林就一万多亩，两年前种下的苁蓉这回就能挖了。

苁蓉这几年年年种呢，种上也没有管过，谁知道种成功没？

咋不成功，这个东西命贱，只要你种在地方上，肯定能活。

……

苁蓉是我们永远说不完的话题。

二

我的家本来是在镇子西边的大沙漠里，爹妈放养着一群骆驼和几百只羊。说不上什么原因，大集体的时候我们家的牲口在嘎查一百来户牧民中是最多的，我们家的骆驼也是最好的，直棱棱的驼峰光亮亮的毛色，每次去旗上参加那达慕大会都会得奖，还给部队出过不少军驼。可是自从包产到户，我们家的情况就大不如前了。我爹本来是沙漠里公认放骆驼的好手，苦心下了不少，自家的牲口就是不起群，爹妈生我们兄弟姊妹又多，花钱也没有个节制，没几年家底就吃得差不多了，到后来每年申请补助，基本靠吃国家的救济生活。我是家里最小的孩子，到我上中学的时候家里的牲口就没剩多少了，勉强初中毕业我就当兵去了边防，那一年我只有十七岁。我生性活泼，也因为我的年纪最小，战友们对我都很关爱，我喜欢听战友们讲他们各自家乡的事，从战友们的故事里我认识了沙漠之外的另一个世界。所以，我复员后没在家待几天就揣着淘金的梦想南下寻访战友去闯天下了。

我回来又是三年以后的事情了，没有带来家人渴望的大把钞票，也没有开回让乡邻们羡慕的小轿车，一个人满身风尘地回来了。我回来的时候爹妈都已经去世了，我没能见上他们最后一眼。爹妈走的时候都过八十岁了，他们什么都没有给我留下。可能是我天生就叛逆吧，回家没见到爹妈我并没有太多的伤心，现在想想很对不起他们，虽然老人没有给我留下一个幸福的家庭和丁点的财产，但是他们给了我生命，人的感情没有一件能高过对生命的创造和拥有。有时候人的思想在亲历了生命消亡的过程后才会明白一些事。我见过死亡，我亲爱的金花就是在我的沙漠里走的，我悲痛欲绝。哭金花的时候我想到了我的爹妈，那时候我确定我的爹妈是爱我的，他们临终前肯定在盼着我回来，他们肯定有话要对我说，可我没有回来，是我没有尽到为人子的孝心，那天我哭得很伤心。有时候我挺羡慕汉人的，汉人死了土葬，留个坟堆，人们思念的时候可以到坟上去烧个纸说说话，甚至放声大哭，只要后人在坟堆就在。我见过他们上坟，他们一点都不吝啬自己的眼泪，尤其是女人，扯天抢地放开声了地哀号，看着都让人心酸。我羡慕他们，他们有个寄托哀思的地方。我是蒙古族，我的爹妈我的金花都是蒙古族，他们没有坟墓，他们就在自家草场的沙梁上火化了，什么都没有留下，连同他们的尸骨灵魂都叫旋风卷走了，我看不到他们，我能找到他们升天的地方，可我找不到他们的一点痕迹，他们的印象只存在我的脑子里。

我回来的时候哥哥姐姐们早已成家，爹妈畜群的老房子三哥一家子住着，他们似乎早就忘记了我这个兄弟，态度极为冷淡。六年来我只回过一次家，我对八九个哥哥姐姐的相貌都模糊了，甚至弄不清楚兄弟姐妹们的次序，在他们身上我没有感受到什么亲情，所以我对他们的态度也就不是特别热情。三哥永红两口子对我住在家里很不满意，却又拿我没有办法，这个房子是我爹妈的，我和我的兄弟姐妹就是在这里出生的，我还能到哪里去，除了这两间房子，再没有我容身的地方。南方那么大，可南方不是我这样的人待的地方，那地方虽然钱多，也不是我的，我看到的只有暴力、屈辱和欺骗，所以回来了，一个人空着手回来了。我回来就赖在他们家里不走，该吃吃，该喝喝，该睡睡，就当他们养活一个废人。其实，我也觉得自己是个废人。我的性情变了，性格孤僻了，不似在部队那么活泼，也不像复员回家那几天整日说不完的话，讲不完部队战友间的趣事，描述不尽外面美好的世界。三哥怀疑我在南方脑子受了什么刺激，从而变得痴呆了。他猜对了，他没叫人骗过卖过害过，所以就不能体会我遍体鳞伤的痛苦。回来后再不想走出沙漠，最多是去屋前的沙梁上坐着发呆。

　　其实我眼里什么都没有看到，沙漠永远都是那个样子，睁开眼睛是那个样子，闭上眼睛还是那个样子，实在是没有什么看头。但我喜欢爬上沙梁发呆，我实在没有别的方式排遣心底的寂寞。

　　手足兄弟，也就是每天管两顿饭的事，三哥也没说什么。只是，三嫂巴蒂玛却不太情愿，找茬儿打口水仗，对我更是冷嘲热讽，挖苦我是个吃闲饭的。她说得没错，我就是个吃闲饭的，她是我的嫂子，我不想计较，吃人家的嘴软，我总是冷着脸听她唠叨一言不发。但是，我是个有脾气的人，我还是个男人，有脾气的男人总有被惹火的时候。一次巴蒂玛控制不住自己的长舌头在饭桌上指指点点地骂，女人家骂人的话也属实太难听，总把裤裆里的货挂在嘴上，我听得很不耐烦，脸上挂不住了，一言不喘地隔着炕桌牵住她的衣领一把给她豁在地上，差点把他两口子给吓死。他们没想到我干巴巴的身子骨会有这么大的力道，他们也确实没想到我会真的动手，眼睛瞪得比驴卵子还大，张大的嘴巴里能塞个驴蹄子，再不敢明里戳嫌，暗里却叫了其他几个哥哥和姐姐过来商量。哥哥姐姐能有什么办法，谁都不愿意请我这个懒汉爷去家里吃闲饭，商量了一天也没个结果。我一直躺在炕旮旯里睡觉，压根不当回事。听到他们为我的事互相推诿扯皮差

// 005

点打起来我躺不住了，坐了起来，说我哪里都不去，就住在这里，这是爹妈的房子，我为啥不能住，爹妈虽然穷，可也都给你们成了家，多少还给你们分了些骆驼羊，我呢？我啥都没有。爹妈是死了，可我的户口还在这里，我也是爹妈的儿子，爹妈的草场也该有我的一份，我啥都没剩下，爹妈的房子给我该行了吧。要走永红走，我是不走。

哥哥姐姐们面面相觑，谁也没法反驳。三哥永红自结婚就住在这里，自然也没地方去，又能到哪里去。那时候在沙漠里盖套房子不是件容易的事，何况永红巴蒂玛也不是那种特别持家的人，没有多少积蓄。最终商量的结果，我只能住在永红这里，他们两口子不情愿也不行，除非他们搬出去。只是我也不能白吃白住，得帮他们做些力所能及的事。我答应了。

三

我在永红家吃了睡睡了吃地休息了足足两个月，精神气缓得差不多了，每天有两个侄儿侄女陪着，话也就慢慢多了起来。还是小孩子们聪明，他们总有法子惹我注意，贼胆大的不管我是睡是醒就敢骑在我身上撒野，不等我发脾气，睁开眼睛就看到两双清澈的眼睛和红扑扑笑嘻嘻的脸蛋儿。我是从骨子里喜欢他们这样胡闹，闹腾得越厉害越好，我实在是太寂寞了，寂寞得想和驴说话。我给孩子们讲我在部队的生活和听来的笑话，逗得他们哈哈大笑，我也跟着呵呵地笑。不过，我从来不说在南方的经历，我没有跟任何人说起过那段经历，包括我的金花，那是我内心最隐秘的永远都不能示人的伤疤。

永红家的牲口不多，羊和骆驼加起来不过百十来只，所以也就没有多少活可干，几乎用不着我干什么。我生性并不坏，也不是那种天生吃闲饭的人，畜群上的活计我也还没忘记，每天中午就守在水井上饮牲口，永红过来换我都不肯停手，我不想让人家说我是吃闲饭的。百十来只牲口，两三个钟头也就饮完了，之后，就没我什么事了。

日子就这么平平淡淡地过着，我再也没有和哥嫂闹过什么别扭，弟兄间的话头儿也就多了，哥嫂也不再把我当做外人。心情好的时候，偶尔我也去镇上待几天，给战友们发几封信，大街上听人家倒倒闲话。在部队养成了关注时政的习惯，每次去镇上都要去邮电所旁边的小书店里买几本《半月谈》和《辽宁青年》什么的，看看有什么新闻，解解闷。回来时肯定带两瓶烧酒，和哥嫂对饮说说听来的闲话。酒是家乡自产的六十五度高粱酒，骆驼商标，我们都管它叫骆驼酒，滋味火辣烧心，能叫见面拔刀子的冤家抱着头喊兄弟。这样的日子过得也还有些味道。本来嘛，放牧是最轻松的一种职业，发不了什么财，却也饿不着肚子，多少代牧人就是在这种恬静的原始的知足中过来的。可我不是那种安分的人，我看到了一条发财的路子。沙漠里扎干多，有些地方的扎干还很茂盛，都不像个沙漠的样子了，白森森的倒像冬天里的原始森林。扎干柴的根须上寄生的肉苁蓉被人们称作"沙漠人参"，是一味名贵中药材，挖苁蓉卖钱历来都是沙漠牧人的一项副业。还在大集体的时候，沙漠里寻摸一个月挖苁蓉挣的钱比一家人一年的工分还要多。我和几个战友一直保持通信，我在信上给战友讲了沙漠肉苁蓉的药理和功效，让他们帮忙寻找苁蓉的销路。一个仍旧在广州闯荡的战友说和一家制药厂联系过，人家答应试着收购一批，价格还挺公道。看了战友的回信，我如获至宝，兴奋得要跳起来，终于找到一条致富之路了。只是高兴了没几天我就开始犯愁了，从哪去找收购苁蓉的钱呢？我又去了一次镇上，信用社没有抵押和担保就不给贷款，就算有人担保，也只有在每年的十月份才给评议牧业贷款，每户最多也就几千块钱，是帮助牧户储备冬草的专款。镇子上人是不少，认得的没有几个，都是些和我一样没钱的穷汉。这么晃荡了几天，我又悄没声气地回到沙漠。

　　在南方混了几年，知道没钱什么都干不了，我一门心思地想着找钱的法子，一个个念头和想法都叫我一一掐灭了，毕竟在部队受了三年的教育，还光荣地入了党，违法犯纪祸害人的事绝对不能干，这点觉悟还是有的。思前想后，财富只能用自己的双手来创造，一点一点地积累。可是沙漠里还能有什么来钱的路子呢？牲口我没有一个，工具我没有一件，如今还过着寄人篱下的日子，爹妈名下的草场倒是有我一份，就算把它卖了就算有人买，那块草场也值不了几个钱，除了自己的身体，我一无所有。思来想去，最终还是把目标定在了沙漠，每年春天去挖苁蓉总可以吧。每年只挖不卖，这样积攒几年也就够跑一趟南方了，战友给联系的制药厂的收购价是镇上收购站的两倍多，这样三年后不就成了万元户了。理顺了自己的心思明确了方向，心里就有了期盼，好像看到漫天飞舞着的花花绿绿的票子飞进了我的口袋。我把自己的想法和永红说了，虽然有些怀疑，他还是答应听我的。

我的性格比较倔强，认准了方向就不回头。之后几年的清明谷雨两个节气，不论刮风下雨，我都骑着永红的骆驼去沙漠里扎干茂盛的地方找苁蓉，那时候草场界限划分的还不十分清楚，沙漠里的一切都是大家共享的，想去哪块扎干林里挖苁蓉都可以，没有人干涉。我付出的辛苦多，得到的回报也就大，一连挖了三个春天，积攒的干苁蓉已经有两千斤了。我算了算，就按沙漠里的收购价算，我已经是个万元户了。但我并不知足，我在南方待过三年，知道南方人最讲究药物滋补，他们需要苁蓉这样的滋补中药，我要让自己的劳动成果获得最大的利润。

我给战友写了封信，却迟迟等不到他的回信，整天烦躁着，莫名地兴奋着，每天除了摆弄那些苁蓉还是摆弄苁蓉，那是我最心爱的东西，那是我全部的财富。我经常拿起苁蓉凑到鼻子前嗅，每一根都散发着诱人的清香。整整三个春天，我没舍得卖掉一根苁蓉，想方设法地务艺那些存货，既不能太湿了，水分大了容易发霉，也不能太干了，得保持一定的湿度，否则就少了柔润，减了药效，而且少了分量，出售时吃亏。三年来我琢磨出了一套保持苁蓉柔润的办法。

四

等不来战友回信，抑制不住内心的兴奋，发财的欲望日渐膨胀，终使我做出了一个错误的决定：我要带着我的宝贝去广东销售。我雇了一辆解放卡车，装上我自己的和永红的两千来斤苁蓉，又说动了周围的几户邻居，答应回来给他们比市场上更高的价钱，赊来了他们当年的苁蓉，这样就凑够了四吨，正好一卡车。我兜里揣着战友三年前的一封信，带着兄弟和邻居们的期望南下了。一路省吃俭用地到了广东，费尽周折地找到了战友工作的地方，谁知却扑了个空，人家一年前就辞职了，谁也不知道他去了哪里。那时候电话还不普及，我来到这个陌生的地方前没有时间写信向其他战友打听他的下落，不禁傻眼了。

磕磕绊绊地打问，始终没有找到战友提过的那家制药厂，我恨不得把那封信里的字一个个地抠出来。犹如兜头泼了盆凉水，给我来了个透心凉。眼看出来时从家里带来的那点盘缠就要用完了，卡车司机老王催着卸货拿钱回去。拿什么付给人家啊？我急得嘴上起了水泡。实在没有办法，只得和老王实话实说，苁蓉卖不出去，老王就拿不到运费。

毕竟是一起出来的乡亲，老王知道逼我也没用，给我出了个主意，挨个找制药厂和医药公司推销。于是，我们几个人开着卡车到处打问，差不多转过了半个广东，走了几十家制药厂和医药公司，没人对我们的东西感兴趣，绝大多数人没有见过苁蓉这种药材，他们生产的是西药片片，苁蓉对他们没有一点用处。这么绕了几天，老王带的钱也都用完了，汽车加油都成了问题。三个人互相对望着说不出一句话，顶多再挨一天，我们连方便面都吃不上了。

我后悔了，我知道要为自己的莽撞付出代价了。只有一天的时间，我必须找到一位买主，否则就只能吃自己的苁蓉充饥了。我把两个司机安顿在小旅店里等消息，在从部队上带回来的帆布挂包里装了几根苁蓉便独自出去找销路，说好不管有没有买主第二天下午一定回来。

我一个人奔走在广州的大街上，饿得头昏眼花，一家药店一家药店地推销自己的苁蓉，但是没有人收购我的东西。我感觉天塌了下来，压得我喘不过气来，三年的心血就这么白白地扔在这里了，还有三哥和邻居们的血汗，还有司机的运费，好几万块钱哪，这辈子都还不清了。鬼迷了心了，就自己那两千来斤干苁蓉，放在沙漠里也差不多能卖个两万块钱，咋就这么贪心啊，害得让哥嫂和邻居们遭受这么大的损失。唉！

广州的夜晚也不消停，大街上半夜里还是车水马龙。闪烁的霓虹灯让我更加茫然，我恍恍惚惚地朝马路上走去，意识早已飞出了我的躯体，行动不受大脑的支配，来往的车辆一个个从身边擦过，我却没有躲避的意识，几次差点被撞。

一天很快就过去了，我在广州街头露宿了一夜。这样的露宿对我不算什么，三年前没少吃这样的苦。饿也不怕，包里的苁蓉可以充饥，苁蓉生精固本，还能提气养神，有了这东西还不至于饿死。我在一家银行的门柱底下坐下来，那里早就躺着十来个人，我知道，这些都是和我一样揣着发财梦来特区淘金的落魄者，三年前广州有许多这样的人，三年后的广州还有许多这样的人，三年前我曾是这些人里的一个，三年后我还是这些人里的一个。天高地阔，却没有我们容身的地方。

天亮了，露宿的人陆续起身一个个地消失在人流中。肚子饿了，我听到了自己肚子的叫声。头有点晕，我清楚这是因为吃了一天的苁蓉，补过了，上火。可是肚子依然饿，只好从挂包里掏出苁蓉再咬一口，漫无目的地往前走。

在马路对面一家店铺的窗户玻璃上，我看到了"中药"两个字，眼睛突然一亮，我感觉到自己的心跳加快了，似乎发现一根救命稻草，我急切地朝那边奔过去，差点被汽车撞倒。

不太大的一家药铺，中药西药都有，我走到最里边的那一溜中药柜前，努力辨认药柜小格子上的药名。那上面的字儿小，距离太远，我看得很费劲，看花了眼睛也没看到我渴望的那两个字。

我的举止引起了服务员的注意，过来问我需要什么。我掏出挂包里的苁蓉给她看，告诉她我是来推销苁蓉的。服务员显然不知道我拿来的是什么东西，接过苁蓉看了看，笑着摇摇头，把苁蓉还给我。我急了，结结巴巴一个劲地向她介绍苁蓉的药性和好处。

服务员终于听明白我说的苁蓉是什么东西了，拉开药柜底下的一格，抓出一把药材问是这个吗，我不由两眼放光，双手捧起那些碎片一个劲地点头。我很少流泪的，第一次到南方受了很多委屈，可我没有流过一滴泪，但是那天我激动得哭了。我看得明白，她捧着的就是苁蓉，被切成了很薄的薄片。

服务员打了个电话，然后让我坐在那里等，说他们经理一会儿就来。

经理是个稍胖的中年人，看了我的样品直接问东西在哪里。我领他去了郊区的那个小旅店，让他看了一卡车的药材。

我们在他的车里谈了半个多小时，一个多星期的劳碌奔波，我没有别的选择，我只能接受他开出的价格和条件，每公斤二十元，先付给五千块钱现金，剩下的他打个欠条，五天内给我付清。卸了货我付给了老王三千块钱的运费，另外多给了五百块钱算是这些天的误工费，打发他们开车先回，等我拿到钱就坐火车回去。五天的时间，我彻底地放松了自己，退掉了郊区的小旅店，住进离那家药店不远的宾馆里。我算了笔账，人家虽然把苁蓉价格压得很低，可还是比沙漠里高四块钱，四吨苁蓉就有一万六千块钱的差价，开支就按六千块钱算还有一万块钱的赚头。这样，我就有三万块钱的收入了，呵呵，三万块，沙漠里谁有这么多钱，我乐得合不拢嘴。想想这几天自己像个讨吃儿饿着肚子哈巴哈巴地挨门求告人家买我的药材，连死的心都有了，现在我已经是个万元户了，哈哈，世道上的事谁也料不透。

第五天早晨我乐呵呵地去药店拿钱，药店里的那个服务员我没有见过，问她经理在哪里，说一星期前就出差了，问上次见过的那个服务员，她说店里就她一个服务员，再没别人。我慌了，急忙拿出经理打的欠条给她看，她说不认识签名的这个人，她们经理不叫这名，公司压根就没有这么个人。这才意识到自己是被骗了，顿时全身冰凉，扑通跌坐在地上。

我去公安局报了案，警察让我等调查结果。我从宾馆又搬回了郊区的那个小旅店，每天去公安局催问消息，一直等了半个多月，公安局给了我明确的答复，确认这是一起诈骗案，但是找不到我说的那个经理和服务员，那些天药店确实有人辞工了，广州外来人口多，今天找了工作明天又辞职的事儿太多了，药店没有关于那个服务员的任何信息，我见过的那个胖子不是药店的经理，是有人冒充的，欠条上的签名也是假的，压根就没那么个人，让我留下地址回家等候消息。最后的一点希望也破灭了。

五

我在广州待了两个月，每天守候在那个药店门口朝里窥视，那个服务员和胖子经理再也没有出现。公安局我也经常去，案子没有一点进展，经常见到的那个警察私下里对我说这个案子肯定破不了，我没有任何证据能证明药店曾经收购了我的药材，这种外地人被骗的事每天都有，很少有能找到当事人的。眼看手里的那点钱就快花完了，我只好坐火车灰溜溜地回来。

我想着回来后给永红和邻居们解释清楚，自己再辛苦三年就可以给人家把账还上。然而我没有想到，家乡人都在传说我的故事，都说我去广州贩卖苁蓉挣发了，卷走了弟兄们的钱远走高飞过逍遥日子去了。那几家邻居隔三差五地跑去永红家要账，扬言要把他的牲口分了抵债。

我回到家的时候正巧碰上曹勒蒙和别力图在永红家，他们都是我的邻居，我去广州也拿了他们的苁蓉。他们是来和永红追债的，和巴蒂玛吵得不可开交。我形容槁瘦胡子拉楂地突然进来，倒让屋里的人大吃一惊，立马安静下来，眼光齐刷刷地盯着我。永红激动地朝我扑过来，抱着我的肩膀哽咽了，红旗，我的好兄弟，你可回来了！

我一句话不说，也不敢多看哥嫂和两个邻居，不知道该怎么开口。他们看到了救星似的赶忙把我往炕里头让，巴蒂玛也赶紧把茶碗给端过来。我完全虚脱了，喝了一碗热茶，靠墙坐着闭了眼养神。

几个人屏声息气地注视着我，等着我说话。我累了，什么话都不想说，我想休息一下，好好地睡一觉再说那档子事。我听到曹勒蒙和别力图小声地撺掇永红说话。

永红过来在我身边坐下，小心翼翼地问，红旗，钱要回来啦？我闭着眼睛没有吱声。

红旗，红旗，你这是咋了？钱要回来啦？永红使劲摇我的肩膀。

我睁开眼睛，无神地看看身边的邻居和我的亲哥，困倦地说，三哥，我叫广东人骗了，钱，没要上。

啥？受骗了？钱没要上？！

我的话不啻扔下了一个炸弹，炸碎了人们的期望。

红旗，你啥意思啊？曹勒蒙嚷道。

红旗，你不要昧良心，谁家都指着那些苁蓉过日子呢，这两天要账的快把我们的房子都拆掉了。巴蒂玛也说。

红旗，王师傅回来可是给我们说了，你卖苁蓉得了八万多块钱，你还多给了王师傅几百块钱的运费。别力图说。

我强打精神坐直身体。王师傅说得对，苁蓉是卖掉了，总共是八万六千多块钱，可人家就给了我五千块钱的现金，其余的打了条子说五天内给我，我让王师傅先回来，一个人留下等着拿钱，谁知道那家伙是个骗子，我再就没有见着他们的面。我状也告了，公安局也查了，我在他们门上守了一个多月，就是找不着那个人。我上当了，是真的。

红旗，你哄谁呢，你当我们三岁的娃娃啊，哪有你这号做事情的？

你想独吞啊，红旗我可给你说啊，我一家老小六口人就指着苁蓉钱生活呢，你忍心看着我一家饿死啊？

尿，你拿上钱在外头红火了，叫我们的日子咋过，你说，你把钱藏啥地方了？

对，你说你把钱藏啥地方了，你说！

红旗，不能开这号玩笑，我们少挣点也行，人家的钱你可一分都不能少，给给人家吧，这些天就巴望你回来呢。永红劝说。

三哥，我真的叫人骗了，你看看我现在的样子，像个有钱人不？

红旗你三年兵白当了，日哄谁你也不能日哄你哥吧，你看你有个啥，要不是永红你连个住的地方都没有。当兵的就这么个球德行？哥嫂子的钱你都敢赖？红旗，今天说个啥你都得把卖苁蓉的钱给我，两个娃娃上学还要钱呢。巴蒂玛说。

我望着亲人和邻居们期盼的神情，没有说话，我还能怎样解释呢，我的心被那一双双带血的眼睛一刀刀地戳扎着，我哆嗦着从炕桌上的烟盒里倒出根烟点着，猛吸几口。

几个人目不转睛地盯着我。我理解他们，他们是期盼我能够良心发现，把钱拿出来。可我拿什么给他们呢！一支烟几口就抽掉一大截，我探身拿过烟盒又倒出一支续上。曹勒蒙按捺不住了，一把打掉我手里的烟，牵住我的衣领，狗日的，你还有心思抽烟，钱呢？我的钱呢？

别力图也上来扯住我的衣裳，搜他，搜他身上，今天不给我们钱就不放过他。

曹勒蒙的手劲大，勒得我喘不过气来，我说你想咋都行，我没有钱，真的上当了，咳咳……

别力图翻遍了我所有的口袋，一把零钱加起来还不到三十块，一个方便面袋里装着我的身份证和一张纸条，那是药店经理给我打的欠条。

钱呢，我的钱呢？你说，你把我的钱藏哪里了，啊？曹勒蒙额头上青筋暴露，使劲地摇我。

是不是把钱埋到啥地方了，还是存到银行把存折藏起来了？对了，他的军挂包呢，肯定是连军挂包一起藏到啥地方了。

真的，我不哄你们，我没拿上钱……咳咳……

狗日的红旗，我叫你装孙子，曹勒蒙骂着抬手一巴掌扇在我脸上，再接着一拳，我的眼睛睁不开了，火辣辣的刺痛直冲头顶，我感觉房子在不停地旋转。曹勒蒙还要打，永红扑上去抱住他的手，你干啥，你咋能打人呢？

狗日的红旗，我打死你个杂碎，不要脸的东西，我的钱呢？

我睁开充血的眼睛，看着曹勒蒙，是真的，那个条子就是他们打给我的欠条，我叫他们骗了，你拿上条子去问老王，真的没要上钱。

鼻子和嘴里出血了，血滴在曹勒蒙手上，他把我朝炕里猛地一推，说个屁今天你也得把我的钱给我拿出来。

我抬起胳膊用袖子擦擦脸上的血污，曹勒蒙，不是我怕你，我真的叫人骗了，不然你能打上我？

尿，我管球你叫谁骗了哄了，我就要我的苁蓉钱，你说吧，咋办？

他能有啥呢，我看就永红的这群牲口，我们几个人分掉算了。别力图说。

永红，你说呢？我的苁蓉是你撺掇给他的，你说该咋办？曹勒蒙逼视着永红。

嗨嗨嗨，我们可没有欠你的，红旗的事情你们和红旗说，红旗还欠我们两千多斤苁蓉呢。巴蒂玛急急忙忙地说。

要不是永红去我们家鼓磨，我能给红旗？红旗有个啥，拿啥保证？就是永红说了话才给他的，现在红旗把钱赖下了，你们不赔谁赔？要不就给我们赔钱，要不就用牲口抵账，就这么回事。别力图说。

你敢动动我的牲口试试！巴蒂玛气呼呼地说，红旗，你的事情你自己处理去，不要搭上我们，我可是给你说，你拿了我两千多斤苁蓉，晾干的。你啥时候给我钱呢？

都他妈的不要争了！

我的血性上来了，哑着嗓子喊了一声。

我两下扯掉身上的衬衣，袒露着胸膛，一把拉开炕桌上的抽屉，抓出一把宰羊刀子拍在桌子上。

014　茂密的扎干林

苁蓉是我从你们家里拉走的，不该永红的事，你们谁都别想打永红家牲口的主意。钱我没有拿上，我能回来就是给你们个交代。我是上当了，但我不会让你们上我的当，回来的时候我就想好了，两个办法，一个是你们对我想咋样就咋样，要胳膊要腿你们说句话，不用你们动手，我给你们卸；二一个是再给我三年时间，我没有别的来钱路子，我挖苁蓉还你们，你们看着办吧。我朝着巴蒂玛说，你把你的账记清楚了，欠你的我日后都给你还上。

狗日的红旗，你给我等着。曹勒蒙和别力图指着我大骂了一通，朝地上唾了一口，悻悻地走了。

六

这次从广东回来我没像三年前那样萎靡不振，在家里休息了几天就起来开始忙开了。我不能像往日那样整天闲待在家里，已经欠了一屁股的债，我得还债。巴蒂玛说得对，我得对得起自己的良心，我本来就不是好吃懒做的人，知道整天坐在家里做梦发呆是梦不来钞票的，跟永红要了峰骑驼在沙漠里游荡。每次受伤都是回来沙漠疗伤，这不仅仅是因为沙漠里有我的家，沙漠博大的胸怀慢慢地愈合我心底的伤痕，沙漠的人用真诚和友善抚慰我痛苦的思绪。我是多么感谢沙漠里的人们啊，在我最落魄的时候，在我身无分文的时候，这些淳朴的牧人接纳了我，虽然我给他们带来了巨大的损失，可他们相信我不是骗子。这就好办，至少他们没有把我赶出沙漠，至少我还有个流浪的去处。我不担心晚上睡在哪里，我也不担心肚子饿了该怎么解决，每一个畜群都是我的家，每一个牧人都是我的兄弟姐妹，他们不问我的来意，不问我的行踪，不问我的烦恼，却总是让我分享着他们的快乐。肉是管饱的，酒也是放开了喝的，歌子也尽兴地唱，觉也是尽情地睡，绝不会有人打搅。我的足迹踏遍了上万平方公里的每一寸沙漠，我走访了沙漠里的每一家牧民，大漠牧人的心胸宽广得没有边际。可是，相对于他们的热情和质朴，我却像个小偷，我的话头儿长得没有嘴闲的时候，各处的水土、植被以及各家牲口的情况我摸得清清楚楚，尤其对扎干最为上心，总是把话题朝扎干和苁蓉上引，哪些扎干里有苁蓉，哪块扎干林里的苁蓉出得早，哪块扎干里的苁蓉产量大，都记在我的脑子里。那时候的我满脑子想的就是多挖苁蓉挣钱，并不为此感到羞耻，过去的经历扭曲了我的认识，人都是自私的。不是吗？我去广州打工，带了一身伤痕回来，我的哥哥姐姐们瓜分了爹妈的财产什么都没有给我留下，我走过的人家好酒好肉地招待我还不就是因为我的爹妈也曾经这样招待过他们。现在是我最穷的时候，我得想尽办法挣钱，我不偷人也不抢人，我只去沙漠里挖苁蓉，卖了钱来还债，这是我唯一的出路。从哪里跌倒就从哪里爬起来，当兵的时候部队经常这样教育我们，现在我才理解了这句话的含义。

几千公里的沙漠，几十万亩的扎干林，每一处苁蓉的生长情况都在我的掌握中，我总在别人前头走进扎干林，所以我的收获就比人家更多。苁蓉出头比锁阳早半个月，当苁蓉接近尾声的时候，我不像别人那样整天在扎干林碰运气找大坑，那样的运气不是每天都有的，也不是每个人都有的，我知道，我知道我不是那种有运气的人。这时候我就走出扎干林，去白茨堆和霸王滩上挖人家看不上的锁阳。锁阳也是一种药材，因为沙漠里到处都有，产量大，所以价格就特别低，没法和苁蓉相比。那时候一公斤晾干的苁蓉至少能卖十几块钱，而一公斤干锁阳只能卖一毛几分钱，牧民们挖锁阳多是喂了牲口或者留几节味道香甜的哄娃娃们吃零嘴，很少有心思挖了去卖几个小钱。不过，再便宜的东西也架不住量多，有量就有钱，我明白这个道理，每天成麻袋地朝回拿锁阳。辛苦下到了，回报也就高了，一个春天下来，我卖苁蓉锁阳挣了将近两万块，比永红巴蒂玛两个人挖苁蓉的收入还高。

我说话算数，不等邻居们上门讨债，就把钱给他们送了过去，每家都分了点，就是没有给自己的哥嫂，为此巴蒂玛对我的意见挺大，说我白吃白喝不顾家，胳膊肘往外拐。我的脾气比从前好多了，不再和她计较，该吃吃该喝喝，她唠叨她的，我忙活我的。我理解巴蒂玛，我欠他们的比欠别人家的要多得多，可我有了钱只能先紧着外人，谁叫我们是一家人呢。是的，我们是一家人，砸断骨头连着筋，我和永红是同胞的亲兄弟。永红从来不要求我什么，他也不让巴蒂玛多说，我现在理解了兄弟这两个字的含义。永红，我的亲哥哥，他给了兄弟最大的包容，他给了兄弟久违的亲情。但是我的哥哥，欠你的我肯定会还给你的，我把你放在最后是因为你是我的哥哥，唯一一个接纳我包容我的哥哥，我不要你因为我这个兄弟在女人面前抬不起头来。

账没还掉多少，我的威信却提高了不少，就是曹勒蒙那样的莽撞汉子也佩服我是个响当当的真汉子，喝酒吃肉不忘叫我去一起红火。

过了五月，畜群上基本就闲下来了。其实，就永红家那百十来只牲口也用不着我帮忙。我不想继续在永红家里吃闲饭，不想看见巴蒂玛每天拉长着脸唠唠叨叨地数落。她怎么说我我都能接受，谁让我欠她的呢，可我不愿看见她因为我数落永红。而且，他们晚上总是弄得我睡不好觉，一张大炕中间就隔个小炕桌，什么声音都能听到。我有些怀疑我们兄弟姊妹八九个当年是不是都在这个土炕上出生的，这么小的两间房子怎么就盛下了全家十几口人？我得搬出去住，我得有自己住的地方。

我去镇上租了人家的一间小凉房安身，然后打问着找了份活儿，跟着建筑队当小工。活是累了些，每天早晨七点上工，晚上太阳落山了才能下班，不过工资还好，一个人过日子，管够花了。一个人在镇上打了三个多月的工，国庆节的时候也存下了千把块钱，我盘算一下，加上卖苁蓉留下的一点钱，在沙漠里盖一间我住的土房子绰绰有余。

我选中了我家草场边缘的那片扎干林，那里是整个沙漠里扎干长得最好的地方，其实在我小的时候沙漠里到处是这般茂盛高大的扎干林，现在就剩下这一片了。还好，还给我留下来这么一块求生的地方。我看好这里不光是因为这里僻静，挖了几年苁蓉，我知道这片老林子里的苁蓉最多，而且质量最好。要盖房子就得盖在对自己有利的地方，我没有骆驼没有羊，不图草场好烂，我看中的就是扎干和苁蓉。我和曹勒蒙别力图还有几个邻居打声招呼，驮着爹妈以前用过的一顶破帐篷一起骑骆驼进了这片林子。

盖房子首要的是水，没水就没法和泥，没水以后就没法生存。我们商量着先打一口井。沙漠里其实不缺水，在沙地上挖几锹就能出水，这难不倒我们。我选了一处湿润又有些黏土的地方，湿润的地方容易出水，有黏土我才能倒土坯。我们做了分工，几个人挖坑，几个人去拾枯死的扎干，我要镶一口经久耐用的扎干井。大集体的时候镶这样一口扎干井十来个人得个把月的时间，我们几个人七八天的工夫就办成了。水不是很甜，却也不苦，带着一些咸味儿，我熟悉的那个味道，带着泥土的芳香。我打发曹勒蒙他们先回去，过一个月再来，我一个人在这里倒土坯，现在刚到十月，过一个月土坯也就干了，那时候盖房子也不算晚。曹勒蒙他们走后永红就来了，他给我送吃的来了，然后就留下来和我一起倒土坯，掰盖房子用的扎干。有永红帮忙，进度快了许多，在十月底就把房子盖了起来。一间不算太小的土坯房子，我已经很知足了，这是属于我的东西，这是我唯一的财产。我从永红那里驮来早就买来的两箱子骆驼酒，永红给我宰了只羊，我把邻居们请到我的新房子里。红红的篝火烧起来了，浓浓的肉香飘出来了，甘醇的美酒端起来了，动人的歌儿唱起来了。那一天，所有的人都喝醉了。

　　永红拉我去他家里，收堆了他所有的骆驼羊，圈在圈里，这是他全部的家当。永红让我自己挑，他说他还要供两个孩子上学，只能让我挑三分之一，我看看巴蒂玛，巴蒂玛没到圈里来，远远地望着我们，我看见她在哭。我牵出我骑惯了的两峰骟驼，从羊圈里随便抓了两只怀了羔子的母羊。我对永红说我就要这些。永红不依，他说爹妈把剩下的牲口都留给了他，现在这些牲口都是在那个基础上发展起来的，爹妈留下的本来就有我的一半，他说哥哥姐姐都不管我，他再不管就没人管我了。我说我不和你分家，我知道这个家是你置下的，我能养活自己。我们兄弟俩争执着，最后抱在一起哭了。巴蒂玛走过来，也站在一边哭，她说兄弟我不该和你要苁蓉的钱，都是一家人，我不该提那个话。我说嫂子我不多要你们的东西，苁蓉的钱我肯定能给你还上，这几个牲口算爹妈留给我的，我带走了。我赶着两只羊回我的家，听见永红在后面喊，红旗，我每年给你杀十个肉食羊。我没有回头，一共才百十只羊，一年给我十只你日子不过了？可我知道永红说话算数，因为他是我的哥哥，唯一肯管我的哥哥。

七

　　一个人住在扎干林里倒也自在，一个人吃好全家饱，虽然寂寞，我早已习惯了，沙漠里的人从娘胎里就适应了寂寞。我没想到在这个几乎与世隔绝的沙窝窝里居然还有人记挂着我。嘎查的老书记来找我的时候我才想起来自己还是个党员，其实从部队上回来六七年了，我只在刚回来的时候去书记那里办理了户口和组织关系，再没有参加过一次组织活动，党员证我还保存着，和我的身份证、复员军人证放在一起。我知道党的章程，像我这样逍遥的早该算是自动退党了，没想到嘎查的老书记还没有忘记我。说是找我谈心，扯磨半天我才听明白老书记是来寻找接班人的，老书记看好我当过兵的历史和去过南方的经历。老书记已经六十多岁了，当了三十年的嘎查书记，儿女们大都成家立业，早就不满意父亲六十多岁还在管集体的事为别人操心，他也想卸下担子享几年清福。只是这些年积极上进肯为别人着想的年轻人已经不多了，年轻人也没有入党的热情。往年每年开一次社员大会热热闹闹，现在改成三年开一次，摆上羊背子挨户一次次地请人家参加大会还有人不买账，来了也是吵个一塌糊涂，都是互相告状邻里纠纷这类鸡毛蒜皮的事，想商量成一件事情很不容易。人们就像一团散沙，自顾自家，没有一点集体主义观念，更不要说站出来为集体办事了。老书记曾经物色了几个人选，也发展了几个年轻党员，都是些没有阅历没有文化没有走出过沙漠的牧家孩子，思想首先就跟不上，更不说有什么办事能力和超人的魄力了。我很庆幸在老书记眼里我还算是一棵好苗子，老书记认为部队是培养人的地方，能在部队入党的人思想觉悟肯定差不了。只是没来得及和我好好谈谈心，我就去南方了，一去就是三年，连个音信都没有，让老人家很伤心。我从南方回来老书记一直在观察我，没找我谈话是因为他觉得在南方闯过几年世界的人心不会安生，说不定哪天忽然就又走了，先看看再说吧。谁知道这期间老书记突然犯了一次心脏病，差点把命都丢了，在旗上儿子家里休养了两年。这样，嘎查的工作一直没有人管理，上头的政策文件都不能及时给牧民们传达，沙漠里的人仿佛生活在一个自我封闭与外界隔绝的环境里。镇党委一次次地要求老书记尽快培养一个接班人，老人家也着急，不顾自己的身体，也不管儿女们的劝阻，又回到沙漠里来了。

回来的第一件事就是找我谈心，看看我的态度。

我不知道说什么好了，我从来没想到过自己会被人看重，更没有想过党组织会和我谈这些问题，我这样的人能当官吗？我惶恐地推辞，书记你是和我开玩笑吧，我六七年没有交过党费，也没有参加过组织活动了，像我这样的人早就不是党员了，哪能当干部？

你没有参加组织活动是真的，这些年嘎查支部也没搞过几次组织活动，五六年了支部一个新党员都没发展上，这不是你的过错，至于党费，有人月月按时替你交。这些都是次要的，你就好好想想能不能领着大家给我们嘎查办点好事。书记说。

我没有让人给我交党费啊，谁给我交的？我诧异。

这个事情你就得考虑清楚了，是党员就得尽党员的义务，每年能给组织缴几个钱，谁都这么拖欠着，党的活动经费从哪里来？当了这个带头人就得把方方面面的事情都想清楚，宁可自己吃亏也不能让组织受损失。

我明白了，是老书记给我垫付了党费。后来我知道，嘎查十几个党员，有一半都是六十岁以上的老人，分散住在沙漠里的各个角落，他们的党费都是老书记垫缴的，几个年轻一些的党员缴纳党费也不积极，也是老书记垫缴的，牧民党员的党费定额不多，可这么多的人，时间长了也是个不小的数目。

我思谋了几天，然后骑骆驼去了老书记家里，答应可以考虑。我脑子里已经有了一套计划。

我很顺利地当了嘎查委员会委员，这不需要选举，也不需要谁来同意，老书记说我是委员我就是委员，这种不拿工资给集体办事的角色没有谁愿意做。老书记让我多去牧民家走走看看，对嘎查的每一户牧民都要有个充分的了解，给人家留个好印象，为以后的选举打好基础。嘎查委员老书记可以直接任命，支部书记有老书记的推荐镇党委应该也会同意，可要当嘎查主任就不那么容易了，必须经过嘎查牧民的有效选举认可才行，所以必须得有很好的群众基础。我听从了老书记的建议，没事就去挨家挨户地转悠，我也乐得多交朋友。不过，能不能像老书记期望的那样顺利当选，我心里没底，平时不烧香，临时抱佛脚，谁知道人家能不能接受。但是，有一点是可以肯定的，镇上早就让老书记培养个接班人，老书记的举荐镇党委肯定可以通过，当嘎查书记是铁定了的，就算主任竞选通不过，先当书记也好，一步一步来吧。

果然，年底嘎查召开的牧民大会上竞选主任就很不顺利。虽说就我一个候选人，没有人出来和我竞争，我得票还是没有过半，好多人都没有表态，人们的集体观念比较差，自己不愿出这个头，对别人也不信任。按说我已经被淘汰了，不能参加第二轮的选举，该由老书记再提候选人，老书记打破了选举的秩序，他站起来讲话力荐我当新的嘎查主任，他希望牧民们眼光看远一些，选我做嘎查主任。老书记的话说得很透，也很直接，汇总起来有以下几点：首先，镇党委已经任命红旗为嘎查的支部书记了，按照有关政策，嘎查书记、主任两个职务最好是一肩挑；其次，红旗当过兵，是人民的子弟兵，当过兵的人更能发扬集体主义精神，为嘎查集体办事；再说，红旗在南方特区待过几年，见过大世面，思路广，眼界宽，肯定能给牧民们找到新的路子，让大家的生活过得更好；还有一点，红旗做生意赔了钱，欠债的人更会想尽办法地挣钱。当然，红旗不会拿集体的钱去还账，嘎查账上早就红了，还倒挂两万多块，红旗只能凭自己的本事去挣钱，领着大伙一起挣钱。

老书记这么说了，还是有人不认同，牧民最起码的要有个自己的家，说我连个家都没有怎么能给大伙儿办事，怕就怕我一个人没牵没挂地说什么时候走就什么时候走了，留下个烂摊子谁也没法收拾。

红旗又没和永红分家，谁说他没有家了？他在扎干里头还盖下房子了，如果不死心塌地地住在这里他盖个房子干啥？哦，有了女人才算有家啊？他一个人没牵没挂的我们就给他绊上绊子嘛，这也是我们这些邻居乡亲们没有尽心，让个快三十岁的大小伙子找不上个对象，我们嘎查上可就这么一个小光棍了，我看红旗这娃娃不错，你们谁家丫头妹子还没出嫁就赶紧给介绍介绍，迟了可就排不上队了。老书记开玩笑地说。

老书记，你家里还有个宝贝丫头呢，我看你把丫头也一起送给他算了。有人开老书记的玩笑，逗得大伙都笑起来。

行啊，你们看不上红旗，我可是看上他了，回去我就和丫头说，看丫头有没有这个福相,到时候你们可不要抢啊。老书记乐呵呵地说。

有了老书记的大力支持,我最终当选嘎查委员会主任,我的生活从此揭开了新的一页。

八

嘎查的村委会院子已经破落得不成样子了,四合院里没有一间完好的房子,老书记在城里养病的时候,房上的椽子檩条都叫人扒去自用了。村委会跟前唯一没有迁走的居民就是老书记家,村委会没有容身之处,我要熟悉工作只能住在老书记家。老书记从家里翻出了嘎查几十年的那些老账,一笔一笔地给我交代。刚刚接触到这些工作,做什么都没有个头绪,我只能向老书记虚心地请教。纯牧业嘎查看起来没有多少事情,细细梳理一下,也有许多工作要做,比如说户籍管理、计划生育、妇女工作、党组生活、治安问题、流动人口登记、牲畜普查、草场资源调查等等。这些事说不管就不管,老书记养病的这两年就没有人过问,也没发生什么大的事。可是我心气儿很高,要做就把事情做好,不给集体办事还不如不当这个官。我静下心来仔细地查看最近几年嘎查的工作记录,从中看到了许多急需解决的问题,尤其突出的是超生问题和草场林木被毁的现实。老书记因为妇女超生已经连续三年被罚工资了。本来嘎查主任每年就三四千块钱的工资,其中的两千块钱和计划生育挂钩,这一罚就剩不下几个了,难怪没有人当村官收拾这个烂摊子。老书记劝我不要着急,先把工作一项项理出个头绪,一件件事情慢慢处理,先做容易做的,难做的汇报镇上,等他们表态再说。

老书记家的确有个老疙瘩姑娘,没上完中学就回家陪母亲放羊,心思也不在羊群上,想妈了就待在沙漠里,待腻了就去城里的哥哥姐姐家住一段日子。每天接触,不禁对她有些意思了,快三十岁了,我这才有了成家的想法。起初,我住在老书记家是请教一些嘎查上的事和管理方面的经验,直到老书记说该教我的该告诉我的都已经传授给了我,我仍然不想离开他们家。所有人都明白我是为了这个姑娘,笑话般地看着我整天跟在姑娘屁股后头献殷勤。只是我太高看自己了,人家姑娘对我压根就没有那个意思,我很沮丧,却也不甘心就这么放弃。之后依然经常去老书记家找她,她总是躲在里屋不出来。有天我去她家里正好就她一个人在，我问她到底什么意思，她和我装糊涂，说什么什么意思？我说我喜欢你！她说我才不找个放羊的，就算找也不找像你这样一无所有一无是处的人。她的这句话惹恼了我，我一把将她拉到怀里，她挣扎着不让我碰她，我趁势把她的衣服扯开就在她的炕上要了她。她骂着喊着打着闹着，可还是让我成了好事，最后她在我怀里哭了。我知道她真的不喜欢我了，我以为我要了她她就会死心塌地地跟我，可是她去了城里，再也没有回来。

老书记家的姑娘走了，我的心也就死了，那时候我才明白找对象是两厢情愿的事，不该那样死缠烂打，她不愿意就算了，是自己条件不好配不上她。我反而觉得对不起老书记，因为我的鲁莽逼走了他家的姑娘，这下老两口可就真的孤单了。其实我也没必要内疚，没过多久，老书记两口儿也搬到城里住了，嘎查的一切事情全都交给我一个人。

沙漠里的土皇帝也不好当，我把手头的工作理了理，当前首要任务应该是制止人们对扎干林的砍伐。正是隆冬时节，牧民们只做两件事，一是接羔，整天看护母畜，生怕在人不知道的时候生下羔子冻死了或者是被狐子叼去了。另外一件事就是拾柴火，其实就是放倒扎干套上骆驼车拉回去。扎干这东西虽然生的高大，底下根系也发达，但是扎干没有深扎在地里的主根，养分都由须根吸收，往往躯干都枯死了，表皮却还活着，越是树龄长的就越脆弱，这样就形成了头重脚轻的特点，很容易就弄倒了。尤其是冬天，根须容易折断，碗口粗的扎干一个人一峰骆驼很轻松就可以弄倒。扎干柴也是沙漠牧人们赖以生存的一份保障，牧人们盖房修圈用扎干，做饭取暖烧扎干，挖苁蓉挣钱也是靠扎干，如此几代人下来，沙漠里的原始扎干林就所剩无几了，到处是裸露的沙梁。扎干的生长期比较缓慢，碗口粗的扎干需几十年甚至上百年才能长成，扎干林一朝被破坏，自然环境下很难恢复生长。照我那时的判断，嘎查的那片扎干林还不够我们这一代人烧的，用不了二十年，像我畜群周围那样高大的原生林将被砍伐殆尽。到那时候，沙漠里就再也没有天然的防护林了，沙漠里的牧场也将不存在。

伐烧扎干是沙漠牧人的传统，在沙漠牧区，人们第一眼考量人家是否持家是否勤快就看房子跟前的扎干垛，这也是判断人家家境是否殷实最直接的根据。扎干垛越大，说明这家人比较勤谨，勤谨人家的生活肯定不会差。一直以来人们也只是把它用来建房当做烧柴，从没有想过扎干的经济效益。

镇上新建了一个大工厂，每次点炉的时候需要大量的烧柴，工厂向社会大量收购扎干柴，一卡车扎干柴能卖几百块钱，这样，沙漠里就有了许多拾柴专业户，本地的外地的都有，他们可不管扎干是活的还是枯死的，伐木似的成片放倒，装上车就走。本地的牧户也是家家都有个大扎干垛，甚至房前屋后都垛满了扎干，准备好了待价而沽。这样的事情我曾经和永红一起做过，我的兄弟姊妹们也还在做，永红的房前就堆了大堆的扎干柴。只是相对而言，我更看重扎干上寄生的苁蓉，扎干林子毁了，苁蓉也就没有了。我的觉悟并不高，只是不想断了自己的财路，苁蓉是我发财的唯一希望，所以我反对破坏扎干林，人家草场上的我管不着，自家草场可不能再破坏了。我说服了永红巴蒂玛，又让他们再去劝劝哥哥姐姐们，生活中他们可以不管我的一切，我跟他们提出的唯一要求必须答应。我只有说服自家人不掰扎干，别人进来我就可以名正言顺地赶出去。所以，我盖房子就选在了那片扎干林，那里是几户牧民们家草场的边缘地带，我把房子盖在那里，那片扎干林归我也就顺理成章了。

现在当了嘎查书记，就不能不做长远的考虑了，集体的利益高于一切，不能仅限于保护自家草场的扎干林，得把整个嘎查的扎干都看护起来。沙漠嘎查是个穷地方，卖扎干是自毁家园的事，唯一能提高牧民收入的来源就是挖苁蓉。只是照这样下去，不要说挖苁蓉卖钱，将来就是找一块能给牲口挡风的地方都没有了。唯一的办法就是先遏制住毁林的这股势头，保证自然资源不再被深度破坏。这项工作说起来容易，做起来可就难了，我挨家挨户地给做宣传讲道理，嘴皮子磨破了，收效甚微，自己反而成了不受欢迎的人，人家见了我就躲，扎干柴照掰不误。没有别的办法，我只好当起了护林员的角色，整天骑着骆驼在各处的扎干林里转悠，遇到有人开车来沙漠就不客气地赶出去。沙漠外面的人来了还好说，我只要亮明自己是嘎查书记主任的身份就能把他们打发走。不好应付的是我的邻居我的乡亲们，吃过百家饭，我很难面对他们的笑脸拉下脸子，可也没有办法，我知道自己一旦放开口子就再也堵不住了。我只有赔着笑脸和他们耐心地解释，实在解释不通就只好硬起心肠板着脸打发他们走。有人耍赖皮强行装车那我只能比他们还赖，就躺在车斗上看他怎么装车，发现晚了的就拦在路上或者干脆躺在路上、车轱辘底下，有本事你就开车压过去。这片沙漠只有一条湖道汽车能开进来，只要守住湖道，堆在家门口的扎干就运不出去。这样挡回去了五六个卡车，算是有些成效，却也得罪了乡亲们，他们骂我没有良心。我不知道怎样做才算有良心，放任乡亲们把我们仅有的这点资源卖掉再帮他们数钱就算有良心吗？毁了扎干林我们的后代还能靠什么吃饭？

但是偏偏就有比我还赖皮的。

九

卖扎干最多的是曹勒蒙，不光他一家人掰扎干，他家里还住了一帮亲戚，白天进扎干林里拾柴，晚上就聚在家里喝酒吃肉，沙漠里就数他们的日子过得红火。红火的日子招来了许多嫉妒的眼睛，人们的目光不约而同地盯上了沙漠里最后的一片原始森林，我的扎干林面临一场灭顶之劫。曹勒蒙对我这个嘎查书记的身份还是有些忌惮的，所以我第一次挡住他找来拉扎干的卡车时他没有和我缠磨就把车打发走了。背地里他却指使亲戚们出面和我对着干，我不知道他哪来那么多的亲戚，根本听不进去我的话，他们也不怕我，敢和我吵骂甚至打架，我躺在车轱辘底下耍赖的那一套对他们也没用，只需过来两个人把我拉开，开上车就走。尤其是曹勒蒙姨家那个叫金花的胖妹子，力气很大，性格像个男人，她才不管什么男女之嫌，只要我去阻拦他们，她就挡在我前面不让靠近，惹急了不管三七二十一，敢和我摔跤。好狗不和鸡斗，好男不和女斗，我哪敢和她摔跤啊。有一次没有防备居然被她一绊子别倒了，我气得大骂，她倒好，大姑娘家骑在我身上哈哈大笑。遇到这样的女人我没辙，不拦还不行，惹又惹不过，我只能破口大骂，连她的祖宗三代都骂上了，这个野女人居然用缰绳把我捆了起来，拿一块不知道从哪里扯下来的破布把嘴也给我堵上了，然后坐上装满扎干的汽车扬长而去，我只能眼睁睁地看着人家把扎干拉走。

曹勒蒙家是沙漠里的钉子户，说服不了他，其他人家也跟着明里暗里地卖扎干，六轮卡车不像解放车，没有它走不到的地方，最适合在沙漠里跑，我去东边挡，人家从西边拉，我挡住这边挡不住那边，更加快了对沙漠环境的破坏。曹勒蒙家的草场和我家的交界，我的那片原生扎干林也有人家的一部分。曹勒蒙的破坏在一步步推进，我看得出来，人们的眼睛早就盯着那片大扎干了，他们不把那片扎干林弄完就不会停手，眼看着一车车的扎干被拉走，我只有干着急的份儿。我的心在颤抖，那里是我的家，扎干林是我唯一的财富，是我的命根子啊！

突然想起老书记的话，难办的事就给镇上汇报。对呀，何不去镇上汇报一下呢，我怎么早没想到，我还没有和镇上汇报过什么事呢，这样的事镇上总不会不管吧？我去了一趟镇上，领导很重视这件事，还联系了旗上的森林公安。我是骑骆驼去镇上的，回沙漠的时候坐上了森林公安的吉普车，正好赶上曹勒蒙家有车在装扎干，抓了个现行，当场把车扣了，给曹勒蒙和胖丫头戴了手铐也拉走了。最后的结果是曹勒蒙被拘留半个月，罚款三千块。而我则落了实惠，扎干林保住了，林业局让我当了这片沙漠的护林员，每年给我一千块钱的工资。这可是个意外收获，我的干劲更足了。这下沙漠里安静了，再没有人敢冒险去卖扎干，乡亲们知道我动真格的了。

我没想到这事给我惹来了不小的麻烦，那个我唯恐躲避不掉的胖丫头偏偏缠上了我，虽然我领人来给她戴过手铐，还被拘留了三天，可她偏偏就喜欢上我了，从拘留所放出来就跑来沙漠里找我，吓得我听到她的声音就赶紧躲，就像老鼠见了猫。她倒好，直言不讳地和人家说喜欢我，说她没嫁人就是在等我这样的男人。一句话，这辈子非我不嫁。这话差点让我背过气去。乖乖我的天，她那个身板，谁能惹得过，谁欺负谁啊！可是牧家女子的感情就这么执着，认准了就不回头，我躲到哪里她就找到哪里，害我没个去处。胖丫头这么任性让我想起了老书记家的那个丫头，那时候我也是这样缠着她的，直到有一天我把她按倒，把她逼出了沙漠。多好的丫头啊，她的酒窝深的可以盛下一杯酒，她的腰身软的像沙湾里的沙竹糜子，她的皮肤嫩的似刚刚出土的芦苇尖儿。可惜，这样美丽的姑娘最终离开了我。我心里装着这样的姑娘怎么能看得上金花这个胖丫头！可我没有办法甩掉金花，不管我怎么劝说解释都没有用，逼急了我破口大骂她不要脸，敢把男人压在屁股底下的女人还是个女人吗？这样的女人就不配有人喜欢。不管我怎么骂她挖苦她，她只会一声不吭地抹眼泪。这样的女人也会哭？这是那个野小子一样的金花吗？这是那个敢和我摔跤骑在我身上的野丫头吗？如果是老书记的丫头这么委屈地哭，我会一把揽在怀里吻干她的眼泪，可是现在流泪的不是她，是一个我最不想见到的女人。我无可奈何了，这个不要脸的女人赖在我家里不走了，把我操磨得没有办法，只好说你喜欢你就待在这里，我走。我低估这个胖丫头的缠磨劲了，把我看得严严实实的，我出门她就跟着出门，我退回来她也跟着退回来。我恼怒地一把撂倒她甩手就走，再有力气你也是个女人，女人哪能挡得住被惹恼的男人。

十

我在永红家里住了几天，巴蒂玛说金花其实是个好丫头，她是曹勒蒙姨家唯一的丫头，从小和男孩子一起玩耍生活，性格就变得有些野了。她说金花其实心很细手也很巧，是曹勒蒙姨家的顶梁柱，自从她妈死了后一切家务就都是她在做了，畜群上的事她哥哥也不如她。我说嫂子你什么意思，她心细手巧和我有什么关系？红旗，你娶了她吧，你也老大不小了。我说哥你说啥呢，你让我娶这么个女人？红旗，我看金花对你是真心的，那丫头是个实心眼儿，她咋不和别人摔跤，偏偏把你摔在地上？我说这样的女人我是不敢要，又不是再没有女人了，就是打光棍我也不找这样的女人。巴蒂玛说你不明白女人的心思，我看金花是真的喜欢你。喜欢就压在屁股底下啊，什么道理嘛？行了行了，你们不要再说了，我不耐烦地朝他俩摆手。巴蒂玛叹了口气，永红也跟着叹气。

我又回到了我的家，我想着这么躲了几天那个胖丫头早该走了。但我想错了，远远地我就看见金花在房子外面忙碌，她扛了一棵扎干刚刚回来，我的房子一边已经有一大堆的扎干柴了。这个死丫头，死性不改，我说她咋就这么缠着我呢，原来是要拉我下水啊。是了，是我叫来了公安给她戴的手铐，是我害她表哥曹勒蒙蹲了号子还被罚了款，她是来报复我了，她要毁掉我的扎干林，毁掉我的名声我的基业。可恶的丫头，你还有脸住在我的房子里。我气不打一处来，从骆驼上跳下来，几步冲到她跟前，抢下她肩上的扎干扔在地上，拽住她的胳膊一使劲她便摔倒在地上了。妈的，老子边防兵的擒拿术不是白练的。我指着她破口大骂，你他妈的贱婊子，想把老子拉下水，你死了这条心吧，只要老子在沙窝里待一天你就别想动我的扎干，妈的，死性不改，以为老子不回来啦，你以为靠上老子你就能把我的扎干林给毁了，你就能把老子的名声给毁了，你就能把老子的官给撤了？他妈的，老子还以为你是好心，老子还以为你真的想和我一起过日子，也不撒泡尿照照你自己，看看你那副球德性。你他妈个贱婊子，咋就让我遇见了你，我叫你和我对着干，我叫你和我对着干……我越骂越气，举起手里的缰绳劈头盖脸地朝她身上抽去，胖丫头哀哀地哭了，在地上滚来滚去地躲闪着，缰绳每次落在她身上就哎哟惨叫一声，却一句都不辩解，也没有站起来还手。

　　我打累了，朝她吼，贱婊子你给我滚，滚得远远的。我进了我的小屋，我累了，说不出的困乏，像是没了根骨，腿软得打摆子。躺在炕上，懊恼怎么就遇到了这么个女人，巴蒂玛和永红说她好让我还有过一点点的心动，这下就连这丁点的好感都没有了。我相信女人是靠不住的，我喜欢的那个丫头一声不吭地就走了，再也没有她的音信，我要了她，不，是我强奸了她，哪怕她骂我打我，哪怕她去告我强奸也好啊，这样也能让我死心，让我不再想她，可她偏偏就选择在我的世界里消失了，这是对我最痛苦的惩罚。这个丑八怪女人居然敢一边说喜欢我一边又在拆我的台，真会演戏啊，一会儿是一只疯狂的母狼，一会儿又是一只温顺的绵羊。哈哈，老天爷偏就造了女人让男人受罪。我听见胖丫头在外头号啕大哭，大概她还从来没有叫人这样打过吧，他妈的，居然用这样的方式来害我，还有逼脸哭。我在心里骂。然而，我的心里却也隐隐地痛。我承认，我不是个特别坚强的人，我也从来没有想过要欺负谁，尤其是一个女人，我在反省自己，我怎么就对女人下了手，我真的那么恨她吗？是的，我恨她，害人的方法有许多，这个让人讨厌的胖丫头不该嘴里说着喜欢我的话，背后却做对不起我的事，打她是应该的。只是，我分明感觉到了自己的脸上有泪。

　　不知道过了多久，胖丫头的哭声终于听不见了。不知道过了多久，我依然不能让自己的思绪平静下来。黄昏，我从炕上爬起来，出去看了看，外头很冷，西边一片雾色，遮住了夕阳，要起风了，春天的沙尘暴就要来了。没有看到胖丫头，不知道她去了哪里。其实也不用猜，除了北边七八里外的曹勒蒙家，她哪里都去不了，她不是我嘎查的人，附近只有曹勒蒙家可以落脚。不禁有了几分担心，但愿她不会迷路，但愿在沙尘暴刮来之前她能走到曹勒蒙家。我爬上扎干林里最高的那道沙梁朝北看，除了白森森的扎干林和苍茫茫的沙海什么都看不见。

此后的一个多月再没有见到她，我在嘎查各家做计划生育工作和牲口调查，没有人和我说起她，我也不去打问她，干嘛打问啊，这样才清净，我烦死了那个磨人的胖丫头了。永红和曹勒蒙是我计划中最后才去的两户人家。永红是我哥，他家什么情况我都清楚，去不去都无所谓。曹勒蒙家我有点怵，毕竟是我让他蹲了号子，我还打了他家的妹子，奇怪的是曹勒蒙那个莽汉子居然没来找我麻烦。

我到永红家的时候已经是下午了，一个月没见着哥嫂，他们见了我亲热得不行。我以为我已经不会在别人面前动感情了，其实我的感情是脆弱的，见到永红我就有了回到家的感觉，亲人的一个笑脸就能让我忘记从前所有的不快。这个改变是从永红帮我盖房子开始的，随后他又要把一部分牲口分给我，让我对亲人的概念有了更深的认识，八九个哥哥姐姐，如果每个人都这样帮助我关心我，那我就是这个世界上最幸运最幸福的人了。尽管现在帮我的只有永红一个人，但我相信，他们的心里肯定不会忘记我这个小兄弟，或许我压根就不该埋怨我的哥哥姐姐们，他们的确没有给过我什么，也没有帮助过我什么，可我又给了他们什么帮助呢？我甚至没有给过他们一个好脸色，从来没有主动去看过他们。这几天我挨家挨户地做调查，有几个哥哥姐姐就在我的嘎查，见我去了他们的家里并没有表现出从前的那种不耐烦，相反地煮肉喝酒很是热情，我感受到了他们态度的变化，我体味着这种割舍不断的血脉亲情。哥哥姐姐对我的工作都很支持，我感谢他们，我很清楚，以后他们就是我工作的后盾，有了他们的支持我不会再孤立无援。哥哥姐姐们都很关心我的个人问题，劝我早点成家，也都给我许了愿，只要我结婚，他们每家都给我准备一份厚礼。别的事情都好说，就是成家的事我没有考虑好，不是我不想结婚，我想有个女人，做梦都想，只是我心爱的女人她不喜欢我，我再没有遇到让我心动有成家想法的女人，再说了，我还欠着永红和几个邻居的几万块钱呢，谁家的姑娘愿意嫁给我这样的穷光蛋！

几杯酒下肚，巴蒂玛突然问我，你打金花啦？一口酒差点把我呛着，你咋知道的？谁给你说的？曹勒蒙？我紧张地问。我怕曹勒蒙来找他们的麻烦，那个家伙被我治了一次就躲着我了，我怕他在我背后捣鬼。不是曹勒蒙，曹勒蒙那阵还没有从拘留所放回来呢，巴蒂玛说。那是谁说的？金花。永红接过来说，那天天都黑尽了，外头沙尘暴吼的吓人，迷得人眼睛都睁不开，风大得关不住个门，屋里呛得没办法做饭，我们早早就顶门睡下了，迷迷糊糊地听着有人喊开门，谁知道来的是金花……刮大风那天她来你们家啦？我打断永红。嗯哪，这个丫头来了啥话都不说，我就让她睡下了，我听得她哭了一黑夜，直到早上她才说叫你打了。你说你打她干啥？巴蒂玛问。这个死丫头偏偏和我对着干，不长记性。我和哥嫂说了金花背着我掰扎干的事。

红旗你冤枉金花了，巴蒂玛说。永红苦笑着摇头，这个丫头是想死心塌地地和你过日子呢，你反倒把她给打跑了。这号的犟脾气就是欠打，狗日的，公安局咋就把她给放回来了，应该也和曹勒蒙一样关上十天半个月才老实。听听，听听你说的啥话，苦了胖妹子的那份心了，巴蒂玛说，金花是想给你砌个羊圈，你不感谢人家还把人给打了，好心没好报。心里不由一颤，我才明白她那天为什么哭得那么伤心了，但我不想承认自己的错误，谁知道她要干什么，谁掰我的扎干我就揍谁。噢，活扎干不能掰，死掉的也不能拾啊？你看沙窝里头谁家的羊圈驼圈不是用扎干砌起来的？金花给我说了，她知道你护着扎干，她就专门捡枯死的，谁知道让你这个没良心的还给打了。

我理屈词穷，说不出话来，我知道我真的冤枉胖丫头了，因为我从来就没有想过她有什么好的地方，错误的思维让我做出了错误的结论和错误的行为。其实我也看过了，胖丫头一根根扛来的扎干都是枯死的，这片扎干林生长的很好，找到这么多的枯死扎干也不是件容易的事，再把这些扎干一根根地靠人的肩膀扛出来就更不容易了，何况还是个女人，不知道她这么来来回回地跑了多少趟，谁知道她哪来那么大的心劲和力气。我知道我冤枉她了，可又觉得不可理喻，女人的心思真的猜不透，就算她好心给我砌羊圈，可我连同刚下的羔子总共只有四只羊，为这几只羊再砌个羊圈，有必要吗？既然她是这样的想法，怎么就不给我解释呢，就躺在那里让我打啊？但是不管怎么说，我对她多少又有了一些好感。我问巴蒂玛胖丫头现在在哪里，如果在曹勒蒙家那我就不过去了。巴蒂玛说胖丫头压根就没去曹勒蒙家，在她家住了几天，然后借了她一个骑乘就回家了，她家在沙漠外面的山里头。骆驼自己回来了，胖丫头再也没来过。我和永红又喝了一阵酒，有些上头了，今天的酒太烈。没来就没来吧，不来了才好。

十一

　　清明快到了，我去镇上买了些生活用品，接下来的两个月我就该走东家串西家地到处撑着扎干林挖苁蓉了，不知道今年的苁蓉价钱怎样，也不知道今年苁蓉出的好不好，靠挖苁蓉可以发财，但是，仅靠挖苁蓉却不能养家，苁蓉的行情不是一成不变的，有一年苁蓉的产量很好，有一年就很难挖到苁蓉，年成好的时候价格有可能下降，价格好的时候年成又不好，一切都靠运气，没有定数。我还欠着邻居们几万块钱，每年挖苁蓉，每年卖苁蓉，我是沙漠里公认的最会挖苁蓉的人，可我很少花自己挖苁蓉换来的钱，每年都在为别人服务。说老实话，心里很憋屈，我心疼每年大把红红绿绿的钞票都给了别人，我懊恼摊晒了满院子的苁蓉都将不属于我，已经没有了找到苁蓉的喜悦，挖到再好的苁蓉也是别人的，我什么都得不到。但我必须努力地去找去挖，不管再挖几年才能把卖苁蓉的钱装进自己的口袋，我必须认真地仔细地去做这件事，我没有别的本事，沙漠里唯一可以致富的就是挖苁蓉，赔钱是因为苁蓉，还债还得靠苁蓉，我不想赖账，杀人偿命欠债还钱，天经地义的事，我是个男人，我必须还清所有的外债，不管需要多少年。

　　嘎查南边扎干里的苁蓉出头最早，我先骑骆驼去那边的扎干林里转了几天，收获差强人意。那年苁蓉的长势不错，只是沙漠里到处都是挖苁蓉的人，大都是陌生面孔，大多都是镇上的闲人。我弄不清楚他们怎么也喜欢挖苁蓉，他们有工作有工资拿，过的是我们羡慕的逍遥日子，现在怎么也来抢我们的饭碗？挖苁蓉向来是牧民们的专利，我们挖苁蓉都在根部留下一小块，遇到根部的小苗继续留在坑里，根上的小块可以再生，根部的小苗也能继续生长，这样来年或者隔年在这个坑里还有收获。那些镇上的闲人们就不知道这个道理了，他们只图眼前的利润，每次都是斩草除根，把扎干根也给剁断了。我很清楚，这些闲人是我致富路上最大的威胁，但是沙漠是敞开的，谁也无法阻挡他们进沙漠。

我驮着两麻袋苁蓉回家，才卸下麻袋就觉察有人来过，在房子周围发现了一些脚印，看不出是男人女人，扎干井上有他取水的痕迹，周围的扎干林里到处都是他的脚印，还有几个新挖的苁蓉坑，我无法形容我的愤怒，血直往脑门上涌，我在第一时间做出了判断，有人趁我不在时抢先挖走了我扎干林里的苁蓉。

狗日的杂碎，叫我逮住了砸断你的腿！

妈了个逼的，我日你八辈祖宗！

我歇斯底里地咒骂。站在沙梁上四处看，不见一个人影，我无法平息内心的愤怒，也无法抑制心底的悲哀，我的家园完了，一年四季就靠这个春天，有人却抢先夺走了我的果实。或许，这辈子都还不清欠账了，只能这样年复一年地背着债务生活，我无力地跌坐在沙地上。扎干林还是那么寂静，没有一点生气，看不到一个活物，在扎干林里搭窝的那几只鹞鹰也不知道飞到哪里去了。

心灰意冷地躺在沙梁上，天上没有一丝云彩，春天的阳光暖暖地照在身上让人昏昏欲睡，可我无意享受这样的闲适，我的苁蓉，我哀叹我的苁蓉就这样被人抢走了，我该怎么还清我的债务，什么时候才能过上正常的生活。偶一回头，我看见了我的房子，被茂密的扎干环绕的那座孤零零的房子，房顶上意外地泛着白光。怎么回事，房顶怎么会反光呢，怎么以前没有发现？我疑惑地朝房子跑去，房子的墙体没有发光，我疑心是自己看花眼了，却不敢肯定。屋后斜立着一根大扎干，盖房子的时候本来计划当檩条用的，因为上面有几个结块，怎么放都不周正，后来就立在房后当梯子使，我疑惑地爬上了房顶，却让我目瞪口呆，我看到摊了一房顶的苁蓉。

我明白了，是苁蓉外表的细鳞反射了太阳的光芒。我不清楚是谁晒的苁蓉，看苁蓉失水的程度也就三两天的工夫，这人的收获真的不少，房顶上还有卷着的一卷铺盖。是谁？永红，别力图，还是曹勒蒙？都有可能，他们就近把苁蓉晒在我的房顶上是怕晒在地上被牲口吃了。可是他们干吗来挖我的苁蓉呢，他们都知道这片扎干林里的苁蓉一直是我挖的，他们知道我要靠挖这里的苁蓉给他们还债，怎么还这么和我抢啊，莫非有人不想给我喘息的机会？怎么就不给我一个解放自己的机会！多少年来，我每花一分钱都是精打细算的，我害怕了贫穷，渴望早一点解除我精神的负担，改善我的生活。怎么就有人这么残忍，就不肯给我一个翻身的机会？我在房顶上站了良久，春天的阳光并不刺眼，可我感觉到一阵目眩，我的思想早已抛弃了躯体，在无边的光芒中漫无目地飘荡，不知道哪里是歇脚的地方。有什么东西突然朝我飞来了，伸手去抓，却抓了个空，前面什么都没有。我定了定神，无奈地下去，不管是谁挖的苁蓉，我没有权力占有他们，草场没有细分，野生的苁蓉也不是我种植的，谁挖着了就是谁的，这是沙漠里的规矩。

　　从房上下来，无法掩饰自己的沮丧，慢慢地转过身来，不禁愣住了，差点喊出声来，我知道是谁挖的苁蓉了。房底下站着的居然是这些天我差不多已经忘记了的胖丫头，对，她的名字叫金花，她就那么一声不吭地站在那里注视着我，我相信不是自己看花了眼，她明显瘦了。我不知道该怎么办了，如果是永红巴蒂玛或者是曹勒蒙，我都会马上开门让进屋里去，他们挖的苁蓉就是他们的，我只字不提。我压根没想到挖我苁蓉的又是这个胖丫头金花，我不知道她是出于什么样的目的，又来和我对着干了。我不知道该怎么对待她，她是我这三十年来遇到的最难对付的人。上次她掰扎干我承认是我冤枉了她，可是她现在又来挖我的苁蓉了，还晒在我的房上，我该怎么理解，难道和上次她好心给我掰扎干砌羊圈一样，这些苁蓉也是她好心给我挖的吗？她就不计较我那样骂她打她吗？或者，她本来就是成心来给我气受的，她的目的就是来挖苁蓉，既可以抢了我的财路又可以把我惹恼。但是，不管她是什么目的，她挖的苁蓉就是她的财产，这是沙漠里的规矩，就算我心里极不情愿也是不争的事实。

我避开她的目光，不想和她说话，也不知道该怎样和她说话，我的心从来没有像现在这样累过，她搅乱了我的生活我的思想，我不知道和她究竟是谁好谁坏谁对谁错，反正那时候看着她我很不自在。我以为我忘记她了，她的泼辣，她的野蛮，她的缠磨，她的委屈，她的哭号……我以为我忘记了曾经发生过的一切，可是看到她的那一瞬间，所有的一切都像电影一样在我眼前重现。我不想说话，可我内心的天平已经倾斜，重心倾向了她那一边，心底里有一个声音在对我说：你错了。这简直是不可思议的事！但是，我用得着为我的错误道歉吗？不会，不会的，我是男人，那样的话我永远说不出口，打死我都不会说。怎么又想起了老书记家的丫头，我强暴了她，她走了我才意识到自己做错了，我明白了感情是强求不来的，我想向她道歉，可她没有给我这个机会，她把痛苦和自责留给了我，我不知道世界上还有哪件事能苦得过自己谴责自己。我不敢和金花对视，我知道她的眼光一直聚在我身上，我想找个地缝钻进去。我要道歉吗？我用缰绳打了她。不，不能！我不能！要道歉也得她先道歉吧，她骑在我身上把我捆在地上让我尊严俱无，男人的脸是经不住女人这么臊的。心跳得厉害，我听到自己的喘息了。这个女人，处处和我作对，我应该把她赶出去才对，我还需要和她道歉吗？可我依然不敢看她的眼睛，我只看了一眼就不敢再看了，我怕抵御不住她眼睛里的诱惑。或许，她该走了，她压根就不该来这片沙漠，只要她走了，我的生活也就太平了。可是，我该怎么说？

肚子饿了吧，你先进屋等等，我给你做饭，一会儿就好了。

这个胖丫头，这个金花，她似乎洞悉了我的思想，不等我说话她倒先开口了，听听她的口气，就像是这屋里的主人。你什么人啊，咋这样和我说话，我肚子饿不饿和你有关系吗？我想这样质问她，可我开不了口，我也不知道自己心里是愿意还是想拒绝，我张开了嘴，我听到自己的迷惑，啊？

我从她面前走过，掏出钥匙开了门，我看到了房前灶膛里的烟火，铁锅冒着热气，水已经开了。她什么时候来的，我怎么没看见她生火烧水？我有些疑惑，我怀疑自己是不是思想走岔了，眼前的一切都是幻觉。金花跟着进了屋里，就像在自己家里一样随便，就像在自己家里一样熟悉，她取过案板放在炕上，擦掉上面的灰尘。吃面条吧，我刚才出去揪了几根沙葱。边说边从衣兜里掏出一小把细嫩的沙葱,绿茵茵的,很是诱人。这丫头,心真细,扎干林遮住了春天的沙尘暴,里头的杂草发芽就早,多是臭蒿谷黄沙柱糜子之类的,沙葱倒少,又是在这个刚刚开春的时候,被她找到这么一把确实稀罕。她从面袋子里盛出面粉,熟练地和了起来。我手足无措,像是一个多余的人,只好出去去井上打水,心里怀疑,到底谁是这家的主人?

　　那天吃饭有些不自在,不过吃得舒服,我埋头猛吃,一气吃了三大碗面条,吃罢才发现金花的一碗饭还在手里端着,锅底早已空了。我很羞愧,慌乱地说,你吃饭,我吃饱了。金花的眼睛似乎一直没有离开过我,我看到她笑了一下,说下次我再多做一些,然后低了头吃饭。她低头吃饭的时候我打量着她,两条很粗的辫子背在身后,身体不是那种肥胖,看起来很结实,拿筷子的手有些粗糙,显然是受了许多苦,淡粉色的对襟褂子,黑色的裤子,穿在她身上大小正合适,也显得身体匀称了许多,脚上是一双崭新的方口黑面白底布鞋,我猜是她自己做的。这样的衣着在沙漠里算得上时兴了。显然,她知道我在打量她,饭已经吃完了,依然低着头。

　　扎干里头的苁蓉快挖完了吧,你晾了一房顶的苁蓉。我不想气氛太尴尬,我喜欢安静的环境,可我不习惯和一个女人这样尴尬地坐在一个房子里。

　　这个扎干林里头苁蓉多呢,哪能两三天就挖完。

　　你两三天比我一个礼拜挖的都多。

　　管是谁挖的呢,挖得越多越好,明天我们一起挖吧,扎干里头苁蓉多呢。

　　我心里苦笑,话是这么说,挖得越多越好,可你挖得越多,我的损失就越大,连我屋门前的苁蓉也叫人挖走了,我猴年马月才能还清账呢。想到这个就有些心疼,我不得不把自己的果实分给她一部分。突然想到一个问题,我没有看见帐篷,我的房门也是锁着的,她已经来了两三天了,这几天她吃什么,住在哪里?我问她,她抬头看着我笑了,你走的时候忘了拔掉外头灶火上的铁锅,我带来了米面和被褥,饿了就用铁锅烙锅盔,晚上把被褥铺在房后墙根底下,就睡在那里。一个人睡在外面不害怕啊?我问。早就习惯了,以前瞌睡了在哪里都能睡着,就是在你这里不敢睡觉。金花说房顶的烟囱上一到黑夜就落个恨吼,嗷嗷地叫唤,吓得她被子蒙着头不敢睁眼睛。我笑了一下,这个天不怕地不怕的丫头居然害怕沙漠里最常见的猫头鹰。真的，恨吼叫唤太难听了，不信今天黑夜你听，小时候奶奶说遇着恨吼晦气得很。金花认真地说。没啥害怕的，恨吼只抓老鼠不吃人。我安慰说。

天黑前我又去扎干林里转了一会儿，金花说的没错，这片扎干林里苁蓉多得很，今年是个丰收年，只一会儿我就找到了两坑。挖了两坑苁蓉天就黑下来了，我看见了屋里的灯光，金花点着了煤油灯。我在屋前站了一会儿，下午出去找苁蓉是个借口，我不知道该怎样和金花相处，出去就是想避开她安静地想想怎样才能打发她走。天已经黑了，我依然没有主意。门开了，一道亮光映出门外，金花出来了，我看见她在四处张望。我能看到她，但她看不见我，她去灶上锅里续添了一勺水。等金花进屋里了好一阵我才推门进去。呀，你回来了，金花一脸的兴奋，我下饺子去。我看见炕上摆了一案板的饺子。我有些吃惊，她还会包饺子？金花包的饺子味道不错，羊肉青萝卜馅儿，吃得我满头大汗，很久没有这样畅快地吃顿好饭了。吃罢饭我点了支烟美美地吸着，烟雾缭绕中我看着金花进进出出地收拾锅碗，我没有理由让她离开，金花的确是个细心的女人，她已经拴住了我的胃。

天黑透了，我们两个一人一头坐在炕上不说话，我一支接一支地抽烟，金花在灯下抚弄她的一双大辫子，其实我们都在想着一件事，今晚该怎么睡。你早些睡吧，明天早起还走扎干里头呢，金花说着看我一眼，出去了。这个丫头，又抢在了前面，我猛吸几口把手里的半截烟头在炕沿上摁灭，跟着出去。我抢在金花前头爬上了房，把她放在房顶上的铺盖卷儿提下来。走，屋里睡。

我和金花在炕上一人睡一边，我知道金花也睡不着，我的身体像是着了火，我想打个滚到她那边去，我想马上就要了她，我是有过女人的，我知道和女人在一起是一种快乐的释放。可我只能抑制自己的欲望，我不能不想到一个事实，金花不是老书记家的丫头，老书记家的丫头一声不响地走了，金花现在就这样缠着我，一旦和她做了那事，我能甩得掉她吗？

早晨起来告诉金花我要去西边的扎干林里挖苁蓉，这里的苁蓉就留给她挖了。我相信我的邻居们不会来这片扎干林，他们知道不用自己动手，这片扎干林里的苁蓉收入都是给他们准备的。我也不想和金花争抢这边的苁蓉，她来了就给她吧，我要去别处的扎干林里碰运气了，我不能和金花这样夹缠不清再耽误了别处找苁蓉的机会。我在一峰骆驼上驮了那顶旧帐篷和一些生活必需品，另一峰当我的骑乘。其实整个嘎查的面积也就几千平方公里，完全没有必要在外面搭帐篷过夜的，我想着还是离金花远一些好。金花跑去扎干林里牵来了她的骑乘，一头健壮的骡子。我和你一起去。你别去了，就在这里挖苁蓉吧，别让人家把这里的苁蓉挖走了，我说。不行，我和你一起去，我给你做饭，金花执拗地说。你别去了，就在这里挖吧，你也走了我们挖下的苁蓉咋办？你就在跟前挖吧，不要走远了，看着我们挖的苁蓉不要让人偷走了。说着，我骑上骆驼走开了。你等等，金花跑着向我追过来，递给我一个刚刚烙好的锅盔。早些回来，她说。我看到了她眼里的泪水，我看到了她的不舍。可是，我必须得走了，我整年的收获就在春天的这几天，我不能放弃去别处找苁蓉的机会，我还有一屁股的债要还，现在我相信金花对我的感情是真的了，可我不能接受她的感情，我是个一无所有的穷光蛋，我还没有成家的打算，我有我的自尊，我不能让我的家人跟着我一起受穷。我走了，这里的苁蓉就留给金花吧，算是我打过她的补偿。

骆驼缓缓地走出了扎干林，我看见金花站在沙梁上向我招手。

十二

我在外头的扎干里转悠了将近一个月，期间回去过几次，只有挖够两麻袋苁蓉我才回家送一趟，摊开了晾在房子南边干燥的沙地上，让金花照看着每天翻一翻。金花干活很有苦心，每日天见亮就在扎干林里寻摸着，因而她的收获也很好，房后的沙滩上晾了一大片。每次回来金花都很高兴，变着法儿做好吃的滋润我的嘴我的胃我的心。金花从不在我面前吝啬她的笑容，胖胖的脸上两个深深的酒窝其实很迷人，离去的时候我满脑子都是她的笑容。我不想和金花抢这片扎干林里的苁蓉，所以我就走得更远一些，甚至跑到相邻嘎查的扎干林里找苁蓉，没少挨人家的白眼。人家都知道我的身份，挖苦的话儿说得也就难听了些。人都有自己的尊严，我不能不计较这些，可我又不得不打着哈哈忍受着，只要他们不赶我走就行。我不是

金花跑去扎干林里牵来了她的骑乘，一头健壮的骡子：我和你一起去。

强盗，也不是小偷，只要在他们忍受的范围内，我尽自己最大的努力减少自己的债务，春天是我的季节，只要再坚持几天，明年我就不来了。

五四的时候我回来了，追着扎干找苁蓉的工作已经结束，我也该在家里休息几天务艺那些挖回来的苁蓉，然后在苁蓉晒得半干的时候以最好的价格卖出去。回家才发现金花把我挖来的苁蓉和她的都晾在一起了，房前屋后摊了一大片，任你有天大的本事也没法分开。我有些恼火，这个死丫头，又在搞什么名堂。你看你做得啥事情？我猜我的脸色一定很难看，我从金花的眼睛里看见了些许惊慌。我尽量把话说得柔和些，你这是做啥呢，你咋把苁蓉都掺起来了，我的苁蓉得卖了还账呢。金花说那就都卖掉还账好了，反正我又不是给自己挖苁蓉，不管你欠了人多少账，今年还不完我们明年接着还，总有还清的那一天吧。这回轮到我吃惊了。老天，她竟然要和我一起还债，她在我这里挖苁蓉就是为了帮我还债，她竟然这么大方！可是，这样的大方我能接受吗，我有理由接受一个女人的施舍吗？你挖的就是你的，过几天卖了钱你拿上回家去吧。金花扭头瞪我一眼，再不理我，转身去做饭了。

我把帐篷搭起来了，就搭在房子前面，挖了几年苁蓉，我摸索出了一些苁蓉储存的门道，不能那样总是在太阳底下晒着变成干棒，晒一段时间就得拿到房子里晾着，而且必须要在苁蓉底下铺一层沙子，这样才能保证苁蓉干爽柔韧。我只有一间房子，晾苁蓉只能在帐篷里。而且我不想和金花睡在一个炕上，抵御欲望是很困难的一件事，对此我深有感触。我从金花的表情上可以看出来，她不想让我去睡帐篷，但她没有吭声，现在的她不是刚见面时的那个野丫头了，身上流露着女性的含蓄和温柔。

每年到了这个时候很难再找到苁蓉，偶尔有遗漏的苁蓉也不再和人捉迷藏，把养分都集中在头部高高地长出地面，开着白色、紫色的花儿，绚烂美丽。这时候的苁蓉都开花了，很容易辨认，人们不用再像前些日子那样整天猫着腰在扎干底下蹅摸。这时候的苁蓉都是早先漏眼的，往往有十几斤甚至几十斤的大坑，所以我和金花每天也都分头出去碰碰运气。金花挖到一苗开着紫色花儿的苁蓉，舍不得折断，整苗泡在扎干井的水兜子里，让它尽情地开放。这几天我们的收获不多，跑空趟的次数越来越多了，我也倦了,每天睡到天大亮才起来去周围转悠一圈。金花很勤快,仍然每天去扎干林里碰运气,中午下午早早回来给我做饭。沙漠里少蔬菜,就面粉和羊肉,她想方设法地变着花样让我吃得舒畅。

我骑骆驼去了一次镇上,听说苁蓉的价钱好得很,得去落实一下。果然,老天爷开眼了,今年的年成好,苁蓉的价钱也好,比往年涨了差不多一倍。我按捺不住心里的兴奋,在熟悉的商店里赊了些烟酒糖茶匆匆地赶回家去。说不清什么原因,我急于想把这个好消息告诉金花,让她分享我的快乐。我估算了一下,照现在这个行情,家里的那些苁蓉光我的那一半就可以还清所有的欠债了,苍天有眼啊,遇上这样的好年成,老天爷终于给了我一个翻身的机会。

我去永红家借了几峰骆驼,驮上我们的苁蓉去镇上卖,收购站的人说我是今年卖苁蓉最多的大户,我乐得合不拢嘴,扭头看见金花望着我,眼睛特别的亮。终于有钱了,我带金花先去饭馆里美美地吃了一顿,然后在镇上疯狂地采购,家里徒有四壁,有些东西必须得添置了,我不是个甘于过穷日子的人,只要还掉我的欠账,有多少钱我都能花掉,我享受着花钱的乐趣。这个时刻来得太晚,从部队回来八九年了,我从来没有像今天这么开心过,从来没有像今天这么大把地花过钱。将近十年的光景哪,我一直在为别人挣钱,自己哪怕就花一块钱都得精打细算,今天终于可以放纵了,我可以尽我所想地花钱了,我要把失去的补回来。

我把钱分成了两份,一份我去还债,这些我还了债还略有盈余,一份我给了金花,金花死活不要,我强行塞在她怀里,虽然她说挖苁蓉就是让我还账的,可苁蓉是她挖的,我不能昧着良心要她的钱,再说我已经可以还清债务了,更不能拿她的钱。这钱本来就是你的,这下你可以好好置办你的嫁妆了。本来金花的喜悦呈在脸上,捧着几摞钱笑眯眯地看着,听我这么一说脸色立马变了,顺势把手里的钱朝我扔过来,寡着脸说我不稀罕。整摞的钱砸在我身上散了,下了一地钱雨。

金花转身从她的花布包里掏出一身衣裳,眯着眼睛微笑着,像是捧着自己的心爱之物,放在膝盖上细心地摩挲。哦,啥时候买的?穿上试试,给你穿上我看看。金花把衣裳递给我。啥,给我买的?你不看是男人的衣裳吗,不是你的是谁的。我有些手足无措，慌张地把衣裳放在炕沿上。穿上我看看，来，我给你穿。金花说着就过来帮我把身上的旧迷彩服脱下来。你把新衣裳穿上看看。这个死丫头，她什么时候给我买了衣裳？我顺从地站起来由她摆布，和她挨得那么近，我闻到了女人的味道。

晚上我和金花两个人喝了酒。你什么时候回家去？我问。金花默不作声地把帐篷里的铺盖抱回屋里。我先躺下了，睡吧，我说。金花吹灭了煤油灯，黑暗中我听到她窸窸窣窣脱衣裳的声音。或许是酒精的作用，翻来覆去睡不着，我闭上眼睛强迫自己睡觉，烦恼的是只要闭上眼睛就看到了女人的身体，一会儿是老书记家的丫头，一会儿又是金花，交替着，重叠着。老书记家丫头的身体我是见过的，修长白皙，蛇一样在我身下扭动，金花的身体有些朦胧，丰满结实。她们就像两个妖孽，在引诱，在迷惑我的神经我的灵魂。血往上涌，全身似着了火，出了一身汗，我大叫一声坐了起来。把金花吓着了，坐起来紧张地问咋了？做梦啦？她的手搭在我裸着的肩上，好好睡吧。我握住她的手，摸到了她的心跳，听到了她的喘息。我转过身注视着她，黑夜里我看不见她的眼睛，只看到她的身体的轮廓，我猛地将她拉进怀里，我听到她含糊地哦一声，结实的身体在我怀里立马就柔软了。我又一次品尝到了女人的滋味，让我销魂，使我陶醉，我疯狂地撞击着她的身体，我贪婪地吮吸那对丰满的乳房，我用最下流的语言发泄我的情欲，我喜欢听她痛苦的快乐的呻吟。我知道，从今以后我再也离不开她了。

十三

我和金花说，这就算我们结婚了，以后就一起受苦吧。金花伏在我怀里，咋说也得把结婚证领了，还得摆两个乌查请亲戚邻居们喝场酒。我穷光蛋一个，统共大小四只羊，我哪里去找绵羯羊去，再说就这么一个小房房，请来客人朝哪里坐？谁说你是穷光蛋了，我们还有卖苁蓉的钱呢，我多少也存了几个钱，现在你有我了，有这个家，我还有一群羊，过几天我们去把羊赶回来，有这么好的草场，几年就是一大群，还愁日子过不好。哈哈，没想到你还是个富婆子哪，我占便宜了。就这你还看不上我，不要我。金花委屈地说。谁说的，说着我翻身把她压在底下。

过了几天神仙般的日子，我和金花一起去给邻居家还账，一并给他们打个招呼我要结婚了。既然决定和金花一起过日子，就正大光明地告诉人家，省得人家说闲话。再说金花虽然是个牧区丫头，还挺看重名分的，我就大大方方地告诉人们她是我的老婆。听到这个消息牧人们的反应各不相同，曹勒蒙是很不情愿妹子跟我的，酸溜溜地说我捡了个金疙瘩，别力图怀疑我是不是图谋金花的家当，还有人议论我被个胖女人打趴下制服了。我的哥哥姐姐们都很高兴，不光为我，还为他们自己，我成家了，他们更不用为我的生活发愁了，尽管他们从来就没有管过我。最高兴的是永红和巴蒂玛，我看得出他们是真心地为我高兴，巴蒂玛甚至夸张地合掌念了好几遍阿弥陀佛。我把欠永红最后的一万多块钱递给巴蒂玛，永红赶紧拦住了，一家兄弟，说好不要你还钱的。是我欠你们的，欠了账就得还，赖账我就不是你兄弟了。我把钱硬塞在巴蒂玛怀里，我看到她瘦削的脸居然红了，很有些不好意思。我朝她笑笑，我要的就是这个效果。我说过，欠她的我一定会还，永红是我哥，欠了他的我可以不还，巴蒂玛是我的嫂子，还清了她的账我哥的日子就更好过了。

　　我和金花去山里赶回了她名下的一百多只羊。她和哥哥一起生活，金花说她哥是个什么都不操心的甩手掌柜子，嫂子懒得要命，油瓶倒了都不知道扶，这个家其实都是她置下的，她最少要带走一半，留下也会叫哥嫂给败掉的。山上的条件比沙漠里要好得多，风沙少草场好，羊的身架也比沙漠里大，山里人家的生活也就比沙漠里好。我在沙漠里只有一间矮小的土房子，金花家却有一溜四间新盖的红砖房，金花说砖房也是她张罗着盖起来的。我看金花的哥嫂都是很精明的人，只是因为懒，家里乱得像个猪窝。金花的哥嫂对我充满了敌意，一见到我们就开始数落。金花让我在她屋里等着，她去和哥嫂说。我隔墙听到她和哥嫂激烈地争吵，贴着墙听了一阵，我听明白哥嫂不让她嫁到沙漠里去，更不让我们分走他们的羊群。我原本没有想到金花的条件会这么好，到了她家我还想着少分些牲口算了，金花毕竟从小和哥哥相依为命长大的。听了他们的争吵我很生气，既然你们这样骂金花这样小看我，一半的羊群我还要定了。说老实话，在这之前我一点都不了解金花家里的情况，所以我不想和他们吵，我过去把气得哭鼻子的金花拉出来。争吵不是解决问题的办法，我们不能硬来，要想分家必须找来嘎查的领导和邻居们做个裁决。金花领我去嘎查主任和邻居家里走访了一遍，请他们晚上来家里给做个公证。金花哥嫂还是不同意分给金花牲口，被邻居们七嘴八舌地数落一通。看得出金花在周围很有人缘，从邻居们数落哥嫂的话语中我知道金花的确是个放牲口的好手，而且很会持家，说这个家是她置下的一点不为过，邻居们也认为金花有权利分走一半的羊群。在邻居们的说道下，金花哥嫂哑口无言，愤愤地瞪着我。看到情况朝着好的方向发展，我提出了一个解决办法，羊群金花和哥嫂一分为二，我和金花只赶走金花名下一半的数目，剩下的一半请哥嫂代为放养，每年产的羊绒和新下的羊羔都归哥嫂，我们自始至终只要原来的数目。我的提议合情合理，邻居们都说是个好办法，这样一来不光兄妹俩和和气气地分了家，而且当哥的羊群并没有减少多少，对他每年的收入也没有多少影响。私下里我和嘎查主任说金花的户口我不打算往出迁，将来看情况再说。主任笑着答应了，他和我一样是嘎查主任，我们都从红头文件上看到了国家即将对农牧民的待遇做出调整，牧民即将享受更多的实惠。

没想到事情会办得这么顺利，曹勒蒙说得没错，我捡了个金疙瘩，金花本来就是个金疙瘩。后来我问金花，自家条件这么好，怎么就跑到沙漠里去了？金花咯咯笑着说听说沙漠里有个特别倒霉的愣头青，想去看看长个啥模样。我做个怪样朝她扑过去。金花拉着我的手说了她的事情，小学还没上完就先后死了爹妈，和哥哥相依为命，当哥的也是个不谙世事的懵懂少年，而且游手好闲，不好好务艺羊群，放羊的事就只能靠金花。哥哥只知道自己找对象，却没留心妹子也一天一天地长大，金花为了他们的家整天风里来雨里去地操劳，所以她的模样就显得比实际年龄大一些，错过了找对象的好时候。这两年也有给她说亲的，可金花总觉得自己的模样不出众，他们的目的不纯，是看上了她的羊群。她想要的是知她疼她爱她的真正的爱情，哪怕对方特别穷，只要爱她就行，这样的爱情也只有她自己才能找到，她想招个男人去山里和她一起放羊。她来沙漠里是因为这里有她的一个老姨妈，而且沙漠里要比山里面穷，她渴望有奇迹发生，会有人不计较她的年龄和相貌和她一起回去。在姨妈家也没事可做，就去给曹勒蒙帮忙拾扎干，没想到遇到了我，更没想到被我送进了看守所。那时候金花已经是个二十六岁的老姑娘了。

金花说还没见到我的时候就已经动心了，曹勒蒙他们没少说我的故事。我唯有苦笑，闭上眼睛我也能猜到他们怎样议论我，我就是个倒霉蛋。金花说等见到我的时候她就喜欢上我了，觉得我是一个实在人，她不知道该怎样表达她的爱慕，就想逗我玩，看我越着急她越高兴，谁知道却玩过了头。你爱的方式也太特别了，把喜欢的人骑在屁股底下不说，还给捆上缰绳，我揶揄她说。金花的脸刷地红了，跑过一边，抽抽搭搭地哭。

我过去哄她，和你开玩笑呢，这就哭啊，是我该哭才对吧？金花伏在我肩上，我再也不那样了，我真的是太喜欢你了，以后你说什么我都听你的。你不知道，我叫警察关进拘留所里，整天都是想你，你好像住在我脑子里了赶都赶不走，我一点都不恨你，真的，一点都不，就是想见到你。从拘留所里出来我就找你来了，你不让我跟着你，后来你打我，我很伤心，我心里特别的疼，我知道你看不上我，我知道你恨我把你摔倒了，还骑在你身上，我知道伤了你自尊了，男人的脸女人不能伤的。我伤心死了，那天的风好大，我在沙窝里坐了半天，想着就这么死了算了。金花说着抬头看我一眼，我攥紧她的手，你死了我不就没有老婆啦。我回家里待了两个月，可我的心丢在沙窝里了，我实在舍不得你，你说你过得啥日子，我心疼，我丢不下你，我知道你欠了账，我和曹勒蒙他们都问过了，我有钱，我能替你还掉账，可我知道你是个要强的人，你不会要我的钱的，我怕你骂我是个贱婊子，我怕你打我……我不怕疼，可是我伤心，我心里疼，我想给你搭个羊圈，你一个人过得太苦了，可是……金花的眼泪淌下来了，我拉她入怀，用袖子给她擦掉眼泪。金花含着泪笑了，眼泪流在她的酒窝里。

我一天都等不住了，我就是想见着你，我想好了，你不会要我的钱，那我就帮你挖苁蓉，等你还了账，说不定你就喜欢我了。可是，我怕你又凶我，我怕你还赶我走……你回来的那个晚上我好为难啊，我不知道我该睡在哪里……你就不怕我欺负你啊？我刮了一下她的鼻子，她羞得别过脸，低头说，我想了，你要我就给你，你要什么我都给你。我把金花揽在怀里，抱得紧紧的，紧紧的。

结婚那天嘎查的牧民们都来了，煮了三个乌查，我又借了两个帐篷搭起来。永红和巴蒂玛给我两峰骆驼和十只羊做贺礼，我的哥哥姐姐们也都来了，每家都送了我两只怀羔的母羊，他们看到我已经有了一群羊连声赞叹，都说我娶了个好媳妇。结婚的事我没有和镇上的领导说，不知道他们是咋知道的，书记和镇长居然开车来沙漠里专门给我们贺喜。我知道今后在嘎查上开展工作将会更加顺利，书记和镇长把面子给我给足了。

这是沙漠里最快乐的一天，篝火彻夜不灭，歌声整夜不绝，我的新娘子挨个给客人们唱歌敬酒，我才知道原来我的老婆歌声这么美妙。

十四

金花说过她多少也存了几个钱，起初我没当回事，想着也就是三两千吧，她把信用社的存折给我的时候我着实吓了一跳，上头的数字不是几个，而是好几万，和我被骗的钱数差不多。你是不是把你哥的钱全都拿来了？我皱着眉头问。不是的，每次存钱我都存两个存折，我一半，我哥一半，我哥存不下钱，盖房子的时候我和他要钱，他的折子都快空了，房子还是我出钱盖的，四间新房子我还没有住够呢，本来想着将来结婚了和我哥一人两间，现在都给他了。要不，你回去继续住新砖房，我一个人住这个土房子，我开玩笑说。金花咯咯笑着扑进我怀里，你别想赶我走。那我和你一起去山里住，你肯去吗？金花睁大了眼睛，你哄我？你想让我去吗？随你，你想去山里我就陪你去山里，你要住在沙漠里我就和你住沙漠里，反正你到哪里我就跟到哪里，我就要你这个人！金花严肃地说。我知道你不会去山里的，你喜欢沙漠，沙漠里也很好啊，虽然风大，可我们有这么大的一片扎干林，还有这么一群羊，只要勤快些，日子会越过越好的。

我问金花这些钱该怎么用，金花说她想在沙漠里盖几间大房子，再收购些骆驼羊，要不了几年我们就会成为沙漠里最富有的人家了。我说我们已经是沙漠里最有钱的人家了，我们现在缺的不是骆驼羊，而是一堆孩子。不要脸，大白天的，金花笑骂着躲闪，但她的胸脯一接触到我的双手身体立刻就软了。

我和金花商量不在沙漠里盖大房子，我想瞅机会在镇上置办几间靠街的房子。我的生性不安分，在南方呆过几年，在这个嘎查书记的位子上又看了两年报纸和文件，我想改变传统的畜牧模式。那一次和金花去镇子上卖苁蓉我注意到一件奇怪的事，收购站不光收购苁蓉，他们还出售苁蓉，商店里整整齐齐摆了一柜台的苁蓉和锁阳，并且根据苁蓉的长短粗细配了专门的盒子，衬上明黄的绸布细心地摆放在里面，我问了一下价格，是我卖给他们的几倍。我打听到外面的人开始认可苁蓉的价值和功效了，把苁蓉称作沙漠人参，沙漠里唯一的公路就从镇子中间穿过，路过的人首选苁蓉作为沙漠特产买回去赠送亲友。而且，我虽然在广州吃了一次亏，却也了解到苁蓉在南方还是有一定的销路的。我琢磨着先考察一番，然后开一家地方土特产店，先从小开始，慢慢摸索着做大，敞开了收购苁蓉，获得最高的利润。金花虽然不理解我的想法，可也没有阻拦我。你想做什么事就做，我都支持你，我是你的，我的什么都是你的，我相信我的老公一定能成功的。

有了金花这样的贤内助，就没有不成功的道理，我们又盖了两间土房子，砌了院墙，请邻居们帮忙砌了个牲口圈。第二年挖完苁蓉我首先把邻居们的苁蓉收了回来，手里有了现金就没有买不来的东西，我把我的牲口都交给永红替我放养，我在小镇街面上租了一间房子，顺利地开了店面，我教金花一起做生意。生意好得超出了我的想象，客户主要是镇上的那家工厂的销售员们，他们为了推销产品和回笼货款，大量买苁蓉去送礼。我还出去外面进回了一些地方特产和民族特色的工艺品和副食品，扩大了店里的规模，和几家医药公司也有了联系。我不愁苁蓉没有销路，反而为收不到苁蓉发愁。我也如愿地买下了一院靠街的房子。更让我高兴的是，金花的肚皮很争气，让我在三十岁的时候做了父亲，我有了自己的大胖儿子。有老婆有儿子有羊群有店面，我品到了生活的甜美。

十五

我的嘎查不算小，两千多平方公里的地盘，人口却不多，一百来户人家，按说也没多少事做，可就是闲不下来。嘎查上的事你不操心也就没啥可忙的，一旦你想给大伙儿做些实事，还真就闲不下来。国家对牧民们的政策越来越好，镇上隔三差五地叫去开会，好政策在一步一步地落实，沙漠里的牧人们居住太分散，我只好走东串西地给他们做宣传。有金花给我守着家，我可以放心地做我的工作。我熟悉自己嘎查每一个人的家庭情况，工作开展很顺利，在我任职以来嘎查没有发生过刑事案件，也没有超生超养现象，更没有人口流失，多少做出了些成绩，所以我每年都能顺利地拿到几千块钱的工资。其实现在就我的条件，镇上每年发给的这几千块钱的工资不算个啥，但我依然兢兢业业地为我的牧民们工作着，我要回报这些接纳并帮助我的乡亲们，我也逐渐体会到只有在嘎查主任这个位置上才能为集体为自己争取更多的项目和利益。为方便工作，我买了一辆四驱吉普车，再也不用骑着骆驼在沙漠里爬了。

我把家安在了镇上，金花留恋我们扎干林里的土房子，她说她是在那里找到幸福的，每隔一段时间我便开车带着金花去扎干林里住些日子。有金花和儿子陪着，扎干林不再寂寞，我们的笑语在沙湾里回响。

我经常去镇上开会学习，和领导们的关系处得很好，通过他们，我结识了旗上的主要领导和一些单位的负责人，我为我的嘎查争取来了一系列的好项目和优惠政策。通过公路管理处，我要来了嘎查界内公路防护林工程，在辖区几十公里的公路两边种植了四五十米宽的扎干防护林带；通过森林管理局我要来了薪炭林、公益林的种植项目，以我的扎干林为中心，在海海漫漫的沙漠里广种扎干，我的愿望是把沙漠各个角落的扎干林连成一片，让沙漠变成绿洲。我还争取到了一家企业的赞助，凡是我嘎查学龄孩子的学费都由他们承担，而且每个孩子每年还能获得几百元的助学金。更为重要的是，我争取来了搭载"神舟一号"上了太空的苁蓉种子，在沙漠集中种植，把我的嘎查建成了一个苁蓉种植基地。

那段时间虽然辛苦却也快乐，为了争取这些项目我经常沙漠镇上旗上来回地跑，金花默默地支持着我的工作。每年春天是沙漠里的风季，也是种植扎干和收获苁蓉的时节，金花领着人和自然的风暴搏斗，现在沙漠里的新生扎干林大多是那时候金花领着牧民们种植的，太空来的苁蓉种子也是她和牧民们一坑一坑地种下去的。我们不辞辛劳地在沙漠里耕耘着，畅想着明天的幸福。不管每天回来多晚，也不论工作多累，金花总是赶紧洗涮做饭。自从有了金花,我再没有吃过一次剩饭,更加迷恋金花的怀抱,那母性的气息让我有了最温暖的依靠。可是我没有想到,就在我们收获幸福的时候,我的金花,我心爱的妻子,她就那么突然地走了。我永远不会忘记三年前的那个春天,也是像今天这样清凉的早晨。

十六

那天出门二十多分钟后,我把车开下了公路,顺着一条蜿蜒的小径朝沙漠深处开去。天蒙蒙亮,又刮着风,车灯显得弱了,那条熟悉的小路更加模糊了,时隐时现,最终没有一点痕迹。

方向不对吧,你是不是把方向弄错了?我记得还得朝北边走才对。金花说。

你能记个啥,我家的方向我还不知道,朝这边直直开就能到我们扎干林里头了。

小心铁丝网,妈呀哎——金花突然叫喊。

果然,昏暗的灯光中突然冒出一道铁丝网围。我急忙朝右打方向盘,避开铁丝网,调过方向顺围栏开去。

你开慢些,别撞铁丝网上了。金花捂着额头心有余悸。方向打得太急,金花没有防备,碰了头。

怕啥,顶多是把网围栏撞个口子,还能咋。

还是小心些,听说去年夏天有人喝醉酒骑摩托车就在铁丝网上撞死了。

那是摩托车,能和我汽车比,我又没喝酒。

你还是专心些开车,这是谁拉的铁丝网,撞上了总不好吧。

还能是谁家的?你表哥曹勒蒙家的,去年秋天拉的网围,狗日的这几年挖苁蓉也挣下钱了,也舍得拉网围把扎干圈起来了。现在嘎查家家都拉了网围栏把扎干林和好草场圈起来了,刚开始推广的时候有人还骂我有钱没处花,你看看,现在知道拉网围栏的好处了。狗日的,拉铁丝网也不能把路挡住啊,咋不留道门,让我绕到哪里去?

我说朝北边走你偏犟,看你朝哪里去。

谁知道曹勒蒙狗日的把路也给封住了,回头看我不给他拉开个豁豁才怪。

　　沙漠里本就没有路，牧民们来回走过的次数多了就形成了一道道四通八达的小径，沙漠里的风大，往往就被风刮掉了路痕，牧人们多以那些独特的地形地貌或一道沙梁、一片草滩作为照头，指引自己的方向。有心人会在小路边立一棵扎干柴或者其他比如石头、酒瓶什么的当路标，因此，沙漠里的牧人很少会错了方向。就是大漠里的独行者，只要找到这些标志弄清楚它们的含义也不会困在沙漠里。但是那天我这个从小在沙漠里长大的牧人却被新拉的铁丝网搞迷糊了，顺着铁丝网跑了好一会儿，眼看天放亮了，就是找不到入口，不由气得大骂。

　　是谁拉的网围，哪有把路也给封住的道理，哪个王八蛋这么缺德！

　　你不说是曹勒蒙吗？

　　他们家的草场早就过了，谁知道这是别力图还是王满仓拉的，狗日的，惹火了我开车直接从铁丝网上压过去。

　　快别逞能了，你压过去一道还有一道，谁知道过几道铁丝网才能到我们家。

　　我又不是傻逼，我不知道？

　　这是你说的。金花小声说着，扑哧一声笑了。

　　我转头瞪她。金花说调头朝回走吧，这样走到什么时候是个头，你就朝三哥家走，那条路是大路，肯定没有圈着，我们扎干就和三哥家挨在一起，这么好走你偏不走，你看你走了多少冤枉路。

　　他妈的，多少时间都耽误了。我气恼地调转方向。

　　到永红家的时候天已经大亮了，我朝那两间自己出生的土坯房子瞅了两眼，还是那间三四十年前盖的老房子，当年爹妈和我们兄弟姊妹八九个一起挤在这两间土房子里也没觉得小，现在看起来房子咋就那么低矮。永红是个仔细人，去年又上了一次房泥，外墙也重新抹过了。太阳刚刚出来，把房子阴影拉得老长，骚动的羊群反而更显得这里特别寂静。老三也真是的，不说重新盖个房子，现在的条件又不是盖不起，细程那个钱干啥。我在心里说着，没有停车，顺着房前的那条驼路开过去。

　　停下停下，你等等，把我们买的菜给三哥放下一些。金花说。

快走吧，你看都啥时候了，老三家早就到扎干林里了。

放在屋里头，他们下午总还回来。

我朝后倒了几十米，金花翻找给永红家买的东西。

赶紧走吧，人家都开始挖苁蓉了，我们还在这边溜达。你还嫌我起得早，你看到啥时候了，顶缝子苁蓉就得早上这阵挖，太阳再高就不好找了。

听听，又怨开我了，我说让你朝大路上走，是你偏要走截路，你把时间耽误了还怨我。金花不满地说。

谁知道这些人家咋拉了这么多的网围，竟然不给我打招呼，狗日的拉网围也不能把路给封着啊，咋也得留个门才对，回头看我咋收拾他们。

行了吧，你少管人家的事，人家又没把网围拉在你草场上。要我说家家都拉上网围才好，把我们草场圈在中间，省下我们买网围了。

你想得美。

我的扎干林离永红的房子还有十几里的路程，当年分草场的时候我把就近的草场让给了永红，这样永红放牧就方便多了。其实也是我耍了个心眼，沙漠里凡是有人家住的地方的扎干林大都被破坏了，盖房、烧柴都是就地取材，剩下的多是林业局飞播后长出来的再生林和我领人栽的新生林，这些小扎干根上还没有寄生苁蓉，就算有，也都是单株的小苗，好苁蓉都在大扎干林里的老坑里。我的牲口少，占着大片的草场也没多大的用处，我是靠挖苁蓉起家的，所以对自家草场边缘的这片扎干林就特别上心，这是我的聚宝盆。为了得到这片扎干林，我没少费周折，当初我把房子盖在这片扎干林里，就是为了占有它。尽管划分草场的时候我已经是嘎查书记兼主任，尽管当年人们默许我独守这片扎干林挖苁蓉还债，尽管我为嘎查集体争取来了许多项目和优惠政策，可我的牧民还是在会上找我的麻烦。因为那片扎干林挨着好几家牧民的草场，谁都说自己该得，就是没有我的份，理由是我牲口少来的最晚不该分得那么大面积的草场，而且金花和儿子的户口没落在嘎查，也没有资格分草场。气得我在会上拍了桌子：他妈的，我的牲口是少，我自己连个骆驼毛都没有，我这个书记是组织任命的，你们选我这个啥也没有的人当主任干啥？我这个嘎查书记主任就不能有自己的草场？我今天牲口是少了些，明天我不能买一大群牲口？是我买不起还是咋的？

　　这一拍桌子暂时镇住了那些和我争草场的人，背后却去镇上告了我的状，说我以权谋私。到了镇上这事倒好解决了，哪个领导还不帮我说话。分管领导亲自下牧区给牧民们做工作：红旗书记和你们一样，原本就是嘎查的人，咋能不给人家分草场呢？噢，人家保家卫国当兵回来就连草场都不给分啦？这说不过去嘛。你们说人家牲口少，这是人家觉悟高，响应国家政策，你们大会上也听文件了，现在要求我们牧区退牧还草，这一两年就要落实了，到时候你们的牲口也都得处理掉当护林员挣工资。红旗书记是什么人哪，边防扛过枪，南方下过海，部队入了党，苁蓉发了家，脑子活泛得很，不比你们滑，人家想放牲口立马就能买来一大群，保险不比你们的少，人家去过南方早挣下钱了。谁说金花和娃娃没有在嘎查落户口，你们去派出所查啦？镇上十几个嘎查有多少人我比你们都清楚，你们可以去嘎查委员会查户口花名册，保险有人家的名字。他想要那块草场给他就算了，退牧还草补偿金是按草场面积算的，红旗书记家三口人，那个草场大小也差不多，人家也没有多吃多占。再说你们嘎查的那些个好政策都是红旗书记去上面争取来的，换了别人试试，别的嘎查咋就没有享受上这些好处？

　　这片最好的扎干林就这么划在了我的名下，草场面积不见得就比别人的小。嘎查人口花名册就在我手里，金花和儿子的名字就在上面。不是我想钻空子，这年头钻政策空子的人太多了，就是在我嘎查的花名册上还有十七八个人对不上号，甚至连我这个嘎查主任还不知道那些人长什么样是做什么事的。

十七

　　我的草库伦围栏大门敞开着，路上有几道新的摩托车轮印。谁把大门给弄开了，是不是三哥？金花诧异地问。这时节永红才不来我们草场，放牲口的谁进草库伦还不顺手关上门，肯定是有人偷挖我的苁蓉。你看着，叫我抓住了不打断他的狗腿。我加大油门顺摩托车辙追过去。

　　我的草场地势相对平坦，虽说没有特别高大的沙梁，不过扎干粗壮密实，汽车很难开进去。在我小时候，这片沙漠里到处都是这样的扎干林，后来大多被人们放倒盖房子当烧柴了，这样茂密的林子再找不到第二处，也难怪附近几家邻居都想把它占到自己名下。能顺利地把这片森林划归自己我很得意，且不说这里每年出产的苁蓉能卖多少钱，光这些扎干作为薪炭价值就有数百万。当然，我是不会自毁家园的，兔子不吃窝边草，我不会为了吃蛋而杀了下蛋的鸡。

摩托车辙朝扎干林深处去了，吉普车开不进扎干林，我调头把车停在自家门口。我和金花说你先拾掇吧，我打踪看看什么人在我的草场上撒野。金花急忙说你操心些，不要尽冒傻气。我操心啥呢我，谁他能把我咋的。说着，扛了把锹撵去了。

绝好的天气，清晨的那阵风居然停了，扎干林里静悄悄的，没有一个牲口。我的羊群有永红给照看着，只有年成不好的冬天才把羊群赶进草库伦里，拉网围建草库伦不光是看护这片扎干林，也把这里当做我们的备用草场。这些扎干的树龄都在百年以上，高大粗壮，生命力依然旺盛。扎干的形状比较特别，或高或低，或斜或卧，盘根错节，少分枝多皱褶，绝对没有挺拔笔直的扎干，许多扎干树心早已枯死，外皮却活着，枯树新枝对扎干来说是再平常不过的事。独自置身这样的原始森林里，让人觉得有些阴森，我已经习惯了这样的环境。

再没有这么好的扎干林了，我很欣慰。

习惯成自然，我在扎干林里走路不走直线，每一株扎干都要绕一圈，我的眼睛不住地在扎干周围的沙地上巡视，苁蓉就寄生在扎干根上。我太熟悉苁蓉生长的环境了，出头的苁蓉绝不会在我目力所及的地方遗漏。现在节气还早，还没到苁蓉出头的时候，沙地里蛰伏一年的苁蓉已经感受到了阳光的温暖，开始向着温热的地表一点一点地往上蹿，在它们出头的地方就鼓起一个小沙包或者开几道小裂缝。这样的现象一般人看不出来，但逃不过牧人犀利的眼睛。这样的小沙包并非苁蓉的专利。春天，万物复苏的时节，睡醒了的蝮蛇有时候会旋着钻进沙地里等待路过的鸟鼠，地表留下的小沙包就像是蛰伏的苁蓉，往往把挖苁蓉的人吓一跳。我顺着摩托车轮印转了个把小时，发现两三处顶缝的苁蓉，看来今年的苁蓉比往年多，心里美滋滋的。我不着急去挖，自家草库伦的苁蓉，什么时候挖都可以，现在要紧的是看看是不是真的有人偷挖了我的苁蓉。果然，翻过一道小沙梁，我看到了几处新挖的坑。

狗日的，几十斤苁蓉给我挖走了，看你给我朝哪里走？我心里头骂。

周围没看到有人，也没见着摩托车，抓一把坑里的沙子，沙子半干，我确定是前两天的事，苁蓉坑边的脚印还很清晰。

贼娃子鬼日的，有本事再来试试，不打折你的狗腿！

我判断挖苁蓉的人还会来，挖苁蓉是一个喜好，也能上瘾。每年这个季节，总有许多闲人骑摩托车在沙漠里转悠，有些人对沙漠地形特别熟悉，甚至哪块地方有苁蓉锁阳比牧人们还清楚，年年来挖，回回不落空。我知道挖我苁蓉的就是镇上的闲人，看脚印应该是哪个工厂的工人，他们发的劳保绝缘鞋就是这种花纹的底子，二三十公里的路程，骑摩托车也就半个小时。不可能是周边的牧人，牧人们有自己的草场，很少不打招呼就去邻居家的草库伦，就是去了也会顺手把大门关上用铁丝拧好，这是习惯，免得把牲口放进来。今天好像是星期六，我肯定前两天挖苁蓉的人还会来，谁都不会忘记得过甜头的地方。

十八

每年春天我和金花都要在扎干林里住上一两个月，直到草场上的苁蓉都叫我们摸捞尽了才搬回镇上。挖苁蓉是金花的事，我在草场和镇子之间来回跑，我的主要工作是在镇上和沙漠里收购苁蓉。这些年有了些积蓄，和镇上几家金融单位的关系处得也好，贷出个几十万块钱不是什么难事，所以，这些年小镇周围牧民家的苁蓉大多叫我收购转销了。我在镇上也算一号人物，我的土特产店在地方上也是挂了号的。

我寻到了金花，她找到苁蓉了，正跪在地上掏挖，沙坑里露出两苗灰白的苁蓉头。

才挖着一坑？我刚才在北边就看着三坑顶缝子的。

挖上没？深不深？

没挖，我的东西啥时候挖都行。

我点了支烟，侧躺在沙地上看着金花挖苁蓉。

碰上了就得挖，操心叫骑摩托的挖走了，每年这个时候骑摩托挖苁蓉锁阳的太多了……怪了，今天咋没看着有人来？你撵踪咋撵下了？

我就等他们来呢，我估摸着今天肯定有人来，今天星期六。我数了下，挖掉四坑，有一坑还挺大的，前年我挖过，光那一坑就有二十来斤。

叫人家摸着道道以后就不好管了，我们扎干林里有苁蓉外人还不知道呢。

这两天我哪都不走，就等他们来，看我不收拾他们。

你那个怂脾气不好，动不动就上火，见着了不要尽冒傻气，少得罪人，家里那么多的家当，不要让人惦记了。

我知道，听起来我真傻啦。我答应金花。

一边说着话，金花从坑里提出两根尺把长的苁蓉。你看看，水苍苍的，多喜人。

你就好好挖吧，今年苁蓉比往年多。你就在跟前找，我过去那边小扎干林里头看看我们种的苁蓉。

碰着苁蓉就挖上，别再找不着了。金花叮嘱。

我答应一声朝西边走去。

挖苁蓉也不是一件容易的事，不仅要有丰富的经验，还得十分的耐心，更要有几分运气。有的人在沙漠里转上几天也未必有收获，有的人一天就可能有上千块钱的收入，熟悉沙漠的人才能有最大的收获，即便我这个最会挖苁蓉的也有放空趟的时候。不过我们从不会因为一两回的空趟而沮丧，第二天照样满怀希望地在扎干底下寻找，运气总是眷顾执着的人。

这片扎干林是我草库伦的核心，向西走个三四里路就到了原生林的边缘。铁丝网围外头主要的植物还是扎干，只是比里边的要稀疏些，也矮小的多，是一片次生林，自然生长的苁蓉很少，只株也小，是我跟林业局要来的公益林，扎干多是金花领人种下的。扎干命贱，栽苗浇一次水就能成活。起初我并不看好这里，在我争取来苁蓉种植基地的项目后这片扎干林就派上了用场，我把自己的草场全都圈在了苁蓉种植基地里，用项目拨给的铁丝网围把自家的草场全都围了起来，金花不辞劳苦地种下了苁蓉种子。

054　茂密的扎干林

我点了支烟，侧躺在沙地上看着金花挖苁蓉。

那年是人工种下苁蓉的第三年，到长成的时候了。我们种植的扎干苗成活率在百分之八十左右，对沙漠绿化也算做了些贡献，为此我还得了旗上的几个奖。

次生林还没有长成，正是春天好时候，繁茂的枝条上冒出无数嫩绿的针叶，一丛丛、一簇簇，显得郁郁葱葱，不似原生林那般森然，给人蓬勃向上心旷神怡的舒适。绕着扎干丛仔细地寻找，我记得苁蓉种植的具体地方，我的苁蓉都是顺着扎干相同方向种下的，知道了这个规律就很容易找到苁蓉了。我仔细地端详着，苁蓉还没有出头的意思，沙地上看不出一点端倪。用锹轻轻地铲去一层沙子，然后丢掉锹跪下来两手小心地刨。看到了，几苗嫩白的苁蓉蛰伏在沙地里，不是很粗，头离地面还有半尺多的距离，出的晚了，我判断出头还得个二三十天。又挖了几坑，大致情况差不多，我舒心地笑了，让它们再长几天吧。

在周围的扎干林里巡视了一大圈，跟前邻居家的草库伦里也有人开始转悠了，才开始挖苁蓉没几天，多多少少都有些收获。我和他们打个招呼聊聊天，再三叮嘱不能让外面的人进草库伦挖苁蓉，有人进来了互相通个气，大伙儿一起把他们赶出去。

挖苁蓉并不轻松，整天低着头绕着扎干一圈一圈地转，最费眼睛。尤其是现在苁蓉还没有出头的时候，地上的小裂缝很难发现，不得不猫着腰仔细地寻找。即便是出了头的苁蓉也不容易发现，灰白的苁蓉头和干燥的骆驼粪便颜色相似，沙漠里到处是这样的牲口粪便，因而增加了寻找的难度，性子急躁的人很难有收获。

草场都划分给个人了，我并不急于去找自己熟悉的老坑，自家草场上的东西，什么时候收都可以，就让它们多长几天吧。这几天的主要工作是看护好自家的草库伦，不让闲人把苁蓉偷挖了去。不光是镇上的一些闲人，有些牧民自家草场上没有扎干，瞅空子就去别人家的扎干林里挖苁蓉，都是一个嘎查的熟人，也不好意思说他，有的人就变本加厉地住在扎干林里疯狂地找挖，他们的收获有时候比草场主人还要好。主人早出晚归总要回家，他们可是驮着帐篷住在扎干林里。这些人最是可恶，都一样是牧民，谁家草场自有他独到的益处，干啥跑去争人家草场上的资源？别人把牲口赶去你的草场上放牧行不行？我就是这样靠挖人家草场上的苁蓉起家的，现在草场划归个人了，我反而痛恨这种行为。不过，这不是自我反省，此一时彼一时，条件不一样对一些事情的看法和态度也不一样。村委会上我一再强调各家看护好各自的草场，不能让任何人去别人家的草场上搞破坏。话是这么说了，人家能不能听得进去，我心里也没底，对于我的牧民们来说，春天挖苁蓉是一项主要的收入，谁的眼睛都盯着那些扎干林，尤其是我这块原生林，苁蓉产量高，质量也好，因而就更让人惦记。

  转悠了一上午，挖了两坑苁蓉，十几斤重吧，我的心情很好，差不多有二百来块钱入账了。虽然还是春天，沙漠的太阳却有些毒，扎干空隙间的沙地反射太阳的光芒，白的刺眼，眼睛有些酸涩。我走上最高的那道沙梁，茂密的扎干林尽收眼底，苍莽幽深，远处的沙漠像是长在水里，在水面上奔跑。这就是我的草场，这在以前可是想都不敢想的事，回想过去的艰难，不由生出几分感慨。抬头看看太阳，是中午了，金花肯定在做饭了，往回走吧，走到了饭也就熟了。

  刚刚端上饭碗，隐隐听到一阵摩托车声，来了，我放下饭碗出去看。

  怕是你听混了，我咋没听着？金花说。

  你出来听，不是摩托车才怪，人还不少哪。

  可能是谁家羊群上的吧。

  你听你听，朝这边来了，肯定就是挖了我们苁蓉的那一伙人。

  那你赶紧吃饭，吃了饭就去把他们挡回去。

  狗日的，先让他们红火的，敢挖我的苁蓉，不教训一下你不知道马王爷有三只眼。

  静谧的扎干林里突然热闹起来，不时响起欢快的笑语。我朝着人声喧哗的方向走去，远远地看见几个年轻人在扎干林里互相追逐，嘻嘻哈哈地闹在一起。不禁皱起了眉头，这些人来这里干啥，跑扎干林里捉迷藏玩儿来了？四五辆摩托车停放在一块空地上，一棵高大的扎干底下，沙地上铺着一块鲜艳的床单，几个年轻人懒散地躺靠在那里，中间堆了许多食品和啤酒饮料，还有几个人在不远处玩耍。

  你们是干什么的？

咋了，不能来？躺着的一个小伙子抬起头，坐直了身体反问，语气有些冲。

我讨厌他这样说话，瞪了他一眼，不是来挖苁蓉的？

咋了，不能挖？愣头青小伙子还是这样直刺刺地反问，有些挑衅的味道。

不能挖！我注视着他，这是我的草场，你们干啥来了？

玩玩，不行吗？小伙子站起来，身边的人拉他衣袖，被他甩开了。听到这里的争执，那边玩耍的几个年轻人也围了过来。

你这人说话咋这么冲？我皱了眉头。

我就这么冲，你想咋样？小伙子挑衅地说。几个人赶紧挡在他前面，两个姑娘拦在我前面，大哥，我们就是来玩了，没想到沙漠里还有森林，太好玩了，我们是顺着小路误打误撞到这里来的，不知道是你的……草场，咯咯……大哥，我们可没拿你什么东西。

小姑娘边说边笑，模样很可爱。我还是板着脸说，出来玩带锹干啥？

大哥，我们还想着挖锁阳呢，谁知道沙漠里还有人看护，那我们就不挖了。另一个姑娘说。

少跟他啰唆，啥事情嘛，还管到天上了，看他能把我们咋样。那个小伙子嘴不饶人。

我盯着小伙子看一阵，他也不示弱，盯着我看，一副死杠的神气。姑娘们怕出事，赶紧和我说，对不起大哥，他酒喝多了，说胡话呢，我们现在就走。

我朝他们挨个瞅瞅，看他们紧张的样子不由得好笑，你们玩吧，锁阳可以挖，就是不能挖苁蓉也不能点火，南边的那个房子跟前有水井。说罢，我转身离开。我听到女孩子们耶地叫唤，心里舒畅了许多。这帮闲人，不在镇上好好呆着，跑沙窝里找刺激？虽然那个小伙子说话有些冲，但我已经判断出他们不是来挖苁蓉的，就让他们好好玩吧，沙窝里也是有些安静了，连毛头丫头都说这里好，看来这片扎干林还挺吸引人的。

我回去和金花说了那伙人的事，金花反而有些生气，还把他们牛逼的，想干啥，还想打人哪？说是不挖苁蓉，谁知道？碰上了还有不挖的道理，谁还不知道苁蓉值钱。不行，我得去把他们赶走，别让他们盯下了经常来。

快算了，哪有那么多的事情，看他们带的那个锹也不是挖苁蓉的家具，小锹头，锹把还没有一胳膊长，铲个屎还差不多。让他们玩去，看着些别让点火就行了。

十九

次日天刚放亮金花就叫我起来，我拉着金花的手不想起身。是你说的，早上起来好找苁蓉缝缝。我抚摸着金花丰满的乳房，这个东西我咋都吃不够。不要脸，金花抱紧我的头，轻轻地拧我耳朵。

金花在外头的灶上烧好了茶，我爱喝酽酽的红砖茶，泡上羊肉和其蛋子，解乏耐饿。吃罢我们分头去扎干林里寻摸，开始一天的工作。我抬头看看天气，叮嘱金花，天气预报说这两天有沙尘暴，不要走远了，就在房子跟前挖，起风就回来。我知道，你把时间看好了，中午一点钟按时回来吃饭。

我把锹横扛在肩上，就像在部队时野营拉练那样，在寂静的扎干林里转悠。突然，我又听到了摩托车声音，我相信自己的耳朵，周围邻居家的摩托车声音我都能听出来，听声音我就知道来的是谁。这个摩托车声音是陌生的。我站在沙梁上，望远镜里两辆摩托车进了我的草库伦。

来了，我就知道你们肯定会来的。凭直觉我肯定这两个人就是挖了我苁蓉的人，上次来是一个人，今天来了两个人。狗日的，一个人害我还不知足，又领来人了，下次是不是再领两个来。心里骂着，朝那边走过去。

那两人把摩托车停在扎干阴凉底下，提着锹开始在扎干林间转悠。看他们的脚印我肯定了自己的判断，上次来的就是他们中间的一个。两个人都是行家，等我找到其中一个的时候他已经有收获了，他找到了一坑风苗，本来还不到出头的时候，风扯去了苁蓉顶上的最后一层沙土而露了头。那人专心地跪在地上挖着，没注意我就站在他身后。

嗨，你干啥呢？

我大声喝问，惊得那人哆嗦一下，回过头来看着我，我也有些吃惊。这人我认得，镇上的一个老工人，也是个挖苁蓉的好手，每年春天都来沙漠里挖苁蓉，挖着了就在镇上卖，有不少就卖在我的店里。这人姓赵，人家都叫他老赵，性格豪爽，我还和他喝过两次酒。

老赵瞪眼骂我，咋那么大的声嗓，吓我一大跳。

我没想到是他，也有些不好意思。

老赵你咋来了？

尿，每年这会儿只要没班我就来沙漠里挖苁蓉，你咋也在这里，也来挖苁蓉？你这个当老板的还亲自来挖苁蓉？

我不知道该怎么回答，只好含糊地嗯了一声，心里想着咋才能把他打发走。

挖多少了？跟前的沙漠我这些年快转遍了，还没有见过这么大的扎干，前两天我顺着铁丝网找到这里，这里头苁蓉太多了，那天我挖了四五坑就把摩托车褡裢装满了，你看，我来了才多大会儿就找着了。你今年还收苁蓉不？你收的话我回去还卖给你。

我有些生气，又觉得好笑，好啊，终于让我找着了，谁知道偷挖我的苁蓉的竟然是老熟人。

这是我的草场。我说。

你说啥？老赵停下来看着我。

老赵，不要挖了，这是我的草场，网围也是我拉的，苁蓉也是我种的，你总不能拿了我的东西再卖给我吧。

真的啊？老赵不好意思地搓手，呵呵，我不知道是你的草场，你看你看，这个事情做的……

今年你恐怕不好挖苁蓉了，谁家也都把自家的草场扎干围起来了，估计你进不去。

我操，挖了多少年苁蓉了，以后还挖不上啦？

没办法，沙窝里的人就靠这点苁蓉过日子。哪像你们工人，月月都有固定的工资，现在不让牧民多放牲口了，都指着这些苁蓉养家呢。

嗨，那咋办呢，挖也挖了一半了，挖出来给你放下吧。

挖也挖出来了，你就把这一坑拿上走吧，等我回镇上请你喝酒，以后就不能挖了，这里头的苁蓉好多都是我们人工种植的。

呵呵，不挖了，不好意思，我现在就回去，你看这个事情做的。呵呵，我们去那边的沙梁底下挖锁阳去。

老赵寻着一起来的人，骑上摩托车走了。

二十

茂密的扎干林里分外寂静，才是四月，早晨的太阳似乎着了魔，炙热的光芒火辣辣地晒在身上，我还穿着毛衣，这么走着就出了汗。要起风了，北边的天空一片焦黄的颜色，天气预报现在报的还算准，说有沙尘暴那沙尘暴肯定就来。天气不正常，预示着这场沙尘暴定然不同凡响。我看看天气，最多两个小时沙尘暴就要刮过来了，每年的这个时候都要刮几场沙尘暴，不刮风反而不正常，我早已习惯了这种气候，要刮就让它刮吧，谁也挡不住刮风下雨，大不了我待在家里不出来。我走回家，金花还没回来。金花，金花——我大喊了几声，掏出手机看一下，还不到十点，我知道金花的脾性，做什么事都很认真，她说让我一点钟回来吃饭，那她不到十二点是绝对不会提前回来的。恁女人，也不看看啥天气，就起风了，还不早些回来，谁他还能把我们的苁蓉全都挖完啦。我自言自语地朝那边走去。金花，金花——扎干高大，树林又密，在这样的扎干林里找一个人不是件容易的事，我一边喊着金花一边在扎干底下巡视，这已经是习惯了，只要是我走过的地方，肯定不会有漏过的苁蓉。

我看到了两行摩托车走过的痕迹，走过去仔细地端详。妈的老赵，敢耍我！摩托车轮印是刚刚留下的，其中一道较宽阔的车辙肯定是老赵的250，镇上像他这么宽轮胎的摩托车没有几辆，我判断老赵以为我不会折回来，在和我相反的方向又去偷挖我的苁蓉了。狗日的老赵，老子还当你是朋友呢，你个强盗！我咒骂着，脱掉身上的毛衣，再顾不上扎干底下搜寻，顺着摩托车印追过去。

老赵的确是个挖苁蓉的高手，我看到他的时候又倒撅着屁股使劲地刨挖。他们遇到大坑了，已经挖了一个特别大的坑，老赵跪在地上挖，和他一起来的老马不停地清理坑周围的淤沙。我走过去，喊一声老赵。老赵显然没有想到我会跟过来，转身朝我尴尬地笑。看到他那种奸笑的样子我气不打一处来。老赵，我给你说过这是我的草场，干啥呢你？呵呵，不好意思不好意思，谁知道咋又朝这边来了。你根本就是故意的，你以为我在南边顾不上北边，所以就到这边来了，你看你做的啥事情，你糊弄谁呢？呵呵，老赵笑着，皱着眉头搔了搔脑袋，谁知道挖苁蓉也上瘾呢，这个扎干里头这么多的苁蓉不挖真的可惜了。挖不挖是我的事，跟你有啥关系，闲吃萝卜淡操心。你看来也来了，总不能空跑一趟吧。你空不空我不管，反正你不能在我的草场上挖苁蓉。那我把这坑挖上就走该行了吧？不行，刚才你就说挖上那一坑就走，现在又这样说，你日鬼谁呢？谁管球你，说啥我也得挖掉这坑！老赵也拉下了脸，冲我瞪着眼。说着，转回身继续挖。

我朝坑里扫了一眼，老赵找到宝了，两苗金黄的苁蓉直直地立在坑里，都有暖壶那么粗，他们挖了快有一米深，还没有见到底。我暗自吃惊，我判断这两苗苁蓉见底还早，如此粗壮的苁蓉可不多见，算得上是珍宝，挖了十几年苁蓉还没见过这样的珍品，去年金花挖到一苗两米长的苁蓉，粗不及这两苗的一半，单株就卖了三千块钱，这两苗的价值肯定不会低，这样的宝贝我怎能让别人挖走。老赵，你不能挖，你还讲不讲道理了！我管球你呢，我就挖了你还咋的。老赵嘴里咕囔着，却不停手。老赵，老赵，你他妈的给我停下，说着我去抢他的铁锹。老马一把拉住我，红旗，看你平时不错的一个人，今天这是咋了，不就是一坑苁蓉嘛，要了你的命啦？你走开，老赵你不讲道理我今天就是不让你。我走过去从后面把老赵拦腰抱住。老赵块大劲也大，站起来左甩右甩地挣开了我。妈了个逼的，老子今天就是挖了，你想咋的，你想咋的？我说不让你挖你就不能挖。谁怕谁啊，我长这么大还没见过谁敢和我直接叫板呢。你有本事来动动老子试试，今天这坑苁蓉老子挖定了，狗日的，苁蓉是你种下的？你再给我种这么粗的看看。老赵你他妈的别不讲理，苁蓉长在我的草场上就是我的私有财产，你管它是不是我种的，是我的我就不让你挖。我过去挡住苁蓉坑，不让老赵靠近。我今天就挖了，你还咋的？老赵说着过来拉我的胳膊，我今天就挖了你还咋的！这样的挑衅我不能示弱，狗日的老赵，今天我和你拼了，我扯住老赵的衣服和他厮打在一起。老马过来给老赵帮忙，老赵冲他喊，我缠着他，你去挖苁蓉，我就不相信今天我还制不了个他。

老赵力大，不是他吹牛，虽然我比他年轻得多，可我一时半会的还真制不住他，眼看着老马在那边使劲地挖，我心急如焚，奈何我就是摆脱不了老赵。狗日的老赵，你他妈的太没良心了吧，我当你是朋友，你他妈的现在抢我的苁蓉，你就是强盗，你是在抢劫你知道吧？我一边和老赵撕扯一边骂着。

谁管球你那些事,是我找着的就是我的,你看着我找到大苁蓉了眼红了就抢,你才是强盗。老赵不是囊包,我不但没有挣开他,还差点让他一绊子绊倒。老赵朝老马喊,你快点挖行不行。老马使劲地往外挖沙,他妈的,没见过这么难挖的苁蓉,沙子现挖现漏,干脆铲断算了。一听老马这么说我大喊,不能铲!老赵也喊,不能铲,断了就不值钱了。老马咕囔着说,说得好听,你过来试试。我扭头看老马已经挖了有锹把深了,他自己半个身子站在坑里不住气地挖沙,老赵想朝苁蓉靠近,我死缠着他,拽住他的衣服不放,气得他狗日的他妈的骂个不停。男人打架没个轻重,我们两个互相都挨了几下,摔、抗、撕、拐、别、踢、打,各种招式都使过了,谁也制服不了谁。虽然尽力地和老赵搏斗,但我知道今天这坑苁蓉人家肯定要挖走了,没办法,双拳难敌四手,他们能腾出手来挖苁蓉。我骨子里是有些犟劲的,就算你们把苁蓉挖走,我也不让你们全身而退,输也要输的有尊严,我腾出手来照老赵脸上就是一拳,老赵也不示弱,一拳打在我胸口上。刚才两个人还有些顾忌,只想把对方摔倒制服,谁都没有下重手,这下放开了也就不管不顾了,乱打一气。

　　老马看见我们动了真格的,从坑里爬出来,嗨嗨嗨,哪能这么打呢,停下停下,你们都停下好不好!老赵朝老马喊,你不要管我们,你挖你的,我就不相信他还是个鏊鏊,管得还多得很。有话好好说嘛,咋就真打起来了,老马插在我们中间劝。老赵卑鄙,老马挡着我的工夫,一拳直接捣在我脸上,打我个满脸开花。我被打封了眼,啊呀叫了一声,同时我也听到有人喊了一声,啊呀——我的红旗——我知道是金花来了,她循声而来,正好看到我脸上挨了一拳,呀——金花大叫一声,在老赵愣神的工夫,抓住老赵的一条胳膊使劲一拧,老赵哎哟哟惨叫着趴在地上了。听到金花的声音我也来了精神,不管老马是不是劝架,抱住他的腰使劲一摔,撂在地上,老马啊呀呀半天爬不起来。妈了个逼的,敢打我男人,看姑奶奶我今天不收拾了你。金花抄起地上的铁锹就要朝老赵身上拍,我赶紧拦住她。金花扶我坐下,取下脖子上的头巾心疼地给我擦掉脸上的血迹,眼里浸着泪水。看你,脸都肿了。没事,我没事,我安慰金花,扶我起来,我看看他们。金花朝老赵唾了一口,呸,做贼还有脸打人,看我不收拾你们。老马被我一跤摔

// 063

得不轻，躺在那里哼哼唧唧地爬不起来，老赵抱着膀子坐在那里，龇牙咧嘴地瞪着我，金花使得劲儿大了些，老赵的胳膊脱臼了。我过去拉老马起来。腰腰腰，我的腰。老马叫唤着坐起来。你这家伙，把我的腰也摔断了。我在老赵和老马对面蹲下。老赵，好好给你说你不听，现在事情闹大了，朋友也当不成了，我给你说了这是我的草场，你现在就在我的草库伦里，现在有森林法和森林资源保护条例，你已经违法了，你不听我劝，挖我的苁蓉还在这里闹事，你说你是啥行为？老赵，你说吧，这事咋办，你们自己走还是我给森林公安和镇上派出所打电话接你们走？老赵狠狠地瞪我一眼，爬起来拉起老马搀扶着走了。

二十一

　　金花还在为我受伤心疼，往我脸上吹气轻轻地揉着，这些家伙，应该叫派出所来抓走才好，抓一次他们就再不敢来了，看把你打的，我得叫他们赔。我没事，我攥住金花的手说你过来看。金花到那个苁蓉坑前，哇——这么粗，金花惊叹。这一架打得合算吧，这两根苁蓉能卖多少钱！再多的钱都换不来我的红旗，就是两根苁蓉，他们要挖你让他们挖走就是了，看把你打的，苁蓉值钱还是你值钱？金花说着在我脸上吹吹气。也是怪，火辣辣的脸上叫金花这么轻轻一吹疼痛立马就减轻不少。我说那不行，我已经警告过他们了，就是一个细苗苗都不能叫他们拿走，不能惯下毛病了。你呀，他们能挖走多少，我宁可他们把苁蓉都挖走也不让他们伤着你，再说你们还都是朋友，低头不见抬头见的。金花指头戳我额头说。那谁当我是朋友了，我都给他们说了这是我的草场，是朋友他就不要挖我们的苁蓉，是朋友他就不要打人，他咋没把他们家值钱的东西给我们！我愤愤地说。

　　你看那两个人走的时候锹都落下了。金花说你先坐下缓缓，我把这坑苁蓉挖出来。我抬头看看天空，西北方向浑黄的颜色在渐渐升高，沙尘暴就要来了。我们一起挖，老风快来了。这么粗的两苗苁蓉，不知道有多深？金花说。估计有两米吧，你看现在已经挖了一米深了，还是这么粗，如果开始变粗的话就快到根上了。有那么深吗？真的有这么深的话能卖多少钱？去年那根也是两米长，才有这个一半粗细就卖了三千。错不了，赶紧挖吧，得把坑朝大挖，虚沙子光朝坑里流，挖大些，我得站在坑里挖。我们挖了一个直径一米多的大坑，深度也过了一米。尽管我不住地往出掏沙，却不见实效，坑外缘的沙子又流回了坑里。

站起来看了一下，这两苗苁蓉是在较高的一片沙地上，距离最近的扎干也有十几米的距离，旁边没有什么遮拦，或许就是因为这个原因，它们才长得这么粗壮。要想整个把这两苗苁蓉挖出来，必须再往大扩坑，而且必须把边缘表面的干沙子全都清理开。我让金花清理表面的干沙，我索性下到坑里。我不像老赵老马那样直接顺着苁蓉挖，我不敢靠苁蓉太近，苁蓉周围的沙子也没有清理，如果突然塌方，苁蓉肯定会折断，那样的话这两苗苁蓉的价值可就大打折扣了。我是挖苁蓉的行家，在镇上又搞了几年苁蓉生意，我明白这两株苁蓉的价值，如果真的能有两米长的话这两苗苁蓉单株至少值五千块钱。过去我卖苁蓉都是论斤的，不论是否整爽，都一样的价码，现在市场上卖苁蓉却论根，根据质地长短粗细论价，越粗越长价格越高。像现在这两苗，碗口粗细，而且这么长的，生长周期至少在十年以上，很难遇到，算得上是珍品中的极品。这样品质的苁蓉不要说我经手，见都是第一次见到，而且是长在自家的扎干林里，我对它们的珍视程度可想而知。清开了上面的干沙，我在底下挖就容易多了，很快就往下挖到了一米多深，我站在坑里只露出个头。我让金花离坑远一些，我不敢像先前那样蛮干，这是我挖大坑苁蓉的经验，坑挖得越深就越得小心，稍微有一些震动就有可能塌方，我小心地把一锹锹的沙土端上来尽可能扔得远一些，即使这样，锹把不小心顶在坑壁上，轰的一声，沙坑塌了，我的下半身整个埋在沙坑中，金花惊叫一声，朝我扑过来。红旗，红旗——你没事吧？我没事，我没事，你先看看苁蓉，苁蓉没有断吧？我不管，我先把你挖出来，金花拿过一把锹，挖我身边的沙子。我没事，你看苁蓉朝我这边斜过来了，你这个怂人，听着没有，你赶紧看，苁蓉没有折吧？金花把旁边的沙子踏实，两手握着苁蓉头朝上使劲提提，提不动，没有折。幸亏挖坑的时候离苁蓉留了一尺的沙子没有挖，不然的话就这一下苁蓉非断了不可，我长出了口气。我看看，伤着没有？我拍拍双腿，没事，好着呢，幸亏坑不深。你的鞋呢？金花问。你使那么大的劲拉我，鞋拔在沙子里了，我不脱鞋能出来啊！

望着坑里两苗粗硕的苁蓉，金花犯了愁，咋办呢？能咋办，想办法呗。北边，像是砌了一道浑黄色的墙，越长越高，遮住了半边天，脸上已经能感觉到丝丝的凉意，沙尘暴就要来了！

我让金花赶紧回家拿几根缰绳来，金花不肯，老风来了，我们赶紧回家吧，等老风过了我们再来挖。你这个怂人，叫你去你就去，谁知道老赵那两个家伙走了没，我得看看到底折了没有。赶紧去，老风快来了，还磨叽啥！金花赶紧跑着去了。我挖出我的鞋，同时一点一点地铲掉了苁蓉跟前的沙子，两苗碗口粗的苁蓉骄傲地立在沙地里，发出诱人的光泽，毫发未损。越看越喜欢，挖这样的苁蓉我还是有经验的，在老风来之前我得做个准备。我起身在扎干林里找到两棵相对细一些的长扎干掰倒了，拖回苁蓉坑边。金花气喘吁吁地抱来一捆缰绳，我把那根三米多长的扎干担在苁蓉坑上，两头挖开沙子埋在里面，用一根绳子把两根苁蓉头绑在扎干上，然后把另外一根扎干立在苁蓉坑里和苁蓉平行，再用绳子捆住，这样两根扎干就组成了一个十字，横够宽，竖够长，不怕苁蓉坑再塌方。这次我要挖一个直径两米多的大坑，一点一点地朝里收。做好了这些工作，天突然暗了下来，黄色的风墙挡住了太阳，四周沙尘弥漫，耳边传来了风的咆哮，金花劝我改天再挖，可我心里莫名地兴奋着，我想立刻解开这坑苁蓉的谜，看看它到底有多深，我想马上知道它价值多少，所以也就不顾金花唠叨什么了。风才刚起来，不怕，现在还不大，风头估计还得一个小时才到呢，有一个小时我就挖出来了。

人哪，就是这么贪心，只有在遭到报应的时候才后悔当初的行为，我为此付出了沉重的代价，我失去了心爱的人，丢掉了自己的幸福。每每想起，我都不能原谅自己，我无法度过没有金花陪伴的日子，整日借酒浇愁。自虐，是对自己最痛苦的惩罚。

二十二

我和金花使劲地挖着，两米多宽一米深的第一层很快就挖出来了，我让金花在上面大扎干底下先躲着避避风，金花不肯，她怕我一个人在坑下塌方。坑里沙尘弥漫，我带上了当年从部队带回来的风镜。上面基础做得好，底下挖的还算顺利，每往下深挖一点我就把竖着的扎干往下降一点，这样一直挖到了两米深，我清掉苁蓉跟前的沙子，居然还不见根，苁蓉直溜溜地往下延伸，我估计这两苗苁蓉可能在三米左右。不能再往下挖了，再往下挖这根竖着的扎干就跟不上了，而且我也没有力气把底下的沙土扔到两米高的顶上去。我用缰绳把两苗苁蓉和扎干捆在一起，扎干底部再垫一些沙子，这样就把这两苗苁蓉整个固定住了，再不怕刮风或者塌方。然后我喊金花扔下一根绳子，我拽着绳子从事先修好的斜坡上小心翼翼地爬了上来。风越刮越大，气温突然降了下来，金花一直就在风地里站着，冻得直打哆嗦。我揽着金花的腰，走吧，回家。

  沙尘暴来了，天地一个颜色，狂风肆虐，震耳欲聋，仿佛要把地皮扯开。屋里弥漫着沙尘。咋办呢，这个鬼天气，我咋做饭呢？金花看着屋里锅灶上的沙尘犯了愁。这么大的风还做啥饭，吃饭还是吃沙子？不做饭了，就吃馍馍吧。我说。那总得烧开水泡茶吧。就在屋里的灶上烧，外头这么大的风，哪能点着个火。金花收拾屋里的锅灶，我去井上提来一桶水。狗日的沙尘暴，风大得眼睛都睁不开。我顶上门，诅咒这个鬼天气。

  我和金花对坐在炕上泡吃苁蓉子，挂在屋顶上的手机突然响了起来。沙漠里手机信号不好，好多地方都是盲区，在我家里只有把手机拿到靠东的拐角那里才有信号，所以我就在那里房顶上拴了根铁丝，回到屋里便把手机挂在那里，谁知道今天这么大的沙尘暴居然还能收到信号。我下炕去接了电话。是镇上给我看店的侄女打来的，说店里来了两个客人，是某个医药公司的业务经理，要买两吨苁蓉，去别家店里也看过了，都没有这么大的量，已经在店里等了一个多小时了。我的库房里有货，但侄女不敢做主，给我打了几次电话都无法接通，没想到这次通了。我告诉侄女，不管人家是来探路还是真的收购苁蓉，先带他们去饭店吃饭，两吨苁蓉可不是个小数目，按现在的市场价至少得二十万，我马上返回去。

  放下电话我让金花收拾东西回镇上去。金花说那这里咋办呢？镇上有笔大生意等着呢，先把门锁上，明天我们再来。谁知道你谈生意忙到啥时候，来迟了这边的事情咋办？这边能有啥事情。啊呀你忘掉啦，刚才你还挖下半拉子苁蓉呢，那么好的苁蓉，不管谁进来看着了不眼红？这么大的风，谁还来？那可说不上，你们谈生意拖拖拉拉的可说不上，要是风停了你们还弄不完，再来个人那就亏下了。我的金花就是这么细心，考虑事情都想在我前头。我只好答应金花一个人留在沙漠里，我去镇上办完事情就返回来。

半道上我看到了老赵和老马，两辆摩托车挨着支在那里，两个人佝偻着身体在那里避风，其中一辆摩托车后轮被卸下了，显然是车胎破了。如果放在以前，路上遇到这样的事，不管是不是认识，我肯定会停下来帮他们的忙，可那天我不想这么做，谁叫他们偷挖我的苁蓉还和我打架。我反而有些兴奋，哈哈，这么大的风，他们今天走不出沙漠了，就让他们在这里好好受受罪，这就叫报应。我的车从他们跟前直直开过去了。

但我没有想到最终遭报应的却是我自己。

还真叫金花说对了，这两个客人是跑采购的老手，我和他们谈了整整一个下午，双方价格上的差距太大，很难谈拢，我惦记着沙漠里的金花和我们挖了一半的那坑苁蓉，心想谈不拢就算了，我的苁蓉又不是卖不出去，苁蓉虽然不是什么稀罕的东西，却也不多见，像他们这么大的需求量，尤其是在苁蓉还没有正式上市的时节，方圆数百公里内也只有我一个人可以提供，苁蓉的价格一向是我们说了算，这两年上涨风头正旺，没必要跟他们较这么大的劲。这么想着我就想放弃了，站起来告诉他们我还有事就不奉陪了，有什么事可以和我侄女谈。两人看我真的不打算再谈，赶紧过来劝我坐下说好好商量，最终他们还是接受了我的价位，说好第二天一早就装货。两个人赔着笑脸说我是他们在沙漠里见过的最精明最难打交道的商人。我很得意，在这个镇上别的我不敢说，苁蓉的销售我绝对做得了主，既然你急着要，那就得听我的摆布。

晚上的风越刮越大，可能刮断了哪处电线，停电了，整个镇上漆黑一片。这样的黑夜好睡觉，可我无法入睡，我惦记着沙漠里的金花。一起生活了这么多年，金花对这样的沙尘暴天气还是适应不了，每个狂风肆虐的夜晚她总是蜷在我身边紧紧地抱着我的胳膊。金花迷信，天不怕地不怕，就怕老风和猫头鹰，她说它们是催命的小鬼。这样的夜晚，这样大的风暴，我的金花睡着了吗？我一遍遍地打她的手机，可我听到的总是那句你所呼叫的号码不在服务区。妈的，中午也刮着风，我的手机怎么就通了！风刮了一夜，我听了一夜的风声。

　　天快要亮的时候风终于停了，我早早起来，外面似乎换了一个环境，天空蔚蓝明净，空气清新芬芳。我踩着梯子上了房顶，太阳出来了，连绵的沙漠沐浴在金色的霞光里。我朝着西边看，西边的沙漠里有我的家，虽然我现在也是在自己的家里，可我总认为金花在哪家就在哪里。我的金花早就该起来了，这会儿说不定已经把昨天的那两苗苁蓉挖出来了，我好像看到了金花脸上的笑容，看见了她那两个深深的酒窝。

二十三

　　我急匆匆返回沙漠里。

　　一下车门就喊金花，金花，我回来了。

　　金花没有从屋里出来。

　　屋门敞开着。金花，金花，我叫着我心爱的女人走进去。金花不在屋里，地上炕上铺了一层沙子。一种不祥的感觉突然冲上我的脑门，金花，金花——我在房前屋后使劲地喊着，金花，金花——

　　没有人答应我，扎干林里一如既往地死寂。我在扎干林里四处寻找，没有找到我的金花，也没有看到她的脚印。我猜测金花可能遇到了意外，我首先想到的就是那坑苁蓉，金花不会是遇上塌方了吧？我朝那坑苁蓉跑过去，风扯平了昨天挖的大坑，我捆着苁蓉的扎干只露出个梢，昨天没有收拾的铁锹也还扔在那里，附近没有任何踪迹，金花没有来过这里。

　　金花——金花——我在扎干林里拼命地奔跑，不停地呼唤着我的爱人，我的声音在寂静的扎干林里回响，金花——金——花——

　　我跑遍了整个扎干林，嗓子沙哑了，眼泪出来了，可我没有找到我的金花，整个扎干林里没有看到任何人的踪迹。我又跑回到房子上，里里外外地搜寻一遍，除了自己的脚印我什么都没有发现，我的金花就这么突然地消失了。我哭了，我放声地哭，金花，你在哪里——

　　我又一次跑上了扎干林中间的那个沙梁，我已经来来回回地跑了好几次了，我用望远镜朝各个方向看，没有看到我的金花，茂密的扎干林里没有一点声息，没有一点生气。金花——你在哪里——

069

我的金花,你去了哪里?我无力地跌坐在沙地上。

金花——金——花——我的目光极力地向四周搜寻着,我不相信我的金花就这么突然消失了,我相信她就藏在哪个沙疙瘩后面哪个扎干后面看着我着急,和我捉迷藏,我渴望她从我没有注意到的角落突然跳出来吓我一跳,然后望着我咯咯地笑。可是我看累了眼睛,我的金花就是不现身。

金花——你个怂人,你去哪些了——我在扎干林里搜寻着,突然,我愣住了,我注视着那坑苁蓉的方向,我记起了坑里露出的扎干梢……我拼命地朝那边跑去。

苁蓉坑已经被风沙填平了,沙子虚浮,脚踩下陷进去半截小腿。我捡起铁锹,使劲地往出扬沙。不祥的恐惧笼罩着我,可我又不敢朝这方面想,我不住气地往出挖沙,一夜狂风填埋的沙坑特别难挖,我使出全身的力气不停地挖,挖,我希望我什么都不要看到,我希望坑里什么都没有,我不敢想那个可怕的结果,可我必须竭尽全力地挖沙。我向西天的佛祖祈祷,保佑我的金花,我宁愿金花背弃了我离开了沙漠,我也不想看见其他的结果……

清掉了表面的一层浮沙,不敢再用铁锹,我用双手拼命地刨沙,我把我所有的思想都集中在双手上,我把我全部的精力都倾注在双手上,我喘着粗气,汗流浃背,可我不敢停下来,我只能这样拼命地刨沙。突然……我停下了,我不敢再动,我的右手碰到了什么……我的心要跳出来了,我无法让自己起伏的胸膛平静下来。我战战兢兢地伸出手,轻轻地抹开那里的沙子,我看到了……一只手,一只我最熟悉的手……眼泪喷涌而出,金花啊——我大吼一声,跪在地上死命地刨沙,金花啊——金花,金花我来了,我哭喊着,我号叫着,疯了一样地使劲刨沙,我刨出了金花的一只胳膊,我的金花在祈求苍天的帮助啊,我的金花她在等着我拉她一把,金花啊——

我把金花从坑里挖了出来。金花的身体早已经僵硬了,紧闭着双眼,张开的嘴里填满了沙子,鼻子和嘴里都呛出了血,那里有一团暗红的锈沙。金花的右手一直高举着,我知道她高举着手是希望我能拉她一把,我知道金花张大了嘴最后喊的是我的名字,金花希望她心爱的人在她生命的最后一刻拉她一把，可是金花啊，你的爱人没能赶来救你啊——

金花，我的金花，我把金花抱在怀里，昨天还鲜活的生命就这样僵硬的躺在我的怀里，我哭号着，我用手指一点一点地掏掉金花嘴里的沙子，我把我挂满泪水的脸颊紧紧地贴在金花冰凉的脸蛋上，我的泪水流在金花的酒窝里，金花啊——

二十四

我把车停在院子前面，提着东西走进了这片静寂的扎干林。在那块干净的空地上，我停下了，伫立在那里，凝视着那片洁净的沙地，泪水模糊了我的眼睛。三年前的那个春天，我的金花在这里走完了她的一生，她就死在我亲手挖的坑里。三年前的那个春天，我在这里亲手点燃了扎干堆，我的金花就躺在扎干堆上，我注视着她化成了灰烬，我感觉到她的灵魂在我身边飘荡，我听到她在我耳边轻轻地说，红旗，我哪也不走，我就在这里等着你。

那天我把金花抱回了我们的家，我烧开自家的井水，给金花仔细地擦洗。金花任劳任怨地跟了我这么多年，我愿意给她做完最后的这件事。我洗干净金花嘴里鼻子里耳朵里的沙子，我用热水把金花的身体洗软了，我让金花合上了嘴，我给金花穿上了我给她新买的衣裳。我掰倒了那个苁蓉坑周围的扎干，我不要别人帮忙，我把掰倒的扎干一根一根地扛到那个坑上，码得整整齐齐的，我把金花抱出来，轻轻地放在扎干垛上，我的金花穿着崭新的衣裳，我的金花像我们新婚时一样美丽，她只是安静地睡着了。

我跪下来，在金花升天的地方，我带来了烧纸，我带来了香烛，我还带来了贡品，我要虔诚地祭拜我的爱人，我的金花。这片沙地上的植物都叫我清除干净了，这里是金花灵魂的栖息地，我要我的金花在这片洁净的沙地上安睡，我不要任何东西吸收她的灵气。烧纸点着了，我把贡品掰碎了撒在火堆里，香烛点燃了，香烟飘飘袅袅地朝天上飞去。我看到了，金花，你踏着香烟来了，你就依偎在我的身旁。我听到了，金花，你在呼唤我：红旗，快来吧，我害怕刮风。金花，我来了，你命里的讨债鬼来看你来了。我来了，我的爱人，我来看你来了。

茂密的扎干林里静悄悄的，我静静地坐在这里，注视着香烛一点一点地燃烧。身后突然传来一声异响，一只鹞鹰扑棱棱地飞了起来，在扎干林的上空滑翔盘旋，然后向着西方飞去。

架子梁佚事

旋风，我又看到了那股旋风，从沙漠里突然升起，在屋前的沙丘间旋转，鬼魅一般，旋转着上了架子梁，像一缕青烟，渐渐地升高，眨眼的工夫，突然没有了踪影。

沙漠里的旋风我见得多了，也不觉得奇怪，我只是默默地注视着那道沙梁。沙梁上的木头三角架子还在，孤零零地立在那里。同它一样孤独的那个人也在，落日的余晖里，他定定地坐在那里一动不动，和木头架子厮守着。

翠儿忽然叫了一声，那上面有个人。我点点头。翠儿挽紧了我的胳膊问，他是谁？

我把翠儿领回了我的家。三十年前的那个春天，爹妈让我降生在沙漠里，这决定我一生与沙漠有缘，至少到目前为止，我有三十年的时间是伴着沙漠度过的。虽然我的工作单位是在城市里，却挂着一块"沙漠研究所"的牌子。翠儿的家就在我工作的小城里。这回翠儿终于走进了真正的沙漠，沙漠里的一切对她而言都很陌生，这使她很开心。我取笑她的思想有些退化，她厌倦城市的文明生活，渴望到荒僻少有人烟的地方当一回原始野人；她想到闭塞的僻远村落去体验生活，她说她看过的小说里农村是现代的封建社会，她想当一回封建统治者。遗憾的是就像当年的我渴望去城市看一看却不能如愿一样，她从没有离开过城市。我疑心当初她和我交往就是因为我来自沙漠，她或许把我当成了被驯化的黑沙豹，或者沙狼沙鼠什么的。不过沙狼也好，沙鼠也罢，她已经属于我了，不必管她把我看成什么。她不厌其烦地和我磨牙，让我讲沙漠里的人和物。她的眼睛溢满了渴望和猎奇的光泽，神情总是很兴奋。她以为沙漠是神秘的，有许多不为人知的东西等待着她去挖掘、探索。可我笨拙的语言无法满足她的好奇。于是她要求去我家看看。我想也对，该叫她见见我的父母了。

我领着翠儿去了沙漠里我认为该去的任何地方。到沙漠的第二天翠儿看见了架子梁上的那个人，问我那是什么人，干吗老那么坐在三角架子底下一动不动。当然，我也看见了他，事实上那天进了沙漠还没进家门我就朝那边看了一眼，他果然在。我不愿说到他，每次想起他心里便隐痛，沙漠里发生的一些事和他有关，其实他正是故事的主角。望着他我似乎看见他后面还站着两个人，是我可怜的大姐和她刚刚出生的孩子。二十多年前她们就在这道沙梁上火化了，高高的扎干堆上可怜的母子俩安静地睡熟了，可恨的老蒙巴铁青着脸点燃了枯干的扎干，木然地念着可怕的咒语助长着火势。我把积攒了八年的眼泪都流出来以求浇灭焚烧大姐的烈火，可我稚嫩的哭声斗不过老蒙巴可恶的咒语。事后我又去了那道沙梁，大姐什么都没有留下，连同那一堆扎干也早已变为灰烬被一股旋风卷走了。她是随风去追求渴望的幸福了吧？不过我相信，她是走不出沙漠的，风刮不到她向往的那个地方。我相信她变成了一股旋风。沙漠里有个说法，每一股旋风里都有一个冤魂。我相信，那股突然从架子梁上升起的旋风就是大姐的魂。

该怎么跟翠儿说呢，我知道爹妈绝不愿提沙漠里的旧事的。由此翠儿认为我家有什么不可告人的事瞒着她，我越是不说，翠儿就越要弄个明白。我只得跟她说了，在回城的那天晚上。我相信她爱我的真诚，她已经决定和我一同生活了，我不该对她有所隐瞒。

我出生在沙漠里，前头已经说过，我觉得用不毛之地来形容我家所在的环境并不过分。可翠儿不赞同这么说，那沙窝里长植物呢，还有湖。

我的家是在面积五万七千平方公里的巴丹吉林沙漠里，有世界上最高的沙山，被誉为沙漠之王。那里雨水稀少，少植被，也是全国人口分布最少的地区之一。

巴丹吉林沙漠中部有一块被当地人称为博勒呼都的沙地，方圆百十来平方公里，沙山不高，被人们称作沙梁、沙疙瘩，地势较为平缓。最高的沙梁底下有个一湖泊，不是很大，也就一个平方公里，像一粒珍珠镶嵌在沙漠里。沙地有稀疏的植被，多是白茨和扎干、毛条、冬青及一些地表草。所谓当地人其实就只有两户人家和一座庙宇，呈"品"字形分住在湖泊周围。爹说这里原来只有一户帮着看守庙宇的蒙古族牧民，早在六七十年前，一个姓杨的小伙子为躲避兵灾从甘肃流浪到这里，在那家热心的蒙古人的帮助下落了户。十多年后，也就是五十几年前，另一个王姓民勤小伙逃荒到这片沙地，做了蒙古人家的上门女婿。这个后来的人就是我爹。

那座庙宇很小，只有里外两间，外间是殿堂，里间是僧人的住处。小时候那里是我经常玩耍的地方，记忆中那庙里好像一直没有住喇嘛。爹说早先庙里是有喇嘛的，"文化大革命"中叫造反派赶走了。庙里没有塑佛，墙的四面彩绘了几尊佛像和许多佛经故事，被烟熏得几乎辨不清原来的颜色了，墙上留下了一道道削刮的痕迹。小庙其实和牧人家一样布局，不同的是牧人家的房屋是平顶，庙宇却是挂了琉璃瓦的脊顶砖房。最显眼的是庙宇前的两座白塔，里面葬着最早来这里修行传教的两位喇嘛，这座庙宇也是他们修的。

我八岁的时候，博勒呼都的两户人家间发生了一些事，事情的结局很不好。从那时起，每到傍晚我就经常看见那个会拉马头琴、爱把我驮在他脖子上名叫七十三的大哥孤独地坐在沙梁上。他总是木呆呆地看着西边落太阳的地方，夕阳把他的影子拉得很长，他的脸和光头被映成了古铜色。那时起他就开始不理我，也不理其他人，来过博勒呼都的人都说他中邪了。从那时起我也开始不想再看到他，看到他我就伤心。倒不是因为我同情可怜他，而是看见他我就想起故去的大姐。翠儿你知道她有多么美丽啊，那时正因为有了她，沙漠才显出了生气；她又是那么善良温柔，每当黄昏夜猫子开始悲号的时候，她总是把我搂在怀里，抱得紧紧的，叫我闭上眼睛，什么也不要想……现在她死了，这沙漠也显得死静。

前头说过，博勒呼都这片沙地里只有两户人家，庙宇在海子北边，我家在庙宇东边，西南是七十三家。爹说七十三出生的时候他老家的爷爷正好七十三岁，他爹就给他取了这个名字。方圆百十里的沙窝里只有两户人家，因而彼此很亲近，我姥姥很久以前就给两家的小娃儿定下了娃娃亲。

那时候我额吉正怀着大姐,七十三已经九岁了。姥姥说,要是养下娃子就叫他们结成安答,要是养下个丫头就叫她给七十三当媳妇。大姐出生后两家交换了定亲的信物。因此在我很小的时候就知道大姐和七十三定了娃娃亲,大姐将来要当七十三的媳妇。许是这个原因,七十三见了我亲的了不得,把我架在脖子上颠颠地跑,也引的两个姐姐跟在他屁股后头哈哈笑。但是,当七十三疯跑一阵把我放下,痴笑着盯住大姐看的时候,大姐就不再笑,也不说话,实在受不了七十三沙狼一般贪婪饥渴的目光,大姐赶紧过来抱起我,嘎达,走,跟大姐到家玩去。我的反应常常叫她生气,就一个字,不!可不管我怎么哭闹,大姐硬是把我抱回家。其实那时我已不算小了,早已过了叫人抱的年龄,可大姐还是抱我回家。

我模糊地觉得大姐好像不大喜欢七十三。我曾听姐姐们聊天,大姐说他才二十八岁,看起来倒像有四十了。并且大姐开始不愿和七十三在一起,经常躲着他。七十三也不笨,把我当作引大姐上钩的诱饵,每次饮羊时就对我挤眉弄眼召唤我颠颠地朝他跑去。

有必要说一下,沙漠里并不少水,可是露出地表的这些海子里的水大都是咸水,人畜都不能饮用。人们吃水一般都是在居所不远处挖一眼沙井,用扎干柴镶起井壁,这样的井水可以勉强饮用。都说沙漠干旱,是不毛之地,其实沙漠是一座巨大的水库,只是人类改造自然的能力有限,不能把它产出用于灌溉地表。更为神奇的是,沙漠里有些泉眼里冒出的居然是甘甜的矿泉水,据说水质不亚于现在我们饮用的纯净水。博勒呼都海子里就有这样的神泉,泉眼不在海子中间,在海子东边靠近我家这边。泉水里含有丰富的矿物质,使得泉眼处凝结了一大块结晶,就好似海子边上长出了一个小岛,泉水就从结晶的缝隙间流出。于是,博勒呼都海子就出现了一个奇怪的现象,海子东边的水是甜水,西边的水却咸苦。所以,每到饮羊的时候,两家的羊群就都集中到了我家这边。

七十三可以随便地出入我家,可他不敢进姐姐们住的里间,大姐更是躲在里屋不出门。七十三只有朝我身上打主意了。他总是想法儿哄我出来,然后就不时地瞅一眼家门口劳作的大姐。我是家里的宝贝,是爹唯一的根。我和大姐相差十一岁,和二姐差了八岁,爹年轻的时候为盼儿子白了头发。

额吉曾给我生过五个姐姐，可我见过的只有大姐红花二姐招弟。额吉第六胎生的我，爹高兴坏了，跟额吉说我以为你那块地只能种麦子，也能长高粱啊。当然，这是我后来听别人学说的。因为就我一个男孩，一家人喜爱得很，大姐更是时时领着我，把我看得很紧，绝不让我独自下海子，也不许我一个人在沙窝里玩。大姐说海子里有水妖怪，专门引小娃儿下去，说沙漠里有会学小娃儿笑的狐狸，骗小娃儿过去吃掉。只是见到七十三时姐妹俩便没辙了，我也想不通小时候七十三对我咋就那么有吸引力。

大姐看我去了海子，急得不行，怕我下水，便喊着跟过来。于是，七十三有了亲近她的机会。然而大姐对他总是若即若离，七十三只有背后捏紧了拳头叹气的分儿。

按姥姥生前说的，等大姐满十八岁就和七十三成亲。大姐自己却说年纪太小要等几年再结婚。由此可见，大姐不喜欢七十三是真的。只是沙漠里人烟稀少，交通又不便利，大姐没有机会和外头的人接触，也就死心了，答应十九岁那年冬天和七十三结婚。

那天下午石油物探的四辆闷罐子汽车开进了博勒呼都。这对从没有离开过沙漠的人来说无疑是一件新鲜事。汽车停在我家墙边，我和两个没有文化也没有见过世面的姐姐惊喜得不得了。那时候已近黄昏，我们一家人都坐在院子里吃饭，姐弟三个耐不住放下饭碗就往外跑。却叫爹喊住了，丫头家疯跑啥呢，没看着尽是些男人吗。

姐姐们只得乖乖地退回家，不情愿地收拾锅碗。

我把一个胖胖的老头子领进了院子。他同我们一家人打招呼，说，我怀着无比的虔诚，寻找着圣地宝木巴，不知道英雄的江格儿，能不能留我在圣地？

爹笑着和他握手说，尊敬的客人，您是天上的雄鹰，您屈驾落在沙漠的贫巢，是我们一家人的荣幸。

胖老头说老哥，我们是石油物探队的，才从你们大队来，打算在博勒呼都工作一段时间，给你们添麻烦了。

天是众人的天，地是众人的地，你们是从上头来的，我们不给你们的工作添麻烦。爹说。

胖老头是文化人，说话文绉绉的，这不奇怪。现在想起来我只是奇怪一字不识的爹居然也会说那样的套话。

这一夜我们姐弟三个谁也睡不着，姐姐们追问我在外头到底看到了什么，爬在炕上眼巴巴地望着窗外的星星，盼着天亮。

好不容易等到星星退了，东方发白，屋里透进亮来。大姐爬起来，急火火地朝外走。

大早上的去哪些，起这么早做啥？爹在炕上问。

我去外头看看。

大姐说话的工夫人已经出了屋。

我跟着大姐跑了出去。

晨曦的光辉使得沙漠更加宁静，清凉的空气就差呛着人的心肺。早晨，是大漠最清爽的时候。

四辆车一字儿排开，静静地卧在沙坡下。一夜之间，车旁居然盖起了两间绿色的房子，方方正正的，有门有窗，比我家的土房子妙巧得多，也耐看得多。我和大姐惊奇地张大了嘴，绕房子走了一圈，没敢贸然进去，他们还在睡觉。四下里静悄悄的，房子里传出熟睡的鼾声。

大姐好动，手扶车厢绕车一周，摸到一个把手。朝下一扳，后门居然开了，倒把大姐吓一跳。也不管三七二十一，扳着门框上去，脚还没有站稳，又啊呀一声惊叫，跳下来捂着脸朝家跑。我在下面不知道发生了什么事，也叫一声跟着大姐往回跑，一边跑一边回头看。原来车上有床，床上赤裸裸地睡着个人。

翠儿咯咯地笑了起来。

你笑什么？女孩子第一次遇上这号事谁还不一样。

翠儿只是笑。

还笑呢？谁像你呀，假装害怕的样子，完事了就扳住人家看得我都羞了……好好，我不说了，不说了，哎呀，你把我耳朵拧疼了。

就是这个不盖被子光身子睡觉的男人破坏了大姐和七十三的婚姻，也改变了他们的命运，也在后来的日子里，给博勒呼都这块祥和的沙漠蒙上了一层灰。

茂密的扎干林

这人和我家同姓，他在博勒呼都待了一个多月，我没听谁叫过他的名字，人们都喊他小王。我曾向他的同事打听过他，说他调走了，去了很远的地方，却不肯说调去了哪个单位。我知道他们不肯告诉我实话。其实，我也就是问问，就算我找到了他又能怎样呢？大姐已故去多年，我不想在她去后把她的事闹得满世界都知道。既然她不愿再活在这个世上，就让她的灵魂清净一些吧。我在心里诅咒过他一万次，但愿他进了地狱。

蒙古族是最好客的民族。爹给我讲过一个故事，说一个蒙古族同胞要去远行，出门时马背上的褡裢里只装一只新鲜的羊腿。草原上，他在一个蒙古包旁下马，主人热情地出来迎接，他们并不认识，从前也不曾谋面，主人却如同迎接最尊敬的客人。旅者没有什么礼物，只是掏出那只羊腿放到灶旁，主人却立即出门宰羊了。草原人以羊肉为主食，吃的必然是手把肉。客人要走，主人在他的褡裢里装了另一只羊腿。到了第二家如此，到第三家亦是如此，每到一家都是如此。等到那个旅行者回到家时，褡裢里仍是一只新鲜的羊腿。

爹说要宰那只专门喂养的绵羯羊，送给那一伙新来的邻居。

我怀疑爹是不是受了那个故事的感染。爹是地道的汉人，可爹的慷慨好客在沙漠里却颇有名气。姐姐们都赞成宰羊，可又不情愿把羊肉整个送给他们。大姐说还不如把他们请来吃乌查。我们并不少吃肉，但是夏秋两季一般不宰羊，吃的是冬天储存的风干羊肉。古人说过，有朋自远方来，不亦乐乎。何况是在荒僻的沙漠里，请人吃饭对主人也是很光彩的事。

爹赞成我们的建议。

和爹犯了拧劲的是我们的母亲，我们称她额吉。额吉说不久那只绵羯羊有别的用途。

不行，绵羯羊得留下，红花从小就许给七十三了，说好冬天就结婚，绵羯羊得留下待客用。

爹说咋说我们也得尽尽主人的心意吧，多少年了，博勒呼都从来都没有来过这么多的人和车，也没有这么红火过。

那也不行，这个羊是专门喂下给红花成亲用的。

额吉，就把这个羊杀掉吧，冬天用羊的时候一大群羊随便抓一个不就行了，再说冬天队上还给我们分肉食羊呢。大姐说。

那咋行，一大群羊全是公家的。

额吉耶，我们也太老实了，赶冬天牲口普查的时候少报一个羊羔就行了。二姐说。

那不是哄人吗？丫头家尽出烂主意。

爹瞪了二姐一眼。

二姐的嘴最不饶人，她从不把想说的话憋在心里，不管别人爱不爱听。

哼！也就是我们家老实，哈斯说她们家有三十多只自留羊呢，不是少报羔子哪有那么多？要不就说早场太旱，死了。

爹不再言传。

额吉迟疑地说那咋行，叫队上知道了咋办？

咋不行，你不说我不说，谁他知道！

那就杀吧！爹下了决心，下午请他们来。

中午吃过饭，爹蹲在灶台边磨他那把使了十几年的雕花蒙古刀。这时候，我那位可亲的七十三大哥来了。他不例外地扫视一圈屋里，瞄一眼坐在炕沿上纳鞋底的大姐。大姐起身去了里屋。

爹也不抬头，说人家大老远地来了，我们也得尽尽主人的情分吧，博勒呼都多会这么红火过？我说把那个自留羊杀掉招待一下。爹在拇指指甲上试试刀锋，刮下细细的一层骨质来。爹嫌刀子还不够快，递给七十三，让他继续磨。

爹和额吉去羊圈里牵羊的时候，七十三盯着里屋的门帘看了老半天。现在我猜想当时若不是因为我和二姐在的话，他或许会不顾一切地冲进去的。这应当容易理解，沙漠里少人烟，最难克制的就是欲，沙漠里随处播种的事并不新鲜。我看他恍然若失的神情觉得他有些可怜，同时也觉得大姐那么做实在不该。在我八岁的眼睛里，挑不出他有一丝的不好来。但是经过二十年后，我的年龄和当年七十三一样大时，我亦感到无奈，无法把他们的事理出个头绪来，也说不清大姐那种回避的方式是否应该。

尽管大姐对七十三保持着一定的距离，我们也都清楚，他们冬天结婚是肯定的。大姐当然知道自己的命运，她必须和七十三结婚。在那个时期，尤其是生活在那种环境下,她没有别的选择。尽管她曾努力改变自己的这种命运,可一切都是徒劳,她只有准备接受这个不情愿的婚姻。我经常看见她偷偷注意七十三,末了,却只有叹气。

临近黄昏的时候,爹打发我和二姐去请那些陌生的客人。

一会儿的工夫,前夜来过我家的队长老何领着一帮小伙子来了。老何双手捧着一块砖茶,上头搭着一条代替哈达的毛巾,跟我们一家人打招呼,致谢。他后头一帮愣头青傻愣愣地站着,瞧稀奇一般瞅着我们被柴烟熏黑了墙壁的有些矮小的家。他们中间有几个分别抱着几瓶酒和罐头,一个个好奇地打量着我的家人。

爹笑着叫额吉收下礼物,和他们挨个握手,请他们上座。其实上座就是全都上炕,也不必脱鞋,打盘碗儿坐下。由于人多,满满地坐了一大炕,炕上的方桌就显得太小,爹干脆叫二姐把炕桌拿掉。两个姐姐用一个特大的木盘抬了羊乌查来,放在炕中间。老何和小伙子们一看那肉全都傻了眼,因为大半个羊趴在盘子里,只有白生生的肥膘,却不见紫红的肉。一个个都皱了眉头,看一会儿羊肉,又彼此相望。大概他们心里后悔,不该凑这份热闹。他们也许不知道,这是牧人接待最尊敬的客人的大礼。

说到羊乌查,翠儿觉着新鲜,一定要我给她讲讲,因为她早闻其名,却无缘品尝。我有些后悔,前些天宰的那只羊没摆个乌查叫她看看。我跟她说你要是吃一口乌查肉一定会连杂碎都吐出来的。她吃不得肥肉,不小心吃下一块就得蹲下吐半天。翠儿捣我一拳,撇嘴说我爹小气,不肯给她摆羊乌查,否则她会吃掉半只羊。这才叫冤,爹和额吉见了翠儿喜欢得了不得,哪敢有半点的怠慢。因为夏天,家里人又少,肉煮多了一时吃不完就放坏了。况且,爹还专门给翠儿宰了一只羊,也没见她吃几口。

羊乌查又叫羊背子。是用一只肥绵羯羊,其尾巴越肥越好,去头剔内脏,从肩部一分为二,前部肢解和后半部一起下锅煮,待有八分熟时捞出,肢解的前半部码在盘子上,后半部整个捞出,左右扒平盖在被肢解的那部分上。如此,一副乌查就算做成了。肉盘子端上来时,人们看见的是整个羊脊背和象征收获的肥大的尾巴,所以有了羊背子的叫法。我们吃羊肉并不煮透,而且除盐以外很少有其他的调味品。内地人来沙漠里做客,一定会觉得那肉淡而无味难以下咽。

吃乌查颇有讲究，肉盘子端上来，主人会恭恭敬敬地给每个客人敬上两杯酒，请座中长者或最尊敬的客人主刀，长者接过主人递过的刀子，在肥硕的羊尾上削下一块，并在羊背子上划几刀。简单的仪式过后，人们才开始享用大餐，肉盘子旁边有盐醋酱油等调味品，口轻口重自己调。提醒客人注意的是，肉附着在骨头上，不用刀子就撕不下来，千万别用牙啃，我们忌讳用嘴啃骨头，只有狗才啃骨头呢。这就是人与兽、尊与卑、主与从的区别，人类除了吃穿比较讲究些会思考能创造外，与畜生并没有什么大的区别，有的人某些行为甚至不如兽。大漠深处的牧人们喝酒很少有下酒菜，沙漠里没有蔬菜，可以下酒的只有肉，喝酒必须吃肉，吃肉必须喝酒，酒肉不分家。蒙古人大都信佛的，却破除了佛教的清规戒律，讲的是酒肉穿肠过，佛在心头坐。吃掉的骨头不能随手扔掉，得放回盘子里，讲的是端上来多少骨头，端回去多少骨头。而且主人会把那些长骨砸开，吸食里头的骨髓。这是闲话。

我扭头看翠儿，她听得津津有味，让我尽可能地说得详细一些。

爹在酒杯里斟满酒，给每个客人都敬了酒。然后，爹给额吉和七十三也敬了酒，他们接受敬酒的方式有些特别，恭恭敬敬地接过酒杯，左手端杯，右手中指在酒里蘸一下，朝上弹一下手指，再蘸一下，朝下弹一下手指，再蘸一下点点自己的额头，举止十分的庄重，脸上呈现万分的虔诚。那意思是先敬天敬地，然后才自己享用。我们还是比较迷信的，认为自己的祸福是由上天来决定的，天若下雨，才有好草场，牧人们赖以生存的牲畜才能膘肥体壮。喝酒是一种享受，所以不忘先敬天地，感谢天地赐给人们幸福，也祈求天地继续赐福给牧人。

客人们虽对肥膘心存惧意，但都是第一次享受蒙古大餐，因而胃口很好，吃得很开心，话也多了。蒙古人喝酒爱划拳，爹和七十三是纯正的汉人，但在沙漠里生活了几十年，早被蒙古人同化了，以蒙古人自居。七十三和客人们找着划拳，叫法不一样，拳法却相同，都是数指头，所以也喝得痛快。七十三划拳有酒令，边划拳边唱歌：

拳是个拳，三桃园
五金魁首落花流
双手捧着个月儿圆
我们两个不错来上两拳
叫个拳哪（划拳）
你（我）赢了，我（你）输了
朋友的美酒我（你）喝上

七十三独特的酒令引起了人们的兴趣，大家跟着学唱。他们终日离家在沙漠戈壁上奔走，难得这般放纵，也就尽情地吃喝。

额吉同所有的蒙古族女人一样，爱在酒场上凑热闹，双手举杯，唱着歌儿挨个给客人们敬酒。

大姐得空站在门口看着人们吃喝，家里很少来这么多的客人，她仔细地端详着这帮面皮白净性格开朗的年轻人，兴奋又好奇。其实这帮小伙子一进门就注意上我家的两个姐姐了，他们没有想到，荒僻的沙漠里居然有如此漂亮的两个姑娘。尤其是那个小王，眼睛更是直勾勾地盯着大姐。大姐的眼光和他遇上了，立马明白他就是那个精沟子睡觉的人，红了脸低头出去。

七十三看到了小王痴迷的眼神，不动声色地在油光的羊尾巴上割下一条拇指粗细足有八寸长的肥膘，搭在右手上，双手朝前伸向小王。小王吃一惊，我爹刚才就这么来过一次，却只有筷子粗细半尺长的细条，他好不容易才咽下去。现在见七十三又给他肥肉便慌忙推辞，不行不行，我吃不下这肥肉……说话这会儿，七十三手掌一翻，那肥肉条就到了小王手上。小王出了一头汗，扭头看老何，老何皱眉表示不理解，无心顾他，担心七十三给他也来这么一块。小王看自己的同伴，也和老队长一样的表情，眼瞅着七十三又割下一条同样粗细的肥肉条，担心他会不会给自己，脑子灵的赶紧也拿起刀子割一块瘦肉吃起来，为的是占着自己的嘴和手，叫七十三看见，我忙着吃呢，你别给我。七十三却没有再给别人，把肉条同样搭在自己的右手上，和小王对着双手前伸，示意两人同吃。小王求助地看我爹，爹笑着劝他吃掉。小王傻眼了。其实这本是最尊敬的客人才能享有的殊荣，肥硕的尾巴象征着丰收，丰收的果实也只有老人和最受欢迎的客人才配享受。七十三知道这些人吃不得肥肉，却恼他眼睛不规矩，故而不动声色地惩治他一下。

　　七十三把手掌凑近自己的嘴，衔住肥肉条的一头慢慢地吸，只见那肥肉条在他手上越来越短，最后啵的一声进了嘴里。客人们惊奇地睁大了眼睛，那么粗的肥肉条，团起来可是一团，他们怀疑七十三有没有那么大的嘴盛下那团肉。惊讶中，七十三张口说话了，该你了。人们这才发现七十三已经把肉吃进肚子里，于是赞叹起来。回过头来看小王，给他打气，学他的样，吃了它。小王苦着脸看众人，咬咬牙，学七十三朝嘴里吸，一口气吸不进去，再吸一次，还有大半截在外头。满嘴的油水，恶心的不得了，泪花在眼睛里滚，听得喉咙里咯的一声，赶紧回头，嘴里的胃里的全都吐在身边的伙伴身上……

　　翠儿给我倒了杯水。

　　你大姐长得很漂亮吧？

　　当然，大姐比二姐还好看。

　　咋没让我看她的照片？

　　大姐从来就没有照过相，那个时候沙漠里也没条件照相。

　　难怪他能吸引那些男人，难怪她看不上七十三。

　　这不是大姐的错，也不是说大姐一点也不喜欢七十三，她只是想到沙漠外头去看一看，是石油物探的那些人骗了她。

　　可以毫不夸张地说，我是牵着姐姐的手叫姐姐抚养大的。我们的额吉是个地道的蒙古人，她不大懂得操持家务和管理孩子，她认为家里不必拾掇的太整齐，能住人就行了，孩子们也不必成天领着或抱在怀里，附近又没有狼虫虎豹，任我们在院子里沙丘上玩就是了。这么说有些对不起额吉，但额吉那时的确就是这样的，爹爱他的孩子一样爱他的妻子，他有精力把一切都拾掇好。我们的相貌都像额吉，可我们的性格却全都跟了爹，集中了父母的优点。在我的记忆里，额吉很少抱我或者两个姐姐中的哪一个，我也不知道我是不是吃她的奶水长大的。听爹说过，两个姐姐是他用羊奶喂活的，因为我们的额吉不会哺养孩子。可以想象当年两个姐姐是多么可怜了。翠儿你可能不理解我和大姐的感情，大姐给我的超出了额吉的给予。额吉给了我生命，大姐却给了我一切，是她拉扯我长大。由此我也感激爹养活了大姐，因为有了大姐我再没有受过大姐那样的苦，尽管当时爹和额吉生大姐的时候不大光彩。

  时间推到五十多年前，那时候我的故乡甘肃民勤遭了大灾，那一年国人都不会忘记肚皮贴紧脊梁骨的痛楚。那时候爹和今天的我一样年轻。故土遭灾，人们大批地逃亡。爹和爷爷领着一家人外出逃荒，举家东迁，他们听说东边腾格里沙漠的另一头有个定远营，那里人烟稀少，水草丰美日子好过。他们是一个村子整体外出的，走了一半的路程逃亡的大军就锐减了一半，饥饿的身体抵挡不住沙漠的热风和太阳的灼烤纷纷倒毙了。这里头有我的爷爷奶奶和两个姑姑，他们都做了沙漠里的冤魂。爹说那个使亲人们倒毙的沙漠叫旱马岗，意思是就连马也走不出去，属于腾格里沙漠的一部分。一场龙卷风过后，爹和那些可怜的逃荒者都被刮散了。极度的疲惫饥饿使爹迷失了方向，竟鬼使神差地走进了巴丹吉林沙漠。为了充饥，他掘过老鼠洞，也袭击过人家的羊群。终于有一天，他到了今天的博勒呼都。当时博勒呼都两户人家之一的杨昌运放羊时发现了沙坡下饿昏了的他。爹是挨过饿的，每当看见我们姐弟吃东西造作时，爹总会点我们的额头，说，你们呀，要是生在六零年，早就饿死了。爹最不能忘记杨昌运的救命之恩，时时挂在嘴上，这也是爹坚决要把大姐嫁给杨昌运的儿子七十三的原因。在大姐还没有落地时两家就定下了娃娃亲。

  那天杨昌运救活了我爹，问他愿不愿意留在沙漠里，他可以给找个饭碗。爹喜出望外，立马就给他跪下了。杨昌运把我爹送到了博勒呼都另外一户人家老嘎嘎家。老嘎嘎已经死了，留下了年岁并不很大的老婆和一个如花似玉的女儿。就是这个年轻的姑娘后来成了我们的额吉。杨昌运叫爹给老嘎嘎母女俩帮群，就是帮他们放羊。爹很珍惜这次得以生存的机会，各样活计他都做得非常仔细，渐渐地，爹在方圆数百里的牧人们中得了个小嘎嘎的名字。

  有一天下午，老嘎嘎的遗孀去南边的杨家串门了，屋里只留下爹和主人家姑娘两个人，爹用暴力征服了年轻的姑娘，我猜想大姐就是那时有的。有了第一次就会有第二次第三次……直到有一次两人正投入的时候，门突然被推开了，姑娘的额吉进来了，爹羞愧难当，她老人家却什么也不说转身出去了。倒是额吉饶不过爹，迫他完事。那时候沙漠里还很落后，有些姑娘甚至抱着自己的孩子向人们炫耀。这并不奇怪，繁衍后代是自然法则，本就是值得高兴的事。

渐渐地，额吉的肚子大了。她们母女俩并不惊慌，姑娘家未婚先孕的事在那时并不新鲜。倒是杨昌运大爷见额吉挺个大肚子气得不行，把爹狠狠骂了一顿，逼爹和额吉拜了天地。从此，爹就成了博勒呼都两户人家之一的主人。爹和额吉结婚没几天，大姐就来到了人世。额吉不听杨大妈的劝告，在沙漠里一味地跟着羊群疯跑，迫使大姐提前一个月降临人世。

在我讲爹和额吉的过去的时候，翠儿几次捣我后背，问我，你爹妈发生那些事时候还没有你，这些事他们也不会告诉你，你是怎么知道的？是不是你编故事骗我？

天地良心，长这么大我骗过谁，骗谁也不能骗你啊！她这么问话使我窝火。所以我坚持讲完这个小故事才给她解答，我有百分之百的理由叫她相信，我没有一丝掺假。

不论是谁，在爹妈的眼里永远都是孩子，这话翠儿你该相信吧。在我童年的时候，爹和额吉没有注意到我已经开始懂事了，他们时常当着我的面调情，彼此笑说当年的趣事。甚至晚上在我还没有睡熟的时候就做爱。跟你说这个对爹妈太不尊重，可这是事实，谁也有年轻的时候。把他们的话加以琢磨，就筛选拼凑起来了他们年轻时的故事。就是这么回事。

难怪你这么坏，原来你小时候就跟你爹妈学会了，你从小到大脑子里都想这些呀？

翠儿，这么说对爹妈不尊重，谁也一样，只是我爹和额吉在情爱中忘记了我的存在而已。你爹妈也一样，不然哪来的你？

不许你胡说！

事实如此，人生的意义最重要的就是繁衍后代，不然人类几千年的文明史，怎么就时时推崇母爱崇拜母性呢。古人类的岩画上，刻划了成熟女性，自古至今的艺术家们都认为，女性人体是最完美的艺术结构，就连山区小孩子的剪纸作品里，女人的肚子里都剪个小孩子，这说明性爱是从娘胎里就带来的。

你纯粹是胡说，给自己辩解是不，哪有那么多的说头啊？

本来就是这样，就说你我吧，如果你没有意，我能和你……

还说呀你……

翠儿要欺负我了，我只好不再说这些与大姐无关的事。接下来的故事是七十三给我说的。他给我讲的时候是在悲剧发生几年以后，我从学校回家他抓住我的胳膊强迫我听的。那时候他的神智不太清楚，啰啰唆唆反反复复说了许多遍。

有趣吗？翠儿问我。

不，我大姐已经死了。

博勒呼都南边的地势稍平缓一些，沙丘小，沙粒也粗，储水最好，不用深挖就能出水，所以这块沙地里草场就好一些。这里生长的多是些白茨、冬青、毛条和沙漠人称作扎干的梭梭，也有一些牲口喜吃的沙米、臭蒿等细草。远远望去灰蒙蒙绿汪汪的，算是沙漠里的绿洲吧。从前的日子里，七十三和大姐每天都赶了羊群在这里会合。他们经常坐在沙丘上或者在一丛冬青底下谈天说地。七十三渴望开汽车，哪天我也能开汽车就好了，开汽车多洒脱，把我们公社转遍，叫沙漠里所有的人都知道博勒呼都的七十三会开汽车。在他少年时有几个军人开车进了博勒呼都，在架子梁上立起了那个木头三脚架子。草绿的军车在沙漠里奔驰的景象深深地印在他的脑子里。

做梦去吧，沙窝里连个汽车毛都见不着，还想开汽车。大姐总是给他泼凉水。

七十三立马就蔫了，自嘲地笑笑，我是说假如，假如有一天我能开汽车的话，一定拉你把全公社转遍。

那有啥好，转来转去还就在这沙窝窝里，没出息。要是我呀，我就出去，去全国转转，去坐坐火车。哈斯说火车特别长，能拉几百人。哈斯说胡巴赖就坐过火车。我也能坐火车就好了。大姐对沙漠外的世界充满了向往，偶尔看见天空中盘旋的老鹰，她会仰头看上半天。我要是老鹰就好了，要不就像老鹰那样长两个翅膀，一下子就飞出沙漠了。

七十三皱着眉头望她，人如果长上翅膀，那不成妖精了。

他们坐在一起聊天的时候全然不管羊群，此时的羊们都混合在一处，待太阳偏西时它们会自己分开，各归各的家。

那天大姐赶着羊群到草场的时候七十三已经在了，站在他们从前坐过的冬青丛旁边等着他。大姐觉得他的眼神突然陌生了，雾蒙蒙又火辣辣的，大姐问他怎么了，七十三仍旧那副神情，傻呆呆地注视着她，那表情使她心里发毛。大姐转过身不再理他，走开来吆喝自己的羊群。七十三痴了，望着她的背影发呆。突然，他像一匹发情的儿马朝大姐跑过去。大姐吃一惊，慌忙问你咋了？就这工夫七十三已经抱起她摔倒压在她身上。大姐明白了，躲闪着死命地挣扎。可两只胳膊和身子一齐给他抱住了，又没有抵得过他的力气，只弄得自己筋疲力尽乖乖地躺在下面流泪任他疯狂地亲吻。七十三腾出一只手粗暴地揉摸大姐的胸脯，大姐疼得受不了，呻吟起来。七十三的手摸着了女人最后的秘密。他抽出手解她的裤带却没有解开。我知道大姐是勒一条红色的带子，七十三心如火煎不得窍门，活扣变成了死结。大姐似乎清醒过来了，趁他专注地解她裤带的时候猛地推他个跟头，赶紧爬起来往回跑。七十三追一阵站住了，大姐跑上了架子梁。

大姐一口气跑上架子梁才停下来，转过身看见七十三站在架子梁下失望地看着她，她得意地笑了，弯腰抓起一把沙子朝他扬去。当然，那沙子够不到他。

这是七十三难以忘记的一刻，在讲述抚摸大姐的时候，神志不清的他居然两眼放光，脸上呈现陶醉的喜悦，仿佛许多年前发生的那件事就在此刻，一双大手攥的我胳膊生疼，目光异样地望着我。当他看清了坐在自己身边的是我而不是当年的意中人，眼神立马就黯淡下来，一脸的沮丧。他木然地注视着架子梁那边的沙丘，竟没有发觉我从他的手里挣脱出来。

可能那回大姐跑上架子梁就看见自家那边只剩下一辆汽车，她没有先进家，径直走到车跟前。我就蹲在车前看一个人补轮胎。

嗨，你做啥呢？大姐揽着我大刺刺地问。

大姐一口气跑上架子梁才停下来，转过身看见七十三站在架子梁下失望地看着她，她得意地笑了，弯腰抓起一把沙子朝他扬去。

补轮胎。

那些车呢?

干活去了。

干活?干啥活?

勘探。

啥?

那人回头,大姐猛然一惊,这个人就是昨天吃羊尾巴吐了的那个小王,也就是大姐看见的那个精沟子睡觉的人。她窘得说不出话来,小王也很尴尬。两个人都愣住了,谁也不好意思再说话。

小王装上轮胎,问沙漠里住几家人。

两家。大姐指着西边说那边还有一家人家,就是昨天叫你吃肉的七十三家。

大姐提到了昨天吃肉,小王红了脸。

昨天我很狼狈吧?

你们城里人不会吃肉。

那哪是肉,是肥膘。

那也是肉,长在羊身上就是肉。

小王斜眼瞅她,大概是想这丫头还挺犟。小伙子和姑娘在一起心情总是很好,他们很快就说在了一处。

我不知道大姐哪来那么多的问题,天南海北只要她想到的差不多全问了,最后居然问小王有没有坐过火车,有没有吃过火车肉。

哈哈哈……

小王笑得喘不过气来。

火车全是用钢铁造成的,怎么能吃呢?哈哈哈……

大姐搗他一拳,你这人咋笑话人没个完?

小王止住了笑,我给你说,火车不能吃,火车是……噢,和汽车一样,是一种由机器牵引的运输工具,可比汽车大多了,长长的一串,最长的有一百多个汽车接在一起那么长,坐着也舒服,不像汽车这么颠。

大姐皱了眉头,和我一样,她也想象不出一百多个汽车接在一起有多长。

我就坐过一回拖拉机,和队上的代销哈斯去过一次公社,火车啥样儿还没见过呢。大姐说。

真的?我有一张在火车上的照片,等会我给你看。想不想坐汽车?我现在就带你们去玩。

我和大姐坐车绕房子转了几圈,大姐开心地喊叫起来。我是第一次坐车,自然高兴得很,快活得不肯下车。

一天中午,七十三的母亲忽然来到我家。她很少出门的,在我的记忆里,她很少来我家串门。

正像爹和额吉猜测的那样,她是为七十三和大姐的婚事来的。刚说到这事,这个苦命的女人就先哭开了。她说七十三这几天来总是阴着脸,她不知所以,又问不出啥来,她怕儿子的犟脾气。她说七十三的性子像他那个做了鬼的老子,却比他爹还难伺候,说不得动不得,娘儿俩整天这么不声不响地过日子,她觉着委屈,背着儿子不知哭过多少回了。尽管七十三不说,她也猜出了些端倪,这事肯定和我大姐红花有关。她说红花有好些日子不去她家了,猜想是他俩窝了气。她说七十三爹在世的时候两家就定了娃娃亲,七十三比红花大九岁,打小就知道红花要做他的媳妇。如今沙窝里来了汽车红花就不过去了,他心里苦得很,猜是红花变了心了。她说七十三时不时地站在架子梁上朝这边看,她看着心疼,当妈的哪个不心疼自己的儿女。所以来我家要把七十三和红花的事定下来,越早办越好,人老了最怕寂寞,七十三他爹早就做了鬼,她凄苦了半辈子,渴望早些抱个孙子。

爹和额吉很爽快地答应了她,安慰她放心,说等秋后就叫七十三把红花娶过去。他们说这些事的时候大姐也在场,她什么也没说。我想大姐是答应老人们秋后结婚了。

这些天七十三也不大来我家,每日只是默默地赶了羊去前面的草场,一只花不溜秋的山羊总跟着他,是去年的羔子。这只羊的毛色很特别,青一块白一块的。这只羊刚生下的时候大姐就爱的不行,给它取名花子。花子通人性,七十三叫一声花子,它便跑来狗子般地绕着他承欢。七十三拍拍它的背,花子知道主人是要它走了,便颠颠地朝羊群跑去。

七十三到时大姐的羊群早就到了，却没见着放羊的人。他知道大姐避着他，和那帮城里人打闹去了。他想着她和那些城里人一起玩心里就有气，所以他对他们是敌视的。尽管这些好似来自另一个世界的人也吸引着他，勾起他的好奇心，可因为红花和他们搅在一起，他硬是压制了自己的好奇，对他们不冷不热，甚至很少搭理他们。他上了架子梁。虽然勘探队的驻地离他家只有一里地远，他还是喜欢坐在架子梁上居高临下地看。四辆汽车都在，人们来来回回不知道忙些什么，没有看到红花，他想她定是在哪个车里同谁说话呢。

　　他恨红花那天推开他跑掉，迟早是我的人，干啥跑呢？那天她那种急促的喘息撩拨得他欲火焚身，他觉得她是渴望有那事的，没想到在他全身心地投入时她会突然推倒他跑掉。早知道用缰绳捆住她的手才好。自那天以后大姐就不再去草场了，只把羊赶过海子就回去，要么就叫二姐去放羊。七十三在架子梁上不时看见大姐和那帮小伙子打闹，有一次远远地看见居然是她开着闷罐子车跑。她看见他了，喇叭打得嘟嘟响，看着他笑。那是得意炫耀的笑，她倒出息。七十三为大姐高兴也因她嫉妒起来。少年时第一次看见汽车他就幻想着将来能开汽车，如今自己老大不小了，却始终没有机会。汽车是城市的代表，怎么会轮到沙漠里的放羊娃子开呢。现在看见红花开着汽车跑，七十三心里不是个滋味。他气大姐整天和那帮城里人搅在一起，同时也恨上了和她一起玩耍投其所好的那帮青年。

　　其实，这些天沙漠里是很热闹的，我和两个姐姐整天和石油物探的小伙子们缠在一起。我们教小伙子们骑骆驼在沙漠里游弋，教他们认识沙生的动物植物。别看他们一个个都是大男人，可偏偏就怕骑骆驼，又怕又想骑，上了驼背骆驼一动他们便惧怕得叫喊起来。他们则开车带我们几乎走遍了博勒呼都的每一个角落，聪明的大姐居然缠着小王教她学会了开汽车。

　　汽车，马达，喇叭，陌生的人，给沙漠带来了生气，而隆隆的炮声则打破了沙漠千百年来的寂静。沙漠沸腾了，犹如注入了某种兴奋剂，沙漠迎来了空前的盛典。这种欢乐是少有的，百十里外的牧人们来了，大队的领导和居民们也来了，所有人的脸上都呈着无比的欣喜和欢乐。人们惊叹如此庞大的汽车居然能在沙漠里行走自如，人们为伴着隆隆炮声窜起的一柱柱沙尘而欢声雷动。这段时间最热闹的自然是我家，有了大队领导的特批，几乎天天宰羊，吃肉，喝酒，来看热闹的人似乎全都忘记了生活中的烦恼。爹和额吉还有七十三几乎每天都是醉着的。我两个花儿般的姐姐穿梭在人群中间，给人们盛情的款待。姐姐们的美丽与勤劳传遍了巴丹吉林沙漠。

　　沙漠不是静止不变的，人也随着时间发生着改变。沙漠留下的一串串爆破的窝印记载了昔日的辉煌。而人呢，何时才能找回记忆中最美好的那一刻呢？自那以后，不断有石油物探或地质队的汽车出入沙漠，沙漠仍旧升起一柱柱冲天的沙尘。可像以前那种欢欣鼓舞节日般的庆祝再也没有出现过，牧人们不愿再与那些从城市来的人交往，甚至有人警告他们在沙漠里肆无忌惮的穿行是蓄意破坏草场。年轻的或已年老的地质队员面对的只有沙漠和与沙漠一般苍凉的寂寞。或者，是沙漠和他们开了一个玩笑，二十年来，一拨拨的人出入沙漠，可他们始终没有找到哪怕一滴让人安慰的石油。这是一片贫瘠的沙漠。

　　不过，这回七十三冤枉大姐了，这阵子大姐就站在从前坐过的那丛冬青后看着他。她在等他，她学会开汽车了，她要告诉他，而且她要拉他去跟小王学开车。她记得七十三的愿望就是开车，她希望这个即将成为自己丈夫的人聪明一些。至于七十三会不会像上次那样粗鲁，她倒没去多想，他爱怎样就怎样吧，正如他所说的，自己迟早是他的人，早晚不就那么回事。刚才看见他，她甚至希望他能像那天一样。可他没有过来，而是去了架子梁。她知道他是去看她了，想喊，却没开口。

　　沙漠气候多变，下午突然刮起了恶风，风暴遮天蔽日地压过来，迷得人睁不开眼睛，耳朵里只有风的吼叫。七十三担心羊群刮散，顶风出去收羊。在架子梁的一头他看见一辆闷罐子汽车陷在沙子里了。那里是一片漏沙包，这是沙漠人的说法，也就是沙漠里的陷阱，沙床底下是虚的，任何东西陷在那里都有可能出不来。我们两家先后有好几只羊陷进那里没有出来。车上的两个年轻人束手无策，只是猛轰油门希望能挣脱沙漠的束缚。可现代科技在大自然中却显得那么无力，车越陷越深。七十三用衣服蒙着头指点他们找些东西塞在车轮底下。两人依言去掰周围的扎干冬青。七十三看清其中一个就是经常和大姐搅在一起的小王,便气不打一处来,后悔刚才不该搭理,叫他们在这里困上一夜才好。他思谋着,跑过去阻止他们,说掰扎干是破坏草场,要去公社告他们。小王两个气得两眼冒火,却也无可奈何,恨恨地上了汽车。如七十三所愿,他们在沙漠里困了一夜。

　　半夜里,风终于停了。没有了风的咆哮,大漠突然显得异常宁静。冷月无私地把它的光辉撒在沙漠上。偶尔一只被风刮走了巢的鸟儿低声悲切地哀叫两声,更加增添了大漠的神秘和沉寂。狂风暴戾地吞没了沙漠里的一切,有知的生灵在这暴虐的怒吼中吓晕了,他们对自然的灾难只有逃避。只是苦了那些没有情感欲望的植物,草儿一夜的工夫就被这大自然的暴君吹黄了,被连根拔起,连它们自己都不知道吹向了何方;白茨的叶儿也突然不知去向,留下白森森的枝儿犹如严冬;扎干冬青被刮断了枝,耷拉着,冷冷的月光下,如狰狞的兽,又如挠魂的幡。

　　这只是初秋的一场风。

　　天刚放亮人们就起来了,老何叫大伙分头去找小王和小张。爹和大姐也骑骆驼去了,去找昨天没有回来的羊群。爬上架子梁大姐就看见那片漏沙包里一辆汽车的顶,赶紧朝刚启动的汽车招手,催打骆驼先去了。

　　七十三拼命地刨着汽车后面的淤沙。前面隔了玻璃看驾驶室里没有人,他猜想那两个人是在后面的闷罐子里。现在后门已被沙子封住了,整个汽车也给沙子埋了大半,他后悔昨天没帮他们把车弄出来。来不及找工具,只是拼命地用双手刨,奈何沙子是虚的,边刨边漏,刨了半天还是不大的一个坑。他满头大汗筋疲力尽了,仍然机械地刨着,他后悔昨天没有帮他们。他本是个善良的人,只有拼命地刨开淤沙救出他们才能弥补过错。

　　大姐不等骆驼卧下,跳下来和七十三一起奋力刨沙。

　　等三辆汽车绕过来时,两个人已是汗流浃背,却仍旧机械地运动着。老队长为大漠牧人的热诚深深地感动了,扶起他们指挥其他人用铁锹挖车。

　　问清里面的人不会闷坏,七十三放心地瘫坐在地上。

　　待把汽车从漏沙包里拖出来,救出的两个年轻人惊奇地张大了嘴巴,惊叹大风差点把他们活埋了。

　　小王见七十三坐在沙地上发呆,打趣说七十三你的早场没叫我破坏,倒叫风给破坏了，这下你讨六十四大嫂可就难啰。逗的大伙哈哈大笑起来。

人们的笑声仿佛和他无关，七十三注视着光秃秃没有叶儿的白茨发呆，昨天还鲜活的植物现在全变了样。又是一个灾年。他自言自语道。

是灾年，今年冬天不好过了。爹也说。奇怪的是他也和七十三一样的表情，远望荒凉的沙漠，似乎也有些痴呆。

我从学校放假回去，无法忍受那个孤独的人陪伴夕阳，也出于那份隐隐的痛和同情，我上了架子梁。在太阳将落的时候，七十三坐在三角架子旁，一动不动，注视着夕阳。如果他是一个入定的老僧，表现的就是一种超然，那样的话我对他就是无比的敬重，绝不打扰他的虔诚。可他不是。他那么孱弱，我只能给他同情。

仿佛是从地里突然冒出来的，不远处一道细细的旋风朝这边卷过来，夕阳的映衬下，像是一道黑烟，罩住了我和他。我闭上眼睛，感觉自己也跟着旋风在旋转、旋转。等我睁开眼睛，旋风早已无影无踪了。我看看七十三，依旧老僧入定般注视着夕阳，以至于没有发现我到来，已在他身后站了许久。我只得拍拍他的肩膀。他的眼睛明亮起来，嘎达，你放学了？我说天快黑了，回家吧。他明亮的眼睛昙花一现般又失去了光彩，继续看他的夕阳，无视我的存在。我在他身后站了一会儿，哀怜自己的同情不被接受，只有走了。就在我转身要走的时候他一把拉住了我，吓我一大跳。这个可怜的人眼中有泪，居然哭出声来。

翠儿，你看到过男人的眼泪吗？男人只有在内心最悲痛最无奈的时候才有眼泪。男人的眼泪是为女人流的。那时候我还不能算是个男人，我第一次看到了男人的眼泪，他的哭诉至今刺痛着我。

嘎达，你说，她咋能那样呢，我等了她三十年啊……嘎达……

我懵了。他的手劲好大，我挣不脱，只得顺他的意思坐下来，听他讲了一件我从未想过也想都不敢想的事。这件事撕碎了我可怜的大姐的清白。我知道大姐做错了一件事，可我以前不知道那件事是怎么发生的。那天七十三给我说了。在我心里大姐是无瑕的，可……天哪，大姐，你咋能这样你咋能这样？我要跳起来，可七十三把我抓得很紧。奇怪得很，他这时候忽然恢复了平静，依旧注视夕阳。太阳已沉入沙海，西边彤红一片，就在那红的晚霞里，一股旋风青烟般越飘越远。

那天中午七十三发现有几只羊没来海子上饮水，就去前头的沙窝里找，在海子东边不远的一个沙丘下，七十三看到了不该看到的一幕。

七十三说小王趁中午人们睡觉时勾引了我大姐。

七十三说他朝那个肥白的屁股上狠狠地踹了一脚，然后一把提起他一阵狠揍。打得那人浑身青肿口鼻流血跪在地上求饶。我可怜的大姐抱着七十三的双腿哭号，她苦苦地哀求七十三放过他。

你……你……臭婊子，不要脸！七十三狠狠地扇了她一巴掌。

啊——

他痛苦地号叫着朝架子梁跑去。

七十三的精神几乎崩溃了，他的脑子里不时地闪过自己的情人被别人压在底下，耳朵里尽是她渴望满足的呻吟。他痛苦地双拳砸地，仰面躺了下去。许久，他感觉到脸上热烘烘的，睁眼一看，不知什么时候花子来到他身边，湿热的气息喷在他脸上。还是花子和我好，他伸手揽住了花子的脖子。突然，他坐起来，疯了般地抱住花子，在地上打滚，把积攒了三十年的精力全发泄出去。

一连几天，七十三再没见过大姐的面，大姐只把羊群赶过博勒呼都海子就回去。七十三也不来我家，每日里他只是舍近求远站在三脚架子旁朝这边眺望。

一天下午，七十三收了羊回家，一辆汽车挡住了他，小王领着大张小张站在车前等着他。七十三感觉到了气氛不对头，警惕地问你们想干啥？

三个人不说话，朝七十三走过来。七十三本能地退了两步。

打，打死这龟孙子！小王喊了一声。

二张像两只雄狮扑上去扭住七十三一阵狠揍，小王也跛着脚上去踢了几脚。

七十三奋力和他们对打，奈何双拳难敌四手，很快被他们打倒了，几只穿胶鞋的脚不断地落在他身上。七十三没有叫喊，不停地躲闪，有还手的机会就朝小王扑去，却使得自己的伤痛更重。

羊们被人类的残暴惊得四散奔逃，只有花子走过来低低地哀叫，用嘴拱主人的胸膛。

　　这件事情发生后没几天就到了中秋节。蒙古人从前是不过中秋节的，中秋节是汉族的传统节日，而且民间也有一个汉人八月十五杀鞑子的传说。五六十年代大批逃荒的汉人涌进了沙漠，把汉族的习俗带入了蒙乡，这就形成了沙漠里半蒙半汉的风俗习惯。我们全家只有爹一个真正的汉人，也只有额吉一个真正的蒙古人，我们姐弟仨只能说是半蒙半汉的混血儿。我们的日常生活习惯是蒙式的，但中秋节是我们必过的节日之一。爹那天很高兴，搭坐一辆闷罐子汽车去队上供销社里买了月饼、饼干、冰糖和散白酒，老何又送我们许多压缩干菜和罐头，晚饭很丰盛。不等太阳从西边落下爹就请老何和另外两个年龄较大的勘测队员来家里做客。内地人对沙漠永远觉得新鲜和神秘，借着酒劲老何让爹讲讲博勒呼都的过去。

　　我靠在铺盖上把翠儿揽在怀里，温存一阵我问她那些过去久远的故事想不想听。她深情地注视着我让我说下去。她让我讲讲博勒呼都发生过的一切，不要丢掉任何一个细节。我说那是博勒呼都第一次悲哀的年月，和大姐七十三的事联系不是很大。翠儿却叫我讲得详细些，她说通过对我家庭往事的了解，她可以更准确地把握我的性情而永远地驾驭我。这个可爱的精灵，我长长地亲吻她告诉她我是沙漠里一峰被驯化的骆驼，绝不会把她从背上摔下去。

　　我早就说过，博勒呼都原来只有我的外祖父老嘎嘎一家人，杨昌运大爹是外来户，当时是老嘎嘎家的放羊娃。解放后老嘎嘎从自己的羊群里分出一部分给杨大爹，又给他盖了房子，让他回老家民勤娶了媳妇。

　　说的是六十年代末期，那时候我还没有出生，我二姐招弟也只有三四岁。有一天博勒呼都来了一伙穿黄衣裳背枪的人，领头的是公社的一个年轻会计，他说我的姥爷老嘎嘎解放前是牧主，给德王和日本人做过事，是特务。说我姥姥是牧主婆，是资产阶级，剥削过劳动人民的血汗，要去公社开批判大会批斗他们。这个年轻干部大概是在什么资料中翻着了这些内容。只是我姥爷早在十年前就去世了，他们捆住了姥姥。这时候杨昌运大爹来了，替姥姥说情，说老嘎嘎不是特务，他们是牧主不假，可他们没有剥削过贫下中农。那伙人说杨大爹是资产阶级的帮凶，和姥姥一起抓走了。

他们从大队开拖拉机去公社的，等我爹和杨大妈三天后骑骆驼到公社，却怎么也找不到姥姥和杨大爹，人家说他们畏罪潜逃了。夜里有知情人告诉我爹，杨大爹关在一个仓库里。第二天一早我爹就去了，仓库没有锁，杨大爹果然在里头，却已死去多时了。我爹发现杨大爹身上虽然有许多挨打的伤痕，却不至于死。后来杨大爹流下的一摊鼻血使他起了疑心，他从杨大爹鼻孔里拔出来一根一拃长的铁钉，那根钉子现在杨大妈还收藏着，她的一只眼睛就是那时候哭瞎的。后来有人在沙窝里找到了我姥姥，她吊死在一丛冬青上。

吊死在冬青上，才那么高那么细的冬青？翠儿惊异得瞪大了眼睛。

然而这是真的。姥姥见他们害死了杨大爹便逃了出去，又怕回家后连累家人，就想到了死。沙漠里光秃秃的，想死也不容易，但姥姥终究很聪明，她把束蒙古袍的腰带解下来，撕成条结成一根绳子，一头拴在一丛冬青上，一头挽个活扣套在脖子上，然后倒着往后爬，绳子紧紧地勒在她脖子上。爹说姥姥死得太痛苦，战场特大，绕冬青一周全是她挣扎过的痕迹。她并不想死，可她就那么死了。

院子里，老人们为博勒呼都的先人们嘘嘘哀叹的时候，外面的沙滩上却红了天。造物主对人的一生安排得如此微妙，童年纯真无虑，青年开朗无忧，暮年忧愁怀日。

营房边的沙滩上燃起了一笼篝火，年轻人们围着篝火嘻嘻哈哈闹成一片。小伙子们众星捧月般地把我的两个姐姐围坐在中间，欣赏她们的蒙古歌舞。姐姐们很大方，大姐放声唱了那时很流行的传统恋歌"敖包相会"。大张学她的唱腔：只要你哥哥耐心地等待哟……红花，你的情哥哥是谁呀，咋不给大伙引见引见？

还没有哪。大姐说。

还没有哪，七十三吧？我看七十三老盯着你。

七十三黑不溜秋的，哪配得上咱们红花姑娘呢。红花，我给你介绍一个行不行？你看小王咋样，白白净净的，和你正好一对儿。

小张挤眉弄眼地指着身边的小王说。

大伙都笑，大姐红了脸，打小张一下，小张躲闪着朝一边挪挪让开些地方，大姐挨着小王坐了。

二姐从怀里抽出一条哈达搭在腕上，再拿一只花瓷碗斟满酒，给大姐使个眼色。大姐会意地一笑，侧身从小张后面的食品箱里提了几瓶酒抱在怀里。小王不解其意，她笑着说这下你们有罪受了。小王问怎么有罪受了，大姐说你看就知道了。

二姐双手捧着哈达，右手还同时端着酒碗，跳起了欢快的蒙古舞。她边舞边唱，她的腰腿很灵活，不管她怎么舞蹈，酒碗里的酒都不会撒出来。她表演的是蒙古人接待客人时的传统歌舞，声情并茂，博得小伙子们一阵阵的掌声。二姐的机遇很好，有一年秋天旗乌兰牧骑来沙漠下乡巡回演出，二姐一时技痒，和演员们跳在了一处。乌兰牧骑的领导发现她的舞跳得很好，就收她当了一名演员。二姐后来又被送去民族歌舞团学习，回来就成了乌兰牧骑的台柱子，现在是乌兰牧骑的团长。

二姐每歌舞一段就来到一个人面前，恭恭敬敬地给他敬酒，小伙子怎好意思拒绝她的盛情，接过喝了。有见那么一碗酒惧怕推脱的，二姐便再歌舞一段回到他的面前说：马奶酒香浓，哈达情意深，双手举过顶，献给尊敬人。前头喝过酒的人也不放过他，跟着起哄，只得接过酒碗喝了。还没轮着的心里怯乎，心想把酒瓶藏起来，才发现姐妹俩是商量好了的，红花怀里还抱着几个酒瓶呢。只得赞叹沙漠姑娘心灵，了不得。如此一圈下来，大姐怀里的几个酒瓶也都见了底。小伙子们巴掌拍得震天响，称赞二姐表演得好。

二姐望着给月色披一层朦胧外衣的架子梁说要是七十三来就好了，他会拉马头琴，他拉琴我跳舞姐姐唱歌，那才叫好哪。说着朝大姐走过来，却咦地叫了一声，说你真的来了。大伙随二姐看去，营房的黑影里站着个人，不是七十三又是谁。大家都不做声，知道七十三和小王打过架，他现在突然出现又要出什么事？猜测地望着他。

小王回头看见了七十三，赶紧松开拉着大姐的手想要站起来，却挨了七十三一脚。哎哟——小王叫一声在中间的空地上翻了个滚，差点摔进篝火里。大张小张是明白人，知道七十三是来寻仇的，赶忙起来准备打架，见七十三还要朝小王跟前扑，便一左一右拦住他。七十三被他们打急了，豁地从腰里抽出蒙古刀来，随手一挥，大张叫一声抱着胳膊退下来。大姐见七十三用刀伤了人，迎上去，七十三愣神的工夫脸上就挨了两记耳光。七十三愣住了，他无法相信叫了他十几年哥哥的红花会打他，他不敢相信红花会护着那个小王打他，看来那天她是自愿的，他本以为那天是小王强迫了她。七十三傻了，瓷愣愣地看着大姐。

还不打啊，狗日的动了刀子。小王在一边喊。

妈的，他敢动刀子。大张受伤激怒了醉酒的人，扑上去一阵狠揍。七十三无声地倒下了。

不要打，不要打啊——

黑暗里传来一声凄切的悲号，杨大妈跟跟跄跄地跑过来，二姐赶紧迎上去扶住她，可她并不接受二姐的好意，撕扯着打她儿子的人。

野蛮的暴行直到我叫来爹和老何才停下来，七十三已经爬不起来了，杨大妈扑在儿子身上哭号。

人们把七十三抬进了屋，泪水从他青肿的眼睛流出来，和脸上的血水混在一起滴在枕头上。他终于哭了，他挨得住那么多人的拳打脚踢，却经不住红花的两巴掌，那两巴掌打在了他的心上。

爹脱掉七十三被撕破的衣服，人们看到他浑身上下尽是青痕，有些地方擦破了皮，渗出了血。

年轻人仿佛才从魔鬼的符咒里解脱出来，他们为自己的杰作吃惊，谁也没想到七十三会变成这副模样，悄悄地看自己两手上有没有血迹，偷偷地擦去。

老何的眼光把不知所措的年轻人逼到屋里最黑暗的角落里，封住了那几张想要辩解的嘴。他让随队的卫生员给七十三洗伤上药，说老嫂子，明天一早我叫车送七十三去公社的卫生院治伤，他不在的日子我派人轮流给你放羊。

杨大妈抚摸着儿子身上的青痕，哭着质问：我们把你们怎么了，前些天打一次不够，今天还打一次……我们也是人啊，摸摸胸膛想一想，我们咋把你们得罪了？

老何让人叫来小王问今天是咋回事。

我咋知道，这家伙一来就踢我个倒栽葱，还拿刀子想杀我，打死活该。小王恨恨地说。

胡说，无缘无故他能两次惹你！他咋没踢我一脚，没踢别人？

我和红花好，他吃醋了呗。小王满不在乎地说。我看见大姐浑身颤抖一下，看一眼爹不安地低下了头。七十三挣扎着想从炕上爬起来，叫爹按住了。

是不是你还打过他？

小王看他一眼没有说话，小张不自觉地朝后退了一步。

那你说，七十三为什么要打你？他咋没去招惹别人？

……

小王看看大姐不做声。大姐闪身进了里屋。

在场的人立马明白他们果然是为了红花打架的。勘探队的人忽然发现自己的身份地位比居住在这沙漠里的土著人高一等，心里都鄙视小王会真的看上一个土著丫头，也为伤者的不幸生出一分吝惜，后悔自己方才不理智动了拳头。大伙心里明白，小王对红花百分之一百的始乱终弃，他不会把红花带出沙漠的，他的家人也绝不会同意这个土著丫头顶他们家的一半门户。所以看里屋门的眼神都是一个意思：可怜的姑娘。为什么不叫他们公平地争一争呢？

不论哪个层次的人，对第三者插足都同样不齿，因为那个角色本来就是卑鄙的代名词，篡取人家的幸福满足自己一时的快乐而制人于永远不能抚平的伤痛，人们把小王与心灵深处那个最丑陋的形象不觉地联系在一起。七十三和红花无疑就是受伤害的弱者。

石油物探队的脸都叫你们丢尽了。

老何痛心地说。他有些悲哀，可以说他是一位饱学之士，同别人一样，他的思想也不能脱俗，自己的一切优于这些沙漠牧人是显而易见的，不同的是他心里没有丝毫鄙视沙漠人的意思。他的本意是想做个传教士或者文明的使者，对城市文明和荒漠的落后做一番勾通。但他失败了，他所率领的这只代表着城市文明的队伍反而破坏了沙漠的和平与宁静。爹的话更证实了他的失败。

老何，领你的人走吧，离博勒呼都远些。

爹看看满身伤痕的七十三，回头说，你对我们很好，我谢谢你，凭良心说，我不愿你们走，可是呢……嗨！你们还是走吧，去哪些勘探我不管，那是你们的工作，把你们的营地挪个窝，离我们远些。

老何的眉毛明显地跳了两下，没有言语，勘探队员们也都沉默了。他们不抱怨这位朴实的牧人，这样的事摊到谁头上也会这么说的。

这天夜里爹大发雷霆，骂大姐是不要脸的东西。大姐躲在里屋没有出来。爹气得掀翻了炕桌，还把一只鞋摔在里屋门上。

这一夜好长，团圆的月夜却给这片沙漠的人另一种感受。

没几天，车队要走了，博勒呼都是一片贫瘠的沙漠，本来就没什么勘探价值。走时老何又捧着砖茶哈达表示他的歉意，还留下了许多沙漠里很难见到的压缩干菜和罐头食品。这些砖茶一样压成块的干菜我家足足吃了两年。老何叫卫生员留下许多药品，让爹转送给七十三，他无法面对七十三青紫的脸和冷漠的眼睛，还有他那可怜的母亲，他觉得欠他们的太多，与其见面尴尬倒不如不见。

爹诚恳地邀请他，有时间来博勒呼都做客。

难舍难分的是大姐和小王，小王给大姐许诺说等天冷了就接她去他住的那座城市。

虽然没有去公社卫生院住院，但在杨大妈的细心照看下七十三恢复很快。汽车开走的时候七十三就站在架子梁上，还没有消肿的脸上带着悲哀，没有人跟他告别，那个每天看他两次的卫生员忙于收拾自己的东西也没有顾上跟他告别。七十三孤独地站在架子梁上。该走的终归要走的，何必发生那么多事，七十三说不出的伤心。他当然看见我大姐了，我们一家人一直目送汽车远去。那个白脸子小王会不会再来，他真的要娶红花吗？这个疑问就像黑夜飞蹿的贼星，转瞬就消失了，七十三相信小王不会再来。

汽车绕过架子梁，嘀——车队拖着长长的尖叫消失在沙漠里。

天凉好个秋。七十三伤好后来我家，在这之前爹和额吉领我去看过他几次，每回他都没多少话，杨大妈总是流泪，叙说她们母子的苦楚。

进了门七十三有些拘谨，这是从没有过的。但爹和额吉是活套人，几句话就使他恢复了以往的大方。他没见着大姐，他也没问，倒是二姐和他说了好一会子话。七十三说了他来的目的，他不嫌弃大姐和别人好过，想冬天就和她结婚。爹和额吉满口应承，你不来说明天我还去你们家说呢。

于是就商议怎么举行婚礼，请哪些客人，摆几个乌查等等。这时候大姐从里屋出来了，说你们不要瞎忙了，我谁也不嫁。几个人吃了一惊，爹吼道：丫头大了就得嫁人，这事情爹妈做主，由不得你！大姐说要嫁我也不嫁给他，整天住在沙窝窝里有啥出息，我要去城里当工人，住楼房。说完就进了里屋，任凭爹破口大骂，再不应声。

我注意到七十三的脸涨得酱紫，没有说话。

汽车走了七八天，在大姐看来仿佛走了七八年。她忘不掉那个曾经和他嬉戏给她温情的小王。她决心去找他，她无法度过没有他陪伴的时光。她是夜里走的，走的时候谁也不知道，除了她和早就备好的骆驼外，大漠的一切都睡着了。她没有告诉任何人她要走，她知道没有人赞同，叫爹知道了定会打个半死。所以她选择了黑夜，黑夜的沙漠，宁静而神秘，神秘的有些恐怖。路遇的扎干冬青黑漆漆的，如狰狞的鬼兽。偶尔听到一声沙狐的叫唤，像婴儿的哭声，又似寡妇哭坟。大姐纵然从小生长在沙漠里，也不禁头皮发麻，毛骨悚然，两脚夹紧骆驼，一手伸进怀里握紧别在腰带上的刀把，两眼警惕地看着前方不敢回头。一只夜猫子从头顶飞过，大姐惧怕到了极点，她疑心身后有什么东西跟着她，却不敢回头，担心回头就会看见一个什么可怕的东西，她怕一回头就再也无法见到她心爱的人。眼睛注视着前面，耳朵却一直警惕地倾听身后有没有什么东西袭击她，出了一身冷汗。好在黑夜有走完的时候，天刚麻亮她到了大队。石油物探的车队从博勒呼都出来无论如何要经过大队，可以跟队上的人打听车队去了哪里。

深秋，队部没有几个人，队干部大都去外地收购冬天的饲草料了。天气渐渐冷了，傍着队部的十来户人家起得也晚。

大姐敲开了好朋友大队代销哈斯的门。

姐妹俩相拥着蜷在哈斯的被窝里，大姐给哈斯说了自己和小王的事。

傻妹妹，你爱了一个不该爱的人。哈斯劝大姐。

就是追到天边我也要追上他。大姐倔强地说。

追他？好妹妹别傻了，你知道他们去哪了吗？

回城里去了，他们家都在一个城市里，小王说过的。他说等天冷了就带我去看他爹妈，他还要带我坐火车，坐飞机，住高楼，让我上班。

听得哈斯瞪大了眼睛，他跟你这么说的？

就是。

傻丫头你叫他骗了，城里那么多女人，他能看上我们沙窝里的丫头？别傻了，你又没有城市户口，又没有工作，到哪些上班去？坐火车坐飞机？飞机还轮不着他坐呢。胡八赖去过银川，他说飞机是大官们坐的，轮得着他？傻红花，他说假话骗你呢。

哈斯的话犹如一盆凉水泼在了大姐头上，从头顶一直冰到脚后跟，她单纯的脑子里压根就没想到这些，伏在哈斯身上放声痛哭。

哈斯告诉大姐车队昨天中午就走了。

大姐夜里跑了，爹一早起来就在院子里走来走去，气得大骂。额吉则坐在炕上不住地哭，爹嫌她哭得心烦，站在门前骂：哭哭，就知道个哭，哭顶球用，你养的好丫头！妈日的，我就不信她还不回来了！我敲折她的腿，叫她再给我跑。妈日的，活成精了！

我缩在炕旮旯里不敢出声。

七十三跟着二姐来了。爹骂得乏了，炕沿上坐着靠在墙上抽闷烟。额吉见七十三来尴尬地出去了。七十三立在那里没有说话，我不明白他傻站在那里干什么，就那么站着，他的眼睛盯着炉里的火，却又像什么也没有看。

二姐拉七十三的胳膊，我们去找姐姐吧。

七十三没有动。

不要找，我就不信她还不回这个家了。爹朝二姐吼。

七十三，我们去找姐姐吧，我们去找姐姐吧。二姐不顾爹的叫骂拉着七十三朝外走。

七十三猛然醒了似的，跟着二姐三两步跨出了院子，骑上骆驼就要走。我从炕上跳下来，躲过爹叫一声我也去。七十三弯腰把我提上驼背。

爹出来了，看着两峰骆驼离开却没有阻拦。骆驼迈开步子奔跑的时候我听见他骂：红花，你个不争气的丫头，你对得起谁呀！

七十三举起半截缰绳死命地抽打骆驼屁股，二姐在后头紧紧跟着。天刚黑的时候我们到了队上，先去问哈斯，哈斯吃惊地张大了嘴巴，红花没回去？不是吧，她中午就走了。我怕你们着急，中午就叫她走了，她咋能没回去呢，你们路上没碰着？

我和二姐急得哭起来，大姐丢了。

七十三二话不说，拉着我出来，仔细地辨认着大队院子外头杂乱的驼踪。骆驼的蹄子就和人的手一样，没有手纹完全相同的两只手，也没有纹路完全一样的两个驼蹄。七十三认得自家和我家任何一峰骆驼的驼踪。大凡有经验的牧民都有这个本事，他们都有一双锐利的眼睛。天黑了，七十三偻着腰辨认得很仔细，几乎要趴在地上了。哈斯从屋里拿来了手电，借着灯光，七十三看清了，大姐的骆驼确实朝自家方向去了。跟着驼踪走了一里多地，过了一道沙梁，驼踪便转了个弯，又折回来顺着公路走了。

红花真傻，又去追汽车了，汽车那么快，能追上么？我也傻，还以为她真的回家了，咋叫她哄下了。哈斯跺着脚说。

二姐挽紧哈斯的胳膊，期求地望着七十三。七十三不说话，站在公路上注视着前方。

不用说，大姐是顺着公路去追汽车了。爱情的力量就这么大，人们往往不惜一切代价为自己所爱的人付出努力和牺牲。沙漠虽然偏僻闭塞，却不能挡住大姐心底的那份痴爱和纯情，只是我的大姐不惜背叛亲人也要去追寻自己的幸福。

我摇七十三的胳膊，哀求他找回我的大姐。七十三攥住了我，他的手上突然加了劲，忍不住疼我又一次放声哭起来。

我的哭声没有把沉默的似乎痴呆的七十三惊醒，二姐擦掉我的眼泪哄我。

七十三依旧不做声，夜色很浓，无法看清他的表情，也猜不透他那时的心情。

我知道他因为大姐的负心而痛心，谁能容忍自己心爱的女人不顾死活地跟别人走呢。我和二姐望着他，那时候我们还是两个涉世未深的孩子，我们俩无论如何是找不回大姐的，只有求他，只有他才能找回大姐，尽管大姐使他伤透了心。我使劲摇他牵我的那只手。

平时话就金贵的七十三此时更没有话，还说什么呢，自己所爱的人走了，去追求她所爱所想的幸福了，还有什么好说的，即便有话，那也是震怒的雷霆，也是沙漠飓风般的咆哮。但是，七十三没有说话，他的话本来也不多。

回吧，啥事也等到明天再说，黑灯瞎火的，站在路上也不是个事，回吧。哈斯说。

七十三终于开了腔，你们回吧，叫他们跟你住一夜。

七十三的声音很低，说得很慢，缓缓的，沉闷得像是从鼻孔里发音。

那你呢？二姐问。

红花走不远。

你去追大姐，我也去。我依旧拉着他的手。

叫你住下你就住下。七十三狠狠地说。他从来没有对我这么凶狠过，好像不再是以前那个可亲的七十三大哥了。他也不叫骆驼卧下，抱住驼峰，身子往上一纵便骑在驼背上。我放开喉咙大声哭叫起来。想是七十三听着不忍，又回转骆驼，像来时那样把我提上驼背。

我们不住气地赶了一夜路，天亮的时候还没有追上大姐。人和骆驼都困乏了，七十三不敢歇息，他叫我伏在驼峰上睡了一觉。没有追着大姐，说明大姐也是不顾晨昏地赶路。他知道骆驼是追不上汽车的，但他有些担心，如果那些闷罐子汽车停在公社没有走的话，那他就可能真的失去大姐了。七十三下意识地用缰绳抽打着骆驼，骆驼理解主人的心情，迈开步子奔跑起来。

已是深秋，天气凉得很，人和骆驼都出了一身汗。等我们远远地看见前头的那峰骆驼时已是中午了。

有人形象地描述沙漠的气候：早穿皮袄午披纱，围着火炉吃西瓜。的确是这样，秋天的沙漠晨昏黑夜都非常冷，到了中午，却又像是要把这寒冷中和一下，把沙漠里储藏的热量全都释放出来，热的受不了。七十三远远看见那峰白驼了，一阵激动，他肯定那骆驼上骑着的就是大姐，索性脱了夹袄和汗衫，抽打骆驼跑上去。大姐偶尔一回头，看见一个骑乘向她追来，当她看清是七十三时慌得不行，死命抽打骆驼往前赶。可她终究给我们追上了，挡在前头。

不等骆驼站稳，七十三跳下来，立在那峰被汗水湿透了的白驼前头，大姐不得不叫骆驼停下来。

我在驼背上叫一声大姐。

你们来做啥？

叫你回去。七十三盯着大姐。

大姐不敢直视他的眼睛。

爹叫你回去，额吉哭哩。说着，我也哭了。

我不回去。大姐看看我，头往上仰起，闭着眼睛咬紧嘴唇慢慢地说。

七十三不说话，定定地注视着她。

大姐也没有再说话。

大姐抖一下缰绳，绳头"啪"地打在骆驼屁股上，绕过七十三朝前走。七十三急走几步，挡在骆驼前头。大姐提紧缰绳，骆驼脖子朝外侧一拧，绕了过去。没走几步又叫七十三挡在前头。大姐还想绕过去，七十三急了，伸手抓住了骆驼缰绳，手离骆驼鼻棍子只有几寸远。

你让我走吧。大姐带着哭腔喊。

七十三没有动，也没有把缰绳松开。

你让我走吧，叫我去追他，我想他，我不爱你，真的，一点也不。我不想和你结婚，你就当我亲哥哥吧，当一辈子。好哥哥，求求你让我去吧。

大姐说着就哭了。骆驼没有卧下，我不敢像七十三那样从骆驼上跳下去，仍旧骑在驼背上。我的眼睛就这么软，看见大姐流泪，我也哭了。

大姐的话让七十三心里刺痛，可他还是倔强地牵着骆驼，胳膊一使劲，骆驼脖子随他的手低下来，两条前腿也跟着跪下。大姐急忙把缰绳在骆驼屁股上狠狠地抽了两下，希望骆驼能挣开七十三，骆驼吃疼，跳了起来，但鼻子叫七十三牢牢地牵着，它只能勉强垂着脑袋立起。大姐看没能挣开，更加死命地鞭打牲口。骆驼跳起来，却挣不脱七十三那双有力的大手，只能喘着粗气绕着他转圈儿。

你松手啊！大姐哭着喊。

跟我回家！七十三说。

好哥哥，叫我找他吧，我想他，我不能离开他呀。你丢开吧，丢开吧，求求你了……

可是无论大姐如何哭着哀求，七十三就是不松手，迫使骆驼一圈一圈绕着他转圈儿，扬起一阵沙尘。

你丢开啊，丢开，让我走！大姐突然恨恨地说。

七十三还是没有松手。

啪的一声，缰绳结结实实地打在七十三头上。

大姐自己也愣住了，但仅仅是愣了一下。

松开，让我走！她沉沉地说。

跟我回家！七十三青筋暴出，怒视着大姐，声音坚定得不容反驳。

哈哈哈——大姐突然一阵狂笑，我叫你不丢开，我叫你不丢开……

缰绳一下一下地落在七十三光着的身子上，骆驼依旧绕着他转，七十三不再说话，也不怎么躲闪，身上印上了一道道血痕。大姐疯了，任凭我大姐大姐地哭喊，她像是全然听不见，疯狂地抽打着底下那个同她一样倔强可怜的七十三，自己也哀号着。

我叫你不丢开，我叫你不丢开……丢开吧，丢开吧……

终于忍不住，七十三大吼一声，探身一把将大姐从驼背上揪下来，然后叫骆驼卧下，自己先跨上驼背，再把大姐提上去。大姐挣扎哭喊，可她无论如何也挣不脱这个被她激怒的男人，终于折腾得自己筋疲力尽，伏在骆驼前峰上嘤嘤地哭泣。

冬天就要过去了，人们依旧按部就班地生活着。只要一出屋门就可以看见七十三在寒风中立在架子梁上，只是爹和额吉始终没有过去和七十三打过招呼。我知道他们心里不好受，每回见七十三痴傻地站在架子梁上，深感对不起他和他那个瘦得像把柴的独眼妈妈。大姐死活不肯和七十三结婚，爹也没有办法，只有望着架子梁上的七十三叹气。

春节爹备了精致的礼品和额吉领我去了七十三家，为大姐的事不住地自责。可杨大妈却反过来劝我们不要为这事费心，说这事不怪我们，是他们母子命不好，没那个福分。她说七十三比红花大了许多本来就不般配，只是后悔没重新给七十三说个媳妇，把他给耽误了。她说得很真诚，爹和

大姐疯了，任凭我大姐大姐地哭喊，她像是全然没有听见，疯狂地抽打着底下那个同她一样倔强可怜的七十三，自己却是哀号了。

额吉却更加愧疚不安，以至于不忍心再面对七十三。

几乎每天傍晚，七十三都要去架子梁上坐坐，要么注视泛着白光的海子，要么转过身去看西边的落日。当然更多的时候是朝我家看，他当然是想看大姐，只是那段日子大姐极少出门，从里屋的窗子上看见七十三在沙梁上，大姐更是不出屋。七十三失望了，他不再专注地朝这边看，而是专心地看落日和海子。他的花子不时地跟着他，却叫他粗暴地撑开了。有时我也去架子梁上，这是大姐所不许的，不要和七十三在一起。大姐嘱咐我。但童年的好奇心驱使我一次又一次地向他靠近，然而他对我视若不见，木木地坐在架子梁上陪伴着那个木头架子。

大姐也变得像七十三那样有些孤僻了，黑夜的时候，她偶尔站在院子里，看海子，也看架子梁。不过黑夜里她什么也看不清。有时她也流泪，却不爱说话，谁也猜不透她想些什么。她不再是那个活泼朝气的红花了。

能和七十三搭上几句话的只有二姐，两家羊群在一处饮水，而羊们并不知道两家主人间的芥蒂，也不懂得按顺序礼让饮水，每到正午便没命般地奔向海子。二姐怕羊们拥挤把前头的挤进海子里，站在海子边上吆喝驱赶，急了就喊，你过来赶羊呀！正要走上架子梁的七十三便转身来帮二姐，听凭二姐牢骚。

转眼已是春天了，大姐的身体似乎是一夜间发生了变化，脸上也起了许多锈斑，已经不能遮丑了。二姐告诉我，大姐肚子里怀娃娃了。这事影响了我爹。每天饭后，大姐挺着粗笨的身子收拾锅灶，爹盘腿坐在炕里顺，看着她叹气，不住地抽烟。额吉对这事倒看得开，不以为然。当初我们还不就是这样子，她跟爹说。额吉说的是她年轻的那个时代，那时的沙乡还不开化，人们对贞操也不太在意。

我至今想不通，那天大姐怎么突然肯出门了，同我和二姐一道去了海子边，是一天里最热的时候。七十三跟着羊群来了，猛然看见大姐他有些紧张，继而紧盯着大姐，当他注意到大姐的腰身时，他蹲下了，紧紧地抱住自己的脑袋。突然，他站了起来，变的非常激动、狞厉，像要消灭这个世界。但在大姐冷漠的注视下，他的脸抽搐几下，转身上了架子梁。

看着七十三的背影，大姐笑了一下，是无可奈何的笑，那笑里包含着讥讽、失望、酸楚和凄惶。

我就是不嫁给你。

这话不是说给七十三听的,他已经上了架子梁。大姐望着他,从紧闭的嘴唇间吐出这几个字,声音小的像蚊子的哼叫,眼泪却顺着脸颊流下来。

七十三再也没有上过我家的门,尽管我们都希望他像往日一样时不时来家里坐坐。我不知道大姐是怎么想的,我也猜不透大姐是不是真的恨七十三,我常见她不经意地隔着架子梁看上几眼。

又是一个黄昏,七十三坐在沙梁上,夕阳里,一个人,一只羊和一个三脚架子组成一个集体,默默地注视着西沉的太阳。中午饮羊时二姐告诉他大姐又走了,他就又上了沙梁,看着西边发呆。他知道大姐去了哪里,哈斯说过,三月份石油物探的人还来公社。

很顺利地,大姐去了公社。这次没有人骂她,也没有人骑着骆驼去追她,她更不像前次那样夜深人静的时候跑出去。当她跟家人表明她要去公社看看时,爹只看了她一眼,默不作声地只是坐在炕沿上抽烟。额吉则牵出了她的白驼喂足了草料。爹和额吉的表现自然是默许,既然已经做了对不起人家的事,再发脾气也是徒劳。看着她粗笨的身子,就算红花答应嫁给七十三,就算七十三仍旧不顾一切地爱着她,他们脸上也不光彩。或许,她能按照自己的方式找到幸福,这也是做爹妈唯一的指望了,哪个当娘老子的不为自己的儿女着想呢。反对大姐去找小王的是二姐,她指责大姐做事不要太过分,七十三每天木呆呆地坐在架子梁上你也不觉得他可怜,你对得起谁?

对二姐的指责大姐并不在意,她苦笑一下,说你觉得他可怜你就嫁给他。

你不要回来,回来我绝不叫你进我屋里。二姐气得跺脚。

大姐没有忘记朝架子梁看上一眼,架子梁上没有人,七十三只有在后晌日落的时候才去那里。架子梁上只有那个已经腐朽的代表了过去的三脚架子。

二姐告诉七十三大姐走了,他浑身打了个颤,脸上肌肉抽搐几下,呆在当地。忽然他又像是平静了,转身上了架子梁。二姐的意思是再让七十三去把大姐追回来,七十三的表现却使她失望,也激怒了她。

111

窝囊废，活该你找不到老婆。

七十三猛地顿住了身子，稍停片刻，头也不回地上了架子梁。他知道红花还要走的，那个白脸小王勾走了她的魂。但他不是架子梁上的那个木头做的三脚架子，三角架子没有思维，他有。他的心里不能不起波澜，是愤怒、悲哀和无可奈何。真想再去追她回来，可他没有那么做，有个预感，她还会回来的。她是朝西边去的，来的时候也一定从西边来。七十三记得很清楚，是大姐走后的第六个傍晚，日落的方向来了一个骑乘。太阳就要被沙海吞食了，洒下了万道金光，红霞里只能看见一个黑暗的骆驼影子。看骆驼走路姿势，七十三知道那是大姐的白驼。

大姐回来了。

有没有找到小王大姐没有说，也没有人知道大姐去公社做了些什么，我们只知道闷罐子汽车的确又进了沙漠。

黑夜慢慢地拉开了帷幕，七十三仍旧坐在架子梁上。嗷——不远处的扎干林里一只夜猫子不耐烦地聒噪。七十三听着心烦，恨不得找个东西把它打下来。这东西叫得难听，长相又特别，鸟身子上偏偏长一个猫脑袋。在人的意识里它是不吉利的象征。据说这东西有一种特殊功能，它能嗅到人在死前三天发出的异味，于是到黑夜就在这家屋顶徘徊或蹲在人家的烟囱上，不出三天，这家准有人死去。据说它能顺着烟囱钻进屋里，或者从屋门窗等任何能使它脑袋通过的窟窿里钻进屋里，在人们不注意的时候绕将死的人飞三圈，然后顺原路出去，它离开后人就死了。据说它是阎王爷派来勾魂的小鬼，带走了死人的魂。

翠儿拉着我的手问我夜猫子是不是猫头鹰，我说是。她不以为然地说猫头鹰是益鸟，才没有我说的那么可怕，只不过是长相特别才使它带上了迷信的色彩。我摇摇头没有和她争辩，我相信如果让她亲眼见到并听到猫头鹰的叫声肯定会受不了的。我童年的时候最怕听到夜猫子的叫声，生怕那东西真的飞过来在我头上绕三圈。

七十三心事重重地从沙梁上走下来回家，羊圈里几声熟悉的叫声吸引了他，是花子。顺着叫声在羊圈里找到花子，发现它后腿上湿淋淋的尽是血，花子要下羔了。七十三小心地把它赶出羊圈推进了院子。

半夜里，母子俩被花子的叫声惊醒，点灯出去看，花子已经产下羔了，那小东西就在它身边蠕动。仔细看看，七十三傻了眼，痴呆呆地不知所以，杨大妈则惊叫一声昏了过去。原来那小东西长的特别：羊的头和身子，四肢却极像人的手脚，身上的毛很少。

杨大妈不容争辩地叫七十三把那怪物弄出去，迷信的她认为怪物预示着灾难即将来临，只有消灭它才有可能消灾免难。七十三小心地把那肉色的小东西拨弄到一块破毛毡上，兜着去外边的一个沙丘下。双手刨了一个小坑，沙子很软，他却感觉很吃力，老半天才挖好，把怪物连同破毛毡一同埋进沙坑里。

填平沙坑，七十三出了一身冷汗，坐在沙地上喘气。

春天是羊生产的季节，也是牧人们最忙的时节。日落后七十三才得空去架子梁，他心里乱成了一团麻，总觉得昨天夜里亲手埋掉的那个东西一直跟着他，猛然回头，什么东西闪过去了，不一会又跟上他，再回头，什么也没有。他感觉累极了，筋疲力尽，爬上架子梁本是很轻松的事，他却感觉用尽了全身的力气。他想静静地坐坐，放松一下自己的神经。月亮出来了，羊圈里传来花子一声接一声的哀叫。这叫声更使他坐卧不宁。突然，他浑身猛地痉挛了，注视着不远处的一个沙丘，脸走了形。他发疯般冲下架子梁，跪在那个沙丘下三两下刨出了昨夜亲手埋掉的东西。七十三瓷瓷地盯着那个不洁的东西，痴呆了。羊圈里母羊的哀叫渐渐浓了夜色，听着更为凄切悲哀。不远处一只狐狸大概在它的悲叫里听出了死亡的气息，两只绿色的眼睛贪婪地在四周搜索，发出一两声奇异的叫唤，使人心悸。

七十三一直那么呆呆地注视着那个已经没有生命的东西，他的样子使人联想到一个年轻母亲面对自己熟睡的婴儿。这当然是一种想象了，我宁可把博勒呼都的一切想得美丽一些。可是他的脸上绝没有初为人母的女人那种甜蜜、满意而又有些羞涩的表情。黑夜里，谁也看不到他的表情。不过后来发生的事让人多少能猜出些他那时的神情。他突然大叫一声，然后就直挺挺地躺过去了，死了一般地躺过去。

盛夏的一个中午，我和大姐坐在屋后的阴凉里乘凉，大姐突然说肚子疼，大声叫喊起来。我吓坏了，急忙跑回屋叫来了爹和额吉。额吉说大姐要生了，

113

喊二姐扶大姐进屋。不想却叫爹拦住了：说不定养下个孽种要了我全家的命。不管大姐的哭喊和额吉、二姐不住地哀求，爹就是不让大姐进屋生孩子。爹也急得满头大汗，其实他比谁都心疼大姐。老家有个说法，姑娘媳妇生小孩坐月子绝对不能在娘家，否则会给娘家带来灾难。宁叫妈妈家死口人，不叫热血泼了娘家的门，这是祖训。爹的脑子里还是祖先那种根深蒂固的封建迷信思想。额吉没有办法，只得套上毛驴车拉大姐去那边的七十三家，总不能把孩子生在外头吧。

　　七十三刚饮完了羊回到屋里躺下，杨大妈喊他出去，他看见了门前二姐和额吉搀扶着的大姐，大姐的衣服已经被汗水湿透了。杨大妈告诉他，娃子，红花要生了，你出去吧，这号事男人不能见，你出去吧，不要进来。七十三不由得打了个激灵，张大了嘴巴。大姐疼得快要跌倒，眼泪和汗水一起往下淌，泪眼望着他强忍着没有出声。他看到大姐的眼神里同额吉和二姐一样的哀求，想说什么还没有开口就叫杨大妈推出了屋。

　　七十三没走几步就听到屋里大姐一声接一声地惨叫。他迟疑了一下，门马上关上了。刚从阴凉的屋里出来站在火热的太阳底下，七十三一阵目眩，闭着眼睛站了一会儿，从矮墙上跨了出去，顺手拿了搭在墙上的一块毡子在东墙根下铺好，隔墙抱过我两个人坐下。太阳正好在这边留下了阴影。

　　像是毡子上有刺，七十三怎么坐都不对劲，他忽然满脸怒意，火烧屁股似的跳起来，绕过矮墙直冲冲地走到门前，不过他没有做出傻事，大姐撕肺扯肝般的哭喊制止了他。他在门前站了好半天，听里头大姐一声接一声地哭喊，他叹了口气，耷拉着脑袋慢腾腾地从矮墙上骑过来，一声不吭地挨着我坐下。

　　坐在墙根下仍能听见大姐一声接一声痛苦的哭喊。七十三耸起耳朵仔细地听，他开始替大姐担心起来，口中念念有词也不知道说些什么。但可以肯定，他和我一样期盼大姐能早一些结束痛苦。我们耐着性子等屋里人出来。事后七十三说，这是他一生中最难熬的一天，看见大姐和那个小王在一起时也没有这么难受，被小王领人打后找他算账，叫大姐打了两个耳光的那个八月十五也没有这么难受。大姐一声接一声的哭叫煎熬着他，撕扯着他的心肺吞噬着他的血肉，就好像难受的不是大姐而是他。他在心里向佛爷祈祷，保佑大姐能顺利地生下娃。他耐住性子静听门有没有响动，希望有人出来说红花生下了然后进去看他日思夜想的她被痛苦折磨成了什么样子，他忽然觉得红花要养的娃儿就是他的。

那天，我们一直等到太阳从沙漠里消失都没有人出来。大姐的哭叫却更加厉害了，只是她的喊声没有原先那么大，她的嗓子沙哑了。突然，七十三猛醒似的拉起我就走。他拉我去了那座小庙。庙早就衰破了，庙前的那两座白塔也塌了半边。说也奇怪，沙漠里就这么一个小庙，可自我出生就没见过有人大大方方地来庙里烧香，只是有时候贪玩进去，偶尔会看见庙里有烧过的香灰和丢下的一些供品，还有几张崭新的毛票用土坷垃压在那里，而且周围还会有人和骆驼的踪迹。我好奇地和爹说过，爹叫我闭嘴不要多管闲事。七十三拉我去庙里，没到跟前我们就看到了庙里有隐隐的亮光，里头有人，我抱紧七十三的胳膊。那人却说话了，嘎达，你们来吧。是爹！我和七十三进去，爹独自跪在残缺的佛爷壁画前，他前面是那个早就被我家当条桌使的香案，不知道什么时候给搬回来了，香案上香火正旺。嘎达，来，给佛爷磕头，求佛爷保佑你大姐平平安安的。我还不明白怎么回事，七十三就拉我跪下磕起头来。

半夜里，我们听到了婴儿的哭声，二姐兴奋地跑出来告诉我们，是个男娃子。七十三想进去看看，杨大妈出来拦住了他，说男人煞气大，会伤了她们母子。杨大妈说产妇一个月不能见生人，叫七十三去我家住。七十三爽快地答应了，不过他没有来我家住，每天晚上抱着铺盖卷儿去架子梁上睡，天亮了就把铺盖卷儿搭在三角架子上，逢阴雨天气就去破庙里住。他极想进屋看看大姐，顾及杨大妈安顿的话，每天只在外屋吃饭，然后就出去。他每天都看见大姐捂得严严实实地出来，他知道她是去屋后的沙丘下方便，但他压住心里的激动没有走过去。

按说事情到了这一层就应该有进一步的结果。几个老人商量着大姐出月后回家住几天，然后叫七十三去大队登个记把大姐接过来就算过了门。只是谁也没料……

那天七十三放羊回来进屋吃饭，杨大妈说红花出月子先回去了，过些日子再叫他接回来。七十三乐颠颠地跑来我家。大姐心情很好，坐在炕头上和我逗她的娃儿玩。出月子了,她不用像那一个月整天围在炕上,出门还得里三层外三层再穿上棉袄,也不必用围巾围住自己的脸不叫人看见。见七十三来,我们一家人欢喜不尽,大姐也红着脸和他打了招呼。

说不出来是什么缘故,七十三看着那个新生的生命心里就一阵酸楚,那娃娃皮肉很白很嫩,阴了一个月,大姐本就稍黑的皮肤也变得很白。七十三首先想到的是这个娃娃不是我的,像我这样的黑汉是养不出这么白嫩的娃的,他倒是跟他爹一样白。他又想到了小王。所以七十三并没有因为大姐生下孩子而为她高兴,他也没有因为记起那个让他憎恨的人而表现得对孩子的冷漠。

起了名字没有?七十三问。

爹说叫他福顺子,我说叫福顺子太麻烦,不如直接叫王福或者王顺好听,你说呢?大姐端详着怀里的孩子说。

王福?王顺?七十三的脸突然变了,那个小白脸不姓王吗!日死他妈的,狗日的东西,红花养娃你在外头享清福当甩手掌柜子,叫我在沙梁上守了一个月!日他妈没良心的东西,这时候你还想着他,他丢下你不管你还想着他,你坐月子我在外头替你受罪你还想着他!七十三阴着脸恨恨地盯着大姐看了一阵,转身出了里屋。他的眼神让大姐打个冷战,呆呆地望着他,你……只说了一个字就说不出话了,脸上的红潮立马变得惨白。

七十三忘了,我们本就姓王。也难怪,沙漠里的人似乎也早就忘记了我家的本姓,无一例外地叫我们的蒙古名字。

七十三从里屋出来,不和我的家人打招呼就出门。爹感觉不对劲,忙问咋了?坐会再走嘛。七十三站住,回头朝他勉强挤出一丝笑,转身走了。爹和额吉赶紧进里屋询问,大姐在炕沿上坐着,脸色惨白,呆呆地注视着那个新生命。额吉问咋了,大姐摇摇头,眼泪滴在孩子脸上。

那次以后七十三就没有来看过大姐。他的脸上不再有那一个月的期盼和欣喜,就好像蛇蜕了皮还是蛇,他又恢复了老样子,每到下午太阳快落的时候就坐在架子梁上发呆,一脸木然,仿佛这一个月什么事也没有发生过,他也没有过一个月的欣喜和渴望,他还是一个月前那个被爱情遗弃的绝望的他。爹和额吉去问过他,他默然不语。大姐支着二姐去问他,他的一切感官好像全都失灵了，无论二姐如何询问劝说他一句也听不进去。我和二姐乞求他，气得摇他推他拉他揉他，他也默不作声，最多抬眼看看我们，眼睛里也是茫然。

沙漠里的气候变幻无常，旱了一个夏天，忽然就刮了一场大风，刮了整整三天。紧接着天阴了下来，黑云压得人喘不过气来。后来就下了一场大雨，那雨好大，海子大了不少。

雨后的第二天七十三又坐在架子梁上。大姐去了，站在他身后，站了老半天。日头将落了，大姐忍不住问他这究竟是为什么，难道还不能原谅她。却招来了他的咆哮，声音大得整个沙漠都能听见。

他有什么好，你还想着他？你想着他干啥来找我？娃娃是他的，你干啥养我屋里？王福，王顺！找你姓王的去吧，滚——找你姓王的去吧！哈哈哈……

七十三悲哀地长笑。

犹如一根带刺的鞭子抽在大姐身上，她无力地跌倒在沙梁上。她终于明白他是因为她的孩子，可孩子又有什么错呢！

夕阳里，七十三端坐在沙梁上，木然地看着西方太阳慢慢地落下。大姐就站在他身后，看他，也看那太阳。两个人都不说话，七十三似乎不知道大姐的存在。我们都以为大姐是在劝说七十三，谁也没有拦她。

于是就有那么一天，太阳刚刚落下，晚霞映得沙漠血一般的红。七十三坐在沙梁上。大姐也去了，抱着她的娃儿。大姐在他身后站了许久，然后走下了架子梁。她没有回家，去了海子上，七十三背对着她。哈哈哈……她突然一阵狂笑，抱着孩子一步一步走进了海子。笑声惊醒了七十三，他转过身看海子，却什么也没有看见。他疑心是自己想岔了听错了，揉揉眼睛，海子上分明什么都没有，也没有一点声音。他相信是自己脑子乱了，就又转过身去。

海子上突然升起一股细细的烟，慢慢地变粗，旋转着朝架子梁卷去。是旋风。旋风从七十三身上卷过去，消失在西边的尽头。七十三浑身铁青，昏死过去。

六月天

一

　　天旱得出奇，已经是六月天了，就开春那会儿下了一场雪，老天爷再没有下过一滴雨。山坡上黑沉沉的，那是枯死的霸王、红莎，被太阳晒得焦黑，春起发芽的羊胡子草绿了又黄了，茸茸地铺在地上，没有一点生气。地表枯黄的蒿草高不过沙霸王这样的灌木，显不出自己的本色来，所以看到的就只是黑蒙蒙的颜色。只有山坡下低洼的地方才能看到一点鹅黄的淡绿，淡的人的眼睛几乎捕捉不到，间或看到几只山羊在焦黑的灌木间慢慢地游走，偶尔听到羊们几声肚饿的咩叫，显出这片草原并不是死寂的。当然，是草原就不该是死寂的，虽然看不到多少绿色，这里却是阿拉善高原上真正的草原，只是今年的雨水真的太稀罕了。

　　活物不单是觅食的羊们，还有放羊的人。

　　乾德盘腿坐在山坡上，胳膊肘着膝盖，默默地吸烟，眯着眼睛注视着坡底的羊群，眉头拧个疙瘩，不时地咳嗽两声。在他身后是一辆破旧的嘉陵70摩托车，除了油箱依然漆黑外，破得没有样子了。这是沙漠里的第一代摩托车，乾德骑它差不多有三十个年头了，骑出了感情，别人家的摩托车早换了几代了，乾德依然以它代步，摩托车争气，很少有和乾德尥蹶子的时候，寒冬腊月一脚就能踹着，可不像人家那些看起来威风的新家伙，吭哧吭哧地鼓捣老半天。这一点乾德很自豪：虽说我的车是有些旧了，我的车可是日本原装货，说人品不咋样，说技术还是日本的抗硬。这辆破旧的摩托车是乾德最忠实的伴侣，用老不死道勒吉的话说，乾德有两个宝贝不离身，晚上睡觉搂的老婆，白天尻子里骑的摩托。乾德坐在摩托车的那点阴凉里抽烟，太阳渐渐升高，摩托车的影子还遮不住他的后腰，不过九点来钟，天气已热得出奇，太阳晒得人头疼。

妈妈个日的，大干旱的晒死个人，中午还让人活不？乾德侧身闭着一只眼瞅瞅太阳，自言自语地说。

唉，该下雨了，再不下场雨牲口全得旱死了。

天上没有一丝云彩，太阳不惜余力地把光和热泼洒下来，晒焦了满山的沙霸王，也晒焦了人们的期望。

唉，谁把老天爷惹下了，今年关老爷磨刀的雨都没有下呢。

乾德站起来，锤锤坐麻了的膝盖，然后抬眼看着远方，坐得久了，丁猛站起来头晕乎乎的眼睛有些发涩，赶紧伸手扶住摩托车。远处的山梁上山沟里有水在流动，像是汪洋的大海，波涛滚滚，无边无际。乾德知道，那不是水，也没有风，是地表蒸腾的热气在往上涌，干旱时节风水流动的就快。羊群顺着山谷到山沟里去撵青了，山沟里要比山坡上清凉，也只有去年流过洪水的地方才能找得到些许青草。

可是羊群进去山沟没多久，突然听到山里传来几声沉闷的响声，羊们奔跑着从山沟里涌出来。

他妈妈的，鬼日的又放炮，还让人放羊不？

乾德注视着山里腾起的烟雾骂了起来。

唉，老天爷瞎了。

在枯死的沙霸王中间走了几步，弯腰折断一枝儿，很脆的一声响，乾德端详着枝儿的断口，没有一丝湿气。

乾德跪在地上，双手把地上的浮沙抹开，浮沙底下是硬结的沙石地，捡过刚才的沙霸王枝儿在沙坑里划拉一阵，刨出一个小沙坑。

半尺深了还不见一点湿气，草咋能不死呢！

乾德自语，已经陆月天了，十天半个月再不下雨今年就完了。

站起来朝四下里眺望，哪有半点云彩的影子。

看来我这百十来号羊今年是保不住了。心里叹气，踹着摩托车骑下坡去了。

二

乾德住在嘎查的老房子里，嘎查原本是个苏木，曾经很热闹的地方，有苏木政府、学校、医院、粮站、邮电局、供销社等等机关单位，周围居民有七八十户，常住人口二三百人。只是后来供销社最先撤销了，随后学校也和别处合并了，苏木就显得冷清了。直到前几年苏木镇合并，这个红山子苏木也成了历史名词，原来吃公家饭的人拖家带口地搬走了，住在这里的牧民能搬家的也都搬走了，最后就剩了十来户人家，红山子苏木变成了红山子嘎查，空留了那么多当年费尽九牛二虎之力盖起来的砖瓦房，前所未有的冷清。但是在乾德看来，这还不是最后的衰败，用不了几年，这十来户人家肯定要少一半，因为现在留在这里的多是他这样的老人。有的是恋旧不想搬去人多地方的，比如他自己；有的是嫌儿女不孝顺，在这里躲清静的，就像老迷糊巴图和李培根两家子；还有的是没儿没女吃政府救济的鳏寡老人，比如老不死道勒吉；再有的就是本来草场就在嘎查周围的几户人家，在家里开了小卖部，给周边牧民提供给养。

可是乾德还是想错了，从前的红山子可是地区最好的草场，尤其适合放养山羊，山坡上的红莎、珍珠、羊胡子草劲儿大，山羊吃了长膘也长绒，红山子的山羊年产绒能有一斤，行情最好的年景，一斤羊绒就卖二百多块钱，可让红山子人过了几年快活日子，现在嘎查上的人搬家到旗上镇上，就是用那时候卖羊绒攒的钱买的房子。红山子的羊绒好，政府曾经在这里建过一个种山羊基地，培育优良品种，红山子种公羊也成了地区的名牌产品。可是谁也不曾想到，这些年天气越来越旱了，政策也在变，不光是居民迁走了，就是羊绒产量也下降了许多。是牧民不会放羊了吗，不是的，羊们连个肚子都吃不饱，叫拿啥长绒嘛。苏木撤了，居民走了，草场旱了，红山子种公羊的牌子也不硬气了，光秃秃的石疙梁上草也不好好长了，红山子再也没有起色了。可是乾德没有想到，红山子还有红火的一天。

要是放在十年前，谁也不会相信红山子居然是座宝山，人说福山不长草嘛，谁知道这块好草场底下全是宝，是不是地底下的宝贝也在长，把不值钱的草根子都给顶出来顶死了？乾德时常这样犯迷糊儿。

红山子里有宝，乾德是知道的，还在旗上归宁夏的时候，宁夏地质队的来这里住过几年，不歇气地在山上到处打洞，然后再用水泥把直径不到一拃的洞口填埋了。地质队说红山子里有铁矿，还真的在西边二十公里的西勃图开了个矿，用进口的日野车不住气地往出拉了几年铁矿，后来说这里的铁矿品位低不好开采，所以就停了。当年乾德也去铁矿上出过矿，那可是红山子最红火的时候，矿上的待遇特好，吃得好，工资也高，矿上的各种活计乾德都干过，是个好矿工。后来地质队撤走了，换了矿业公司，后来矿业公司也倒闭了，铁矿再无人问津，空留当年盖的几排砖瓦房。

可是谁也没有想到红山子不光有铁矿，还有金矿银矿铜矿，铁矿也不止西勃图一处，给现在的嘎查书记王有根找矿的李工程师曾和乾德说过，红山子这一片到处有铁矿，红山子本身就是个铁疙瘩，如果有个特别大的吸铁石的话，能把整个红山子山给吸起来。乖乖，那得多大的吸铁石啊，红山子真的是铁山哪。

红山子的铁矿先是一个外乡人承包搞起来的，他承包了西勃图主矿，后来王有根也跟着开了铁矿，建了选矿厂，再后来，来红山子开矿的人就多了，把嘎查那么多的空房子住满了还不够，山沟沟里到处都是民工住的简易房。这些开铁矿的老板们都发大财了，别人不说，光嘎查书记王有根听说就有好几百万的资产了。好几百万？！才三两年的工夫，这钱来得也太容易了些。

看人家发财乾德也羡慕，不羡慕那是假的，花花绿绿的票子谁不爱。不过乾德也仅仅是羡慕，却不像别人那样眼红，谁有谁的福相，有的人能服得住，有的人就服不着，别服不着了把小命也搭上了，人哪，还是本分些好。

儿子听说家乡铁矿红火的事儿专程从南方回来看了一趟，想把大企业高管的工作辞了来搞铁矿，被乾德一顿好骂，你看人家挣钱多眼红了是不，你一年几十万的工资不够花还是咋的？挣钱也得看门道呢，我看他们挣这个钱就不地道，你不要看他们现在都挺风光的，谁知道将来咋样呢，说好听了他们是企业家，说不好听了他们都是贼，偷卖国家资源的贼。你看着吧，早晚要出事。你和他们不一样，你是一步一步凭本事干上去的，好歹也是大公司的副总经理，他们哪能和你比，他们是坐着火箭上天的，上去了就下不来了。

儿子从不和老子拌嘴，老子骂，儿子就老老实实地赔着笑脸听。可是乾德看得出来，儿子真的是动了心了，回来这几天，儿子每天去山里各个矿点上查看，每到晚上，乾德发觉儿子翻来覆去地睡不着觉。乾德知道，儿子嘴上不再说，心里一直在盘算这个事儿，可把乾德急得够呛，儿子能爬到这个位子上不容易，年薪好几十万可不是谁都能挣得来的，怎么能说不干就不干了？终于，儿子和他摊牌了，说我不搞铁矿也行，但是你和妈得跟我去南方，沙窝里住大半辈子了，还没住够啊。乾德说我这辈子就住沙窝里了，死了也埋在沙窝里，我才不跟你去南方，冬天不是个冬天，夏天不是个夏天，活受罪。

儿子走了，乾德感觉轻松了许多，儿子三十多岁了，还这么听话，这辈子啥也不图了。几个女儿也都在旗上镇上安家了，时不时地开车来看看老人，这日子过得清静。

可是乾德心里却不能平静，山上呼啦啦来了这么多人，到处放炮，放羊都没个去处，而且这伙人不地道，嘎查的牧民差不多家家都丢过羊，不是被炸飞的石头砸死了，就是滋润了人家的肠子。牧民没少去找书记王有根告状，有根有据的赔个一两百块钱了事，没抓住现场的只能作罢。牧民们气儿不顺，又没有啥子办法，人家王有根就在山里头开矿呢，他能承认自己的工人是贼吗？气呼呼地就来找乾德发发牢骚，牧民们实诚，啥事儿都愿意和乾德这个老书记说说。可是这号事乾德能管得了吗，不在其位不谋其政嘛，何况乾德也有两只羊没有下落呢，贼主儿是谁，心知肚明，去山沟里去嘎查的那些被人家借住的院子里闻闻肉香就知道了，可是没有证据你能说啥。乾德只能劝大伙儿消消气，以后跟在羊群屁股后面就是了。这也是没有办法的办法，从前放羊只把羊群赶出圈门就好，羊群自己寻着去草场，下午吃饱了肚子自己回来，这下可好，整天缠派个人，啥事也做不了，还得时时提防矿上放炮乱飞的石头。

和邻居牧民们话是这么说的，只能劝大伙儿消消气，老党员了，这点觉悟还是有的，总不能鼓捣着让牧民和矿上闹事吧，胡球日鬼的事儿不能做，有根现在是嘎查主任，也是书记，处理这些事应该有分寸吧。自己早就不是嘎查的领导了，不关自己的事儿尽量少操心，就是真的有啥事儿和自家有瓜葛的，也得以大局为重，自己吃点亏算什么，集体利益最重，可不能拖集体的后腿，不能给有根添麻烦，好歹自己也干过二十几年的嘎查干部，啥事也得自觉，党章上说得明白呢。

放牲口的都是直性子人，乾德说到一阵肚子里的弯绕儿也就解了，很少再去和书记王有根找麻烦的。可是乾德心里却有个结，有根他们这样大摇大摆地到处放炮找矿到底合不合法，这些矿山全都在牧民的草场上，影响了牧民的生活秩序上面有没有啥说法，多少该有些补助吧？自从红山子涌进来这么多找矿的人，这里的治安也成了问题，早那会儿哪有偷鸡摸狗打架弄棒的事？现在不光是牧民的羊没有保障，听说有吊儿郎当的矿工瞄上了一户牧民家的女人，整天赖在人家里不走。还有就是矿上的人经常打架，为了争矿还有把人打残废了的。你说说，这是啥事情嘛，大天白日的，咋做出这号事情来了？乾德思谋了好些日子，觉得这些事情不简单，他开始怀疑这些人开矿的合法性，如果是国家政策允许的，就肯定有约束他们的条条框框，哪能出来这号抢矿伤人的事。再说了，现在不是大集体的时候了，国家搞开发也得考虑当地群众的利益吧，政府就没有个啥说法？

乾德去找过王有根，说了自己的疑惑，王有根嘿嘿笑了，现在这种时候，能有个啥说法，再说老书记你想要个啥说法？你当现在是啥时候，时代变了，谁有本事谁上，这么多开矿的，哪个后面没有个抗硬靠山，全是上头管事的，找谁要说法去？

王有根的话把乾德气得够呛，悻悻而回，在家里生闷气。还知道我是老书记啊，你娃娃是我看着长大的，说话咋就这么张狂，咋了，时代变了咋了，再变也是共产党的天下，共产党还不给老百姓办事了？

去镇上看外孙的时候乾德专门去了一趟镇政府，自打从嘎查领导岗位上退下来，很少再进政府大院，物是人非，都不知道该敲哪个门了。想想还是找书记反映一下。魏书记乾德见过两次，一次是他去镇上办嘎查干部退休养老保险的时候，那时候魏书记是镇长；另一次是魏书记去红山子嘎查检查工作，在王有根家见过一次，两次见面，感觉魏书记是个不善言谈的人，经常虎着个脸，让人望而生畏。可镇上的领导就魏书记一个算是熟脸儿，于是忐忑着敲门进去。没想到魏书记待人很热情，居然记得乾德这个老嘎查干部，很耐心地听完了乾德反映的事情。

"到底是老同志，觉悟就是高，"魏书记说，"你这么做就对了，这是基层党员应该有的觉悟，关心群众，为集体着想，是我们工作做的不到位啊。你反映的这些情况我都听说了，也是客观存在的，我们正在抓这方面的工作，尤其是治安问题，我们特别重视。至于开发红山子铁矿的事，这是政策允许的，你也看新闻了吧，国家现在搞西部大开发，咱们西部有什么，你说，除了骆驼羊还有什么？不就是矿产吗。国家支持西部搞经济开发，政府也在考虑通过多方渠道给占用草场的牧民一定的赔偿和补助，已经有了初步的方案，只是正式的批文还没下来，你回去转告牧民们，安心生产，这是早晚的事。老同志了，就该起到带头作用，虽然不在领导岗位上了，还得发挥余热，努力搞好牧民的安定团结，尽量不要给新的领导班子添麻烦，让人家放手去干，同时你还要监督他们，有啥问题随时来找我，政府的大门是朝群众敞开的。"

看看，这就是镇上的书记，说话就是有水平，几句话说得乾德心里暖烘烘的。

可是，三四年过去了，魏书记的话一直没有兑现，虽说再没有牧民丢羊的事情了，可对牧民的草场赔偿和补助还是没有个说法，挖矿的照挖，发财的照发，整个嘎查的草场上到处是横七竖八的汽车道，山里头挖矿，山外头的这点草场也叫碾压得差不多了。魏书记来过红山子几次，每次来也只去王有根家，有时候还住在他家，却很少和乾德这样的普通牧民打招呼。

唉，现在的领导，不给群众好好办事了，光打空头支票，过去的领导谁家最穷去谁家，现在是谁家最有钱去谁家。唉，世道变了。

乾德远远地望着王有根家叹气。

三

乾德到院子里刚停稳了摩托车，一辆北京吉普车嘎吱停在院门口，转身看见来人笑着朝他走过来握手。

"老书记你好哪！"

"哟，我说是谁，聂靠子啊，啥风把你这个大忙人给吹过来了？"

说着把来人朝屋里让。

"你今个儿咋过来了，走矿上？"

"才朝镇上下来，等一阵去矿上，好些时间没有看着老书记了，专门来看看你，你老人家身体还好吧？"

"看把你还实诚的，身体好得很，没啥毛病，还记得我老头子哪。"

"咋能忘掉你老书记呢，咋样，那年车祸……没有留下啥毛病吧，腰和腿全都好了吧？"

"好了，骑摩托没啥问题。"

"真的好利索了？"

"好了，还能咋样呢，上岁数了，能好到这个程度就不错了，就是有时候腰困得疼。"

"还是没有好利索，你就应该在镇上好好养着，还来畜群上放羊。李五一是咋说的，再没有个说法？"

"再要啥说法呢，医院里所有的花费别家都掏了，还给了几个误工费和营养费，别家又不是故意的，一搭里住着，有个意思就行了，就这都花了不少钱了。"

"我看李五一就是故意的，也是你老书记太实诚了，王有根有的是钱，应该好好跟他们要上几万块钱才对。"

"聂靠子你不要胡说，意外事故谁能说得上，没冤没仇的，谁还故意开车往人上撞，我凭啥要那么多钱，王有根有钱是王有根的，又不是王有根闯的祸，干啥跟人家要钱。"

"李五一不是王有根的小舅子嘛。"

"看你说的，你姐夫把钱全都给你啦？"乾德瞅一眼聂靠说，"靠子你今天来是有啥事情吧？"

"嘿嘿，我就是专门为这个事情来的，我看你这个事情不对劲。"

"有啥不对劲的，我这不好好的嘛。"

"人家都说你老书记是最明白的人，我看你就不明白。"聂靠笑着说，"我看你最糊涂。"

"要那聪明干啥呢，争争抢抢的有啥用，人活得还是糊涂些好。"

"老书记我说的是真的，你真的以为你那次车祸是意外事故？"

"什么真的假的，明明就是。"

"我的老书记唉，你叫人家把你害了还不知道自个是咋死的，你咋就这么糊涂哪，这件事嘎查上谁都知道，连矿上的人都知道是咋回事，你咋就还蒙在鼓里哪！"

"胡说八道，哪来那么多的事，我得罪谁了，要害死我？聂靠子你今天咋的回事，成心给我胀气来了是不是，哪有这样说话的？"

"你看你看，老书记你还上了气了，好心给你说事情来了还惹得你老人家生气了，生谁的气老书记你也不能生我的气，我这不是给你说事情来了嘛！"

"好好说话！"乾德板着脸说。

"老书记你不要生气，你听我把话说完……"

"我耳朵又没聋。"

"你仔细想想前年出车祸之前发生的事情，你听我给你分析，先是孟学林在他家草场的山沟里找着铁矿了对吧……"

"管人家孟家啥事！"

"你听我说，先是孟家找着铁矿了，然后王有根的人开着勾机装载车抢了孟学林的矿，孟学林两口子不让，和王有根的人打架反过来叫王有根的人打了，是这回事吧？"

"这个没有错，孟学林两口子还是我跟着送去医院的。"

"问题就在这里呢，是你出头去找的王有根，王有根嘴上说手下工人打人抢了人家的矿不对，可还是叫李五一领人连明黑夜地干了七天七夜，把孟家的矿挖了个干净。还是你领着孟学林去镇上派出所报了案，还为这件事去找了镇上，有这回事吧？"

"把孟学林的两根肋骨都打折了，这么大的事情不报案哪能行？镇上我也去了，魏书记说要详细调查，严肃处理。"

"可是镇上压根就没有管这个事，派出所来调查的时候王有根早让李五一和打人的藏起来了，一问三不知，啥也不承认。王有根光就给孟家赔了些医药费。也是你老书记好管闲事，你又去旗上找了矿管局和旗政府对吧？"

"这个不假，我去找过了，我去看看他们到处挖矿到底是不是国家政策允许的，这号事情到底有没有人管，共产党的政府还让不让老百姓过日子了？"

"这就对了，你去上访了，把事情也闹大了，你从旗上回来政府的处理办法也出来了，先是把所有的矿全都关停了，然后又是罚款又是整顿的，可以说你把矿山上所有的人都得罪了。"

"没有那么严重吧，我觉得我没有错啊，他们趁国家西部大开发搞经济建设的机会胡作非为就得受罚，咋了，也罚了你啦，我把你也得罪啦？"

"你做得是对，红山子放牧口的全都说你做了件好事，我从心底里佩服你老书记，除了你再还没有人敢去旗上告状，可你好事是做给人家的，给自己却做了件坏事。"

"咋？"

"我的老书记，你咋还不明白，矿山封了还不到半个月你就出车祸了，差一点把命都送掉你忘记啦？"

乾德腾地从炕上跳下来，瞪视着聂靠，双眼像是两把锋利的锥子，倒把聂靠吓一跳。

过了一会儿，乾德的目光才渐渐地柔和了，慢慢地坐在炕沿上。

"我出车祸是个意外。"

"老书记，我说话不要吓着你了，我给你明说了吧，那压根就不是意外，是王有根李五一蓄谋已久的，他们的目的是把你害了。我们嘎查也就你老书记一个人敢和王有根对着干。"

"我没有和王有根对着干！"

"对对，那你想想，光天白日的，大路朝天，李五一的小车朝哪里不能走，偏偏在你骑摩托车过来的时候岔过来把你撞啦？他咋没有撞别人去？新买的战旗车，刹车那么好，撞人就那么容易？"

"这是个意外事故，和前头的事情没有关系。"

"谁说没有关系，你把事情一宗宗地想想，本来就是这么回事，你从前到后仔细想,这件事矿上人都传遍了。"

乾德头上出汗了,心口上像是压了一块石头,胸闷得喘不上气来,伸手抓过炕桌上抽了一半的纸烟,掏出火柴哆哆嗦嗦地半天没有划着。聂靠摸出打火机给乾德把烟点上。

乾德吸得猛了,呛得咳嗽起来。

乾德胳膊肘支在膝盖上,默默地吸烟,蓝色的烟雾从他的鼻子里喷出来遮住了他的脸。聂靠的分析使他震惊,自己从来没有从这方面想过,聂靠说的好像也有些道理,是真是假,他分不清,如果是真的,那么这个矿山上隐藏了多少黑暗;如果是真的,自己就真的从鬼门关上走了一遭。

伏天,乾德却出了一身冷汗。

四

乾德记得当年西勃图铁矿停产的时候矿业公司的职工们说过,这里的铁矿品位太低了,矿业公司赔了好多钱,想不明白现在怎么又成了宝贝了。年轻的时候乾德算是个好矿工,矿山上的事没有他不会做的,但是现在这帮子人采矿的方法却让他大开眼界。当年乾德挖矿是打洞下井采矿,然后用绞车一车一车地往出拉,一个台班能出十来吨矿就不错了,现在人家出矿才不那么费力,先是一阵排炮把矿层上的盖皮炸碎了,推土机上去把盖皮推开,然后又是一阵排炮,震得天翻地覆,把勾机、装载车开上矿层,巨大的勾手、铲子一下就是好几吨,成队的汽车一辆接一辆地往出拉矿,顺利的时候一天居然能出几千吨矿。难道这才叫真正的现代化采矿?乾德心里疑惑。

乾德弄不明白,怎么突然就刮起了这么一股子找矿的风,不光是外乡人来红山子找铁矿,就连平日里淳朴淡泊与世无争的牧民们也跟着疯狂了,红山子上每一个放牲口的出门都要背个口袋,里头装一把榔头和一块吸铁石,走到哪里铁榔头敲到哪里,手里的吸铁石见块黑色或者红色的石头就往上凑,生怕自己错过了一生的财富。

一夜暴富的不是没有,王有根就是最典型的一个。原来他有什么啊,除了吃喝嫖赌玩还能干什么?对了,他还很会交朋友,而且这个家伙交的朋友还都是上得了台面的，尤其和镇上的领导们关系不错。乾德纳闷儿，王有根在群众中的印象很不好，那年咋就赢了聂靠被选上了嘎查主任，还当了书记？聂靠也算一个，虽说还比不过王有根，可也占了个矿窝子，养了几台车，听说也挣了几百万了。这样的暴发户多了，其实矿山上每一个老板都是一夜暴富的暴发户。也不是王有根说，乾德知道这些开矿的老板们哪一个都不简单，和上面丝丝缕缕的关系普通人是摸不清的。普通牧民是没有这个福分的，就算找到了矿都没有能力开采，最多是要几万块钱把矿让给别人采，弄不好鸡飞蛋打什么都落不下。孟学林就是个例子。

孟学林找到铁矿纯属偶然。和其他放牲口的一样，孟学林的放羊口袋里也装着找铁矿的那两样工具，到了山上就敲敲打打，用吸铁石一块一块地吸，这么敲打了大半年，没有给孟家带来半点喜悦。那天中午山上老是放炮，孟学林担心伤着羊群就赶紧去山里赶羊，谁知道背着的口袋破了个洞，找着羊群才发现丢了榔头和吸铁石，赶着羊群顺原路回来仔细地找，在一条流水的山沟里找到了榔头，拾起榔头感觉不对劲，榔头和吸铁石上沾了许多细灰，像蜘蛛网线一样朝下吊着，细看居然是铁粉。孟学林觉得奇怪，哪来的铁粉呢，口袋里没有铁粉，莫非是地上沙子里含铁，拿吸铁石在地上蹭了几下，吸铁石上吸了密密一层铁粉，这事儿蹊跷，山沟沟里哪来的铁粉？孟学林蹲下在沙地上刨个坑，黄沙浮皮底下全是黑泥，拿吸铁石试了一下，天爷爷，黑泥果真就是铁粉。

也是孟学林沉不住气，张张狂狂地见人就说自己找着好铁矿了，才两三天的工夫，差不多红山子所有的人都知道他在山沟里找到铁矿了，还是品位特好的铁粉。孟学林两口子开上自家的四轮拖拉机去山沟里挖矿，引得人家都去山沟里看热闹，矿上的工程师分析，这条山沟的尽头就是西勃图大铁矿，雨水冲刷把山上的铁矿石带到山沟里，恰巧孟学林的矿就在这条山沟出口的拐弯处，这样日积月累地经过千百万年，这里就堆积了厚厚的一层铁粉渣，能沉淀在这里的当然就是好矿。

一时间，孟学林成了红山子人人羡慕的人，都说孟学林的运气好，懂行的给他的矿做了个估算，不用放炮不用买设备，挖出来就可以卖个好价钱，少说也值个几百万，就差没把人家的眼珠子掉下来。

只是孟学林高兴得太早了些,自家的四轮车还没有拉上几车矿,矿就叫别人给占了。

这事乾德记得很清楚,是在孟学林找着铁矿的第三天早上,天刚麻亮的时候孟家两口子就开四轮车去拉矿,到山沟里才发现一晚上的工夫那里居然冒出来好几台机械,热火朝天地工作着,十几辆汽车来来往往,一黑夜不知道挖走了多少矿,那里已经是一个大坑。孟学林不顾一切地扑过去质问,只是开车的司机们不理他,照样干活。孟学林急了,不顾死活地站在勾机勾斗底下,然而勾机那东西灵活,他站在这边,人家转过那边照样挖,装载车依旧不住气地装车,直到他女人扑过去趴在装载车铲斗上,两辆机械才不得不停下来。孟学林质问司机为什么挖他的铁矿,司机坐在驾驶室里抽烟,不下车也不搭理他。孟学林去问那些卡车司机也没有人理他。可是,他一离开勾机,人家就开车继续挖矿,他只好返回来拦着勾机。孟学林心急如焚,可也没有办法,没有人搭理他,只有爬在车上这么耗着。

也没多长时间,那些卡车突然都开走了,就在他们两口子爬上坑张望的时候,勾机和装载车也"突突突"地开到山里去了,两口子傻了眼,被人家挖走了那么多的矿居然不知道是谁干的。

当天再没啥事,孟学林到处打问是谁偷了他的矿,哪里能问得出来。从这伙人的规模上判断是那几个大矿干的,小矿没有这么大的排场,挨个去大矿上打问,只问回来几句神经病的呵骂。一直挨到天黑,两口子估摸着这伙贼还有可能来,就去山沟里守着,果然,天黑尽的时候,一溜车辆浩浩荡荡地开进了沟里,把个山沟照的灯火通明,那阵势把孟学林两口子吓得够呛。害怕归害怕,自己的矿还得守,还是早晨的办法,用自己的身体去挡钢铁机器。谁想到人家早就有准备,几个小伙子扑过来把他们架走摔在一边。眼睁睁地看着人家疯狂地挖矿,两口子哭喊着放声大骂,骂得人家恼了,上来就是一顿暴打,直到他们爬不起身,哭不出声。

天亮的时候那些车辆突然神秘地消失了,孟学林两口子相互搀扶着跌跌撞撞地往回走,回到家里孟学林躺在炕上就不能动弹了,女人急得要去找书记王有根,被孟学林叫住了,安顿女人说啥也不要找王有根,让女人去找老书记乾德拿主意。

听了孟学林女人泪眼泼洒地一顿哭号，乾德发脾气了，什么人这么大的胆子，当了强盗还打人，还有没有个王法了？急忙跟着她先去看孟学林。乾德查看孟学林的伤势知道是受了内伤，必须马上送医院。红山子嘎查离镇上一百多里路，要去镇上就得有车，乾德说去找王有根借车，他是书记，自己的牧民被人这样打了，他得想办法处理。孟学林挣扎着叫住他，说就是死也不去求他王有根。

"学林，可不能怄气，现在嘎查上就王有根家的车在，你的身体不能耽搁了。"乾德说。

"老书记，你是不知道，抢我矿的就是王有根的人。"孟学林流泪说。

"你说啥，你看清楚啦？"乾德愣住了。

"就是他的人，昨天黑夜就是李五一领人打我的，昨天下午我在王有根的矿上看着勾机了，开勾机的人我认得。"

"妈日的，还是共产党的干部，跟强盗有啥区别，"乾德愤怒地骂道，"不行，你现在就得去医院，既然是王有根的人做的事情，我们就去找王有根借车，看他是啥说法。走，我和你们一搭里走，走镇上告状去。"

乾德去王有根家把孟学林矿被抢人被打的事说了，王有根就跟没事人似的，说他没有听说这回事儿，不过还是开车送他们去了镇上医院。检查结果是孟学林被打断了两根肋骨，女人受了些皮外伤。

乾德先去派出所报了案，然后去镇上反映了矿山上发生的事。魏书记发火了，当着乾德的面叫来司法干部，要求他立即调查清楚，严肃处理。

然而乾德没有料到，最终的调查结果仅仅是王有根给孟学林赔了些医药费，更可恨的是在他们去镇上的那几天，李五一领人把山沟里的铁粉矿来了个大扫荡，一点都没剩下，孟学林一家子连哭都不会了，刺激受大了，再也不敢和人说矿山的事。

乾德并不是个多事的人，这件事给他的刺激也大，听人家聊天说孟学林不敢说话是被人威胁了，乾德火气儿也就上来了：共产党的干部不替老百姓办事反而干起强盗的行径来了，还有没有王法了？我就不相信这个事就没有人管！于是气呼呼地去镇上找说法去。

再次去镇上魏书记的答复让乾德十分不满意。书记说这件事已经处理了，王有根给了党内警告的处分，经调查当时打架是孟学林先动的手，孟学林最后也承认了。那个矿不是孟学林的，也不是王有根的，谁也不能把国家的资源当自己的财产，因为产生纠纷的是王有根的亲戚，所以孟学林的医药费都由王有根来承担。

乾德说："魏书记你说的对，国家的资源不是个人的财产，可是在孟学林住院的这些天，王有根小舅子领人把那些矿全都挖完了，这事咋说呢？"

"有这事吗，我怎么没听说？"魏书记皱了眉头说，"老同志了，说话得有根据，你亲眼看见王有根小舅子挖矿啦？我想王有根也没有这么糊涂吧。这件事已经处理完了，老同志要配合干部做好牧民的安全生产工作，不要无中生有地听人家瞎吵吵，跟着瞎起哄。"

"可是……"

"我说过了，事情已经调查清楚了，这件事已经处理过了。"

魏书记打断乾德的话。

乾德感觉到魏书记是生气了，说话一点都不客气，脸色冷得像块铁。

乾德知道再说下去也没啥意思了，魏书记其实是在堵他的嘴，只好心有不甘地出来了。

乾德仔细回想矿上发生的这些事和镇上处理的态度，慢慢地琢磨出些意思来了：镇上的领导在帮着王有根说话，在有些领导看来老百姓就该老老实实地放羊过日子，发不了财是应该的，挨打活该。听说镇上的领导们在这些矿山上都有股份，看来这事是真的了。那么王法在哪里，国家的法律难道说就是个摆设？这口气儿顺不过来，乾德心里堵得慌，我就不信没有个讲理的地方。

一气之下乾德去了旗上，分别去矿管局和旗政府反映了矿山的现状及矿上和牧民之间的冲突。上面的态度乾德很满意，旗上领导对这事很重视，说马上派调查组去红山子矿区。

果然，乾德回来没几天，旗上的调查组就到了红山子嘎查，关闭了矿山上所有出矿的口子，罚款整顿。乾德这才知道，这么多开矿的绝大多数人居然都没有办理采矿的相关手续。原来他们真的是在偷国家的资源！乾德觉得自己做了件大事，保护了国家的财产，心里美滋滋的。方圆数百公里的牧民们都知道是乾德告状才停了这些暴发户的矿，都为乾德叫好，谁见着了都主动来和他握手打招呼，可给牧民们出了口气。乾德有些飘飘然了。

只是乾德不知道，在某些人看来，乾德就是个绊脚石，在那个集团里，乾德有了个外号，叫"张缺德"。

高兴了没几天，乾德就出事了。那天乾德骑摩托车去一家牧民家，平展展的大滩上没遮没拦的，不知道咋就突然冒出个越野车，冲上来就把乾德的摩托车给撞倒了。也就是乾德命大，只摔断了腿和腰，没伤着头。就这，乾德在炕上躺了大半年，还落下了后遗症，每到刮风下雨的时候腰腿就疼，比天气预报还准。

五

"想明白了没？"聂靠给乾德点上一支烟问。

"那次事情就是个意外事故。"乾德说。

"啥，你还说是意外，谁听说过平展展的大滩上还能出车祸？听说过开车在大滩上撵黄羊的，还没有听说过撵摩托的！"

"没听说就对了，"乾德吐出一口烟说，"你今天到底是啥事情，就给我说这个来啦？"

"可不是，就是专门给老书记你说一声，提醒一下，以后可得防着些，那把子人啥事情都能干得出来。"

"那你是啥意思，早咋不说，现在丁猛给我说这个？聂靠子你今个有啥事情，有啥事就说，还把些事情说得神神叨叨的。"

"呵呵，还是老书记厉害。"聂靠笑着说。

"有事就说。"

"这两天嘎查干部们在镇上开会呢，老书记你听说了没？"

"开会又不叫我，我哪知道。咋了，共产党的会多，开会又咋了？"

"啊呀，好我的老书记哪，你真的啥事也不操心了，今年该换届选举了你忘掉啦？"

"哦，就为这个事，"乾德把烟头在鞋底上揉灭了丢在炕沿底下说，"哪回换届选举还不得开个几天会。"

"问题是今年谁当我们嘎查的主任和书记。"

"咋，你想当？"乾德问。

聂靠搔搔头，不好意思地笑一下。

"不是没有给过你机会，那年我退下来的时候就把你推上去了，谁知道你个没出息的，才干了一届就叫王有根给顶下来了，你看你那几年啥事情都没有给大家伙儿干出来，叫我咋说你呢。"

"其实上一届选举是王有根搞了鬼，我们嘎查去下面牧民家收选票的是镇上的巴依尔，后来巴依尔悄悄给我说的，他看得明明白白，牧民选我的选票要比王有根的多得多，谁知道镇上最后公布的时候变成了王有根。"

"听听，自己没有干好，反过来编排别人，你要是真的做出成绩了，谁他能把你顶掉！"

"我说的是真的。"

"那我问你，你那一届给嘎查办了个啥事情，我给你交班的时候账上还有一万多块钱，你才干了几年账就红了，这个钱到哪里去了？"

"老书记你又不是不知道，现在给嘎查办啥事情不得花钱，那两个钱哪够啊，就这我把自己好多钱都填进去了。"聂靠委屈地说。

乾德突然伸手在聂靠头上拍一把，聂靠朝后闪了一下躲开了。

"听起来好像谁没有当过个干部。"

"那是那是，谁能和老书记你比啊。"

"我看下一届你不能当这个嘎查主任，你现在也没有这个群众基础了。"

"那也不能让王有根这种人继续当啊，你看看这几年王有根做下的事情，就差手上有人命了。"

"你看你这个人，又来了，王有根再干啥也没有杀人放火。"

"既然你不把自己的命当回事我也就没有办法了。"

乾德眯着眼睛望着门外，像是自言自语："不知道这回候选人提的是谁？"

聂靠有些迫不及待地说："这个我想好了，不管他候选人提的是谁，我们就在推荐那一栏里统一填上我们认可的人，以防万一有人作弊，我计划跟着工作人员去收选票，我逼着他们做到公正公开。"

134　茂密的扎干林

"人家让你跟着去吗？"

"那我不管，就是耍赖皮我也跟着去。"

"你记着了，反正我不投你的票，我已经投过你的票了。"乾德注视着聂靠说，"你选不上，你现在没有这个群众基础。"

聂靠犹豫一阵说："那也行，只要不是王有根一帮子人上来就行，这回说啥也得把王有根拉下来，太欺负人了。"

"你和王有根结了多大的仇？"乾德拧着眉头问。

"也没啥，王有根为非作歹的事情太多了，老书记你又不是不知道。还有，他每年都从各个矿上弄回来好几万块钱，说是给牧民的草场补助，三四年了，咋说都有二三十万，谁见过嘎查的一分钱了？多数不是叫他贪污了，就是猢狲狗气地送给当官的了。我听镇上经管站的人说，我们嘎查的账上还是红的。"聂靠愤愤地说。

"你咋知道，你看着啦？"

"老书记你忘掉啦，我虽然落选不是嘎查支部书记了，可还是支部委员啊，我就在山上开矿，去年我还给嘎查上交了一万块钱哪，啥事情我不知道。"

"如果想一次把王有根拉下来，你就得退选，得找个能真正给嘎查群众办事的人当候选人，集中给一个人投票才有把握。问题是推选谁呢？"乾德再一次把目光投向门外。

"只要你老书记出面这个事情就好办了，你说谁吧，只要不是王有根的人就行。"

乾德思谋了半天，说："我看阿拉腾巴根这个娃娃不错，从部队上回来有几年了，对人也有礼貌，对了，我记得他是初中毕业才去当的兵吧，能在部队上入党就不简单，该让年轻人挑担子了。"

"对，就阿拉腾巴根，我没意见，下头牧民的工作我去做，就说是老书记的意思，我看下面的人也都对王有根不满意。"

"你这是拉选票，法律上是不允许的。"

"我才不管，只要能把王有根拉下来就行。"

"那不行，选举权是法律给我们的权利，不能胡来。"

"那老书记你说咋办？"

"让群众自己选吧。"

聂靠笑了："行，我听老书记的。那我先走了，我去镇上打问看我们嘎查选举安排在哪天。"说着下了炕。

"按以往的选举，社员投票选的是嘎查的主任，支部书记是上级党委任命的，我估计这回的书记还是王有根，王有根虽然没有群众基础，可他和上面领导的关系处的好。"

乾德的话说得很慢，像是说给聂靠听的，又像是自言自语。

聂靠本来要跨出门了，听到乾德的话又退了回来："那咋办哪？"

"能咋办，走一步看一步吧，前头的路黑着呢，谁也看不透。"

乾德掏出一支烟，点着。

"现在最当紧的事是应对干旱的事情，今年一场雨也没下，我看十天半个月的也下不来一场雨，得趁早准备草料了，不然羊群就完了。"

聂靠站在地上纳闷儿，老书记这是在说啥呢，是说给我听的吗？

六

乾德在山坡上停下车，抬手在眉框上搭个罩罩四下里瞭望，没有看到自家的羊群，没下过雨，山坡上没有青草，山里头又经常放炮，羊群觅食的范围越来越大，走远了。

老天爷不叫人活了，陆月天了还下不来一场雨。乾德自语。听说贺兰山上今年也没有好好下一场雨，好像又是六零年时候的天气，这些瘪芊芊乏羊抗不了几天了。

远处传来两声隐隐的炮声，感觉脚底下的地也抖了几下，那伙人还在放炮哪，唉，上面到底是啥政策，光说要停矿，最终哪个也没有停，吃亏的还是放牲口的。

两三年来红山子上的炮声一直就没有停过，乾德已经习惯了这种每天听着炮声的生活了，只是心里实在不舒畅，人家开矿发财了，放牲口的还是一点补偿都没有拿到。头两年镇上魏书记就说过草场补偿的事情马上就要落实了，两年都过去了，还是没有动静。开矿的看不起放牲口的，也用不着放牲口，可是放牲口的还指望着这些牲口养家哪，草场叫人家占了，牲口吃什么，叫人拿啥养家，放牲口的还能求告谁？这么旱的天，等不到冬天家户的羊就全得饿死了，还叫人咋生活？现在要是能把草场补偿的政策落实下来就好了，得赶紧买草买料应急，牲口就是牧民的命根子，得保命哪。买草料对乾德来说并不困难，乾德的家底子不薄，儿女们都出去了，日子过得也宽裕，就这百十来号羊一季子的草料不是个啥事情。可是对嘎查大多数牧民来说就是个大问题，都是些老实巴交的人，没有几个积蓄，就靠这一群羊生活，现在羊吃不饱肚子，来年叫人家咋活。

乾德在摩托车旁坐下，掏出烟点上，眯眼瞅着前面的山梁。乾德特别敏感，山上每放一炮都能感觉得到，那炮像是炸在他的身上。乾德弄不明白，上面到底是啥政策，前年去旗上上访，说这些矿都是没有办证的非法采矿，要坚决取缔，还把整个山上的矿关停了一阵子，没多长时间就又放开了，矿上还是原来那样混乱的状况，莫非这些开矿的都办了证啦。可是上回儿子回来说现在办个采矿证可不容易，咋也得百十来万，而且上面还不给办。那这些矿是咋回事，莫非他们都有啥门道？乾德问过聂靠，问他有没有办证，聂靠嘻嘻哈哈地没说有，也没说没有。这些开矿的，都活成精了，谁也没有个实话，就连这个看着长大的聂靠子说话也总是打哈哈。世道变了，人心也变了，这年头找个实诚人也不容易。

乾德眉头拧个疙瘩，这些天来嘎查的牧民比以往多，都是来找书记王有根想办法弄钱的，这么旱的天，再干啥也得救牲口的命，日子总得过。只是王有根的答复总是让牧民们失望，说他也没有办法，催得紧了就说抽空去镇上和信用社商量，看能不能提前给牧民们放贷款，再三催问，总是说上面信用社还没有批复下来。牧民们再没办法，只有来乾德家诉苦，老人们坐在一起就想起了过去的大集体时代，旱涝保收，有啥事情也都是嘎查干部们扛着，可不像现在这么操心。牧民们的话时时在他耳边回响：现在的领导不像以前的领导了，都变质了，哪还有给群众办事的；当干部的眼睛光就盯着钱，谁还管老百姓的死活……这些话像一把把锥子，扎得乾德心痛，痛得乾德说不出话来，这就是普通百姓对现在干部的印象，这就是群众对共产党的认识，我们的组织咋就不能给牧民们做点实事呢！

乾德在摩托车旁坐下，掏出烟点上，眯眼瞅着前面的山梁。

最让乾德难受的是那天来的几个牧民拉着他的手央告，老书记你得救救我们啊，王有根不给我们想办法，只有你能救我们了，你的路子宽一些，给我们想想办法吧，就指着这群羊过日子哪。还有牧民直接就说，老书记你不管我们啦，你咋就把书记的职务辞掉了，你看看现在还有谁管我们的死活，现在给我们拿主意的人都没有。牧民们的话表达了他们对他的信任，这一点让乾德特别感动，可是自己现在不是干部了，现在的社会变得都好像不适应了，我还能给牧民们做些什么？要是我也是个百万富翁的话我就给嘎查牧民家家买些草料拉过去，可是我没有；要是我还是领导的话，说个啥我也得把牧民们的草场给要回来，可是我没有这个能力。我还能做些什么，抗旱的事情该咋做？乾德犯了愁。

七

吃罢中午饭，乾德给老婆子打个招呼说出去转转，从院墙上拿了块破羊毛毡就出去了。

乾德径直走去公路边的一排日房子跟前，那是一栋老房子了，青砖脊房，是大集体时候的供销社，高高的女儿墙正中塑了一个放着光芒的五角星，五角星两旁是用水泥雕刻的八个大字：发展经济，保障供给。标准的毛体，本来这八个字和五角星都是用红漆描出来的，可十几年没有人再管过，早就退了颜色。现在这里是嘎查上常住人口的活动中心，也是这片牧区传播消息的地方。

说是活动中心其实有些抬举了，这里现在是谢老二开的一个商店，货物倒全，牧区生活用品都有，但能让人们活动娱乐的一件也没有，因为是在这个小村子正中，又面朝着公路，人们便喜欢来这里聚一聚，倒倒闲话，说说自己听来的新闻。人们多是聚在房子墙根下，冬晒太阳，夏乘阴凉，这已经成了习惯，不管春夏秋冬，只要是天气晴朗，每天吃过中午饭人们便不约而同地来这里聚一下，哪怕见面了啥话也不说，仅仅是打个照面。夏天的时候在这里待的时间多一些，老人们都拿块破毡子或破毯子过来，铺在墙根阴凉下聊天挖花花，困了就在那里睡一会儿。

乾德过去的时候墙根下已经聚了几个人了，老光棍道勒吉挪挪身子给乾德让出点地方："老书记你今天咋这会才来，是不是吃了饭又吃活肉了？"

"你个老不死的，啥时候才能正经些。"

乾德敲一下道勒吉的脑门，笑骂着。

乾德一到，聊天的几个人马上就围过来和他挖花花，赢火柴棍儿。

道勒吉搔搔脑门说："我就看不出来这些点点花花有啥好玩的，你们天天务艺这个。"

"等你看明白了，光棍里头就没有你了。"李培根说。

"别看道勒吉花花看不明白，女人他看得可明白呢。"老迷糊巴图说，"这个老骚户年轻的时候可花哨着哪。"

众人听了哈哈大笑，一起开道勒吉的玩笑。

大家一边玩牌一边说了一阵子闲话，李培根突然说了一句："听说这两天就换届选举了，不知道这回谁当主任。"

"还能有谁，谁能斗过王有根？"巴图说。

"那可不一定，老书记就比王有根厉害。"道勒吉插话说。

"这话对，老书记当队干的那些年哪有现在这么多的事，老书记快把放牲口家的门槛都踏破了，你看看现在，谁还挨门挨户去问询，轻易连干部们的影子都见不着。"巴雅尔说。

"乾德你再出来干上两年吧，我看我们嘎查的事情就乾德你能办成，你看看现在放牲口的根骨都没有了。"李培根说。

"就是，就得老书记出马，再的人谁都不行，做不成个事情。"巴图说。

乾德笑一下，叹了口气："不行了，老了，不是三十年前的王宝钏了。"

"老书记如果不出来的话，再就没有人能和王有根争了，王字咋写，那三横是王家的三兄弟，那一竖就是王有根的小舅子李五一，王有根是嘎查的主任书记，王有枝是支部委员，王有法在旗畜牧局，李五一是出头给王有根看矿的，说白了就是个打手。还有我们那个妇女主任，乌兰琪琪格，有事没事就朝王家跑，就瞅着王家女人不在的时候，把个事情做得也太明白了些。王家上头还有人支持，谁能惹得过王家？紧躲的还来不及呢。"一直在旁边看牌的谢老二接过话头，说着左右看看，压低了声音，"你们看孟学林家不就是个样子。"

140　茂密的扎干林

"就是，王家现在有钱有权，势力大得很，问题是王有根这个嘎查书记压根就不给群众办事，整天就知道溜领导的沟子，钻到钱眼眼里头了。"巴雅尔说。

"你们又不是不知道，王有根这么张狂，主要就是后头有靠山，我听人家说的，王有根的矿上就有魏书记的股份，干股。"谢老二说。

"看看，这是个啥事情吗，我说王有根咋就那么张狂，刚开始的时候是偷矿，让人家发现了就大明大白地把孟学林的矿给抢了，孟家也窝囊，叫人把矿抢走了还不敢言传，现在提都不敢提了。"

"还不是叫人打怕了。"

"这几天聂靠子在下面挨家跑呢，我看聂靠子想当这个官。"张文德说。

"聂靠子不牢靠，指不上，他哪是王有根的对手，他要行的话现在的主任就不是王有根的了。"李培根说。

"唉，如果这次选举还是王有根的话牲口是放不成了。"巴图说。

"不放牲口你吃啥，也和道勒吉一样当五保户？你想当还当不上呢。"张文德说。

"还是道勒吉活得好人，一个人吃好全家饱。"巴雅尔说。

"呵呵，还有说我好的人哪，那就来我们换换，你的家给我，我把这个五保户让给你。"道勒吉说着摇了摇头，"唉，粮都没有人给送了！"

"如果聂靠子也不行的话再就没有人和王有根争了。"张文德说。

"我们嘎查再没有能人了，现在想找个能给群众办事的人真的太难了。"巴雅尔说。

"唉，谁当干部也好，主要是得给群众办事，首先得出面把我们的草场给要回来，不能总这样让别家不明不白地占了。"巴图说。

"就是，矿如果真的能停掉的话我们也能安生了。"李培根说。

"矿哪能停掉，老书记前年告到旗上的时候停过一回，三两个月就又放开了，我看上头就没有停的意思，一年收多少税哪。"谢老二说。

"矿如果停了，你的商店就没有现在这么红火了，我看最不想让停矿的人就是你。"

"听你说的，"谢老二朝说这话的张文德瞪了一眼说，"嘎查上开商店的又不是我一个人,活人还看和谁活呢,矿也有挖完的时候。"

"哎,干脆乾德你领我们大伙一起走旗上上访去,人多了上头肯定得重视,我就不相信还真的就没有人管我们了,是共产党的领导就得给群众办事!"李培根把纸牌朝地上一扔,看着乾德说。

乾德一边打牌一边听人们的议论,很少插话,听到李培根这么说,笑了:"听起来旗上就这么听我们的话?"

"我们总得有个办法吧,你看看,现在还有谁管我们嘎查的事,天旱得要死,羊都快饿死了,谁过问过?"

"王有根光说和信用社商量贷款,就是不见动向,草场这么旱,现在就得给羊贴料,不然的话,不要说冬天,秋天都挨不过去。"巴雅尔说。

"老书记你得给我们想想办法,咋说也得先弄些钱把草料买下。"张文德说,"这个事情老书记要不管就没人管我们了,我们不能等那些官老爷牲口死完了才给想办法。"

"就是,乾德,你是老干部,你得给大家想想办法,看这个选举的事情咋弄,咋想办法弄些钱来。"李培根说。

"就是就是,"众人也附和着说,"这个事情就得老书记亲自出马。"

"聂靠子说我们嘎查选举就在这两天,我看先把选举的事情办掉了,不管这次选的是谁,选完了我就去镇上,和信用社的赵主任商量。"乾德说。

"啊呀,老书记,你可是我们的救命恩人哪,我先和你握个手,我得提前谢谢你。"巴雅尔夸张地抱住乾德的双手,使劲地摇。

众人大笑,说就是得谢谢老书记。

笑罢,李培根问乾德:"你说这次选举谁当主任最合适。"

乾德犹豫一下,说:"我看阿拉腾巴根这个小伙子不错。"

李培根说:"那行,我们就选阿拉腾巴根。"

"对对,我们就选他。"大伙儿跟着附和。

八

乾德的烟瘾大了,盘腿坐在炕沿上一根接一根地抽,经常是注视着门外的阳光思谋着就走了神,不知不觉中一盒烟就抽完了一半。

"你能不能把你那个干柴棍子掐灭，抽抽抽，一整天的咳嗽你就不难受？娃子回回打电话来都说叫你少抽烟呢。"老婆子不满地叨叨。

乾德瞅一眼老婆子，猛吸了一口，然后把烟头朝炕沿上揉灭了，慢吞吞地说："一辈子也没有个啥爱好，抽个烟他还把老子管着了。"

"不要不识好歹，娃子是为你好，自己啥样的身体你自己不知道。"

"叨叨，就是抽个烟嘛，还能出啥毛病，一天就叨叨。"

"抽抽抽，看抽不死你，白天黑夜地咳嗽好似你不觉气……"

乾德从炕上下来，把烟盒装在衣兜里，不吭声地出了门。

"就煮饭了，你去哪些？"老婆子赶紧问。

"我出去转转。"一边说着，骑上摩托车走了。

乾德骑车去了南边的沙漠里。这些天乾德的思想活泛得很，一直在琢磨怎样应对今年的干旱和这次选举的事，刚才思谋的时候突然想到，说是要推选阿拉腾巴根来当嘎查的主任，谁知道这个小伙子到底是啥态度，别来个剃头的挑子一头热了。说实话，打阿拉腾巴根从部队上回来这几年，没见过几面，乾德只记得小伙子和和气气的面孔，见了面总是先笑着和人打招呼，小伙子的人品和办事能力咋样，乾德心里没底。想到这里，乾德坐不住了，立马就想见到他，所以骑着摩托车直接去了阿拉腾巴根家。

红山子周围是连绵的沙漠，阿拉腾巴根家就在沙漠里。乾德的小摩托在滩上跑的很轻巧，在沙漠里就不那么灵便了，也是乾德年龄大了的缘故，抓不稳车把，摩托车摇头摆尾地就是起不来速，有两回差点摔倒，还不时地熄火，只好叉开双腿左一脚右一脚地在沙地上蹬着保持平衡。十几里地的沙漠路，磕磕绊绊地一个多小时才到。

正赶上中午饭的时候，阿拉腾巴根一家子全都在家，他的父亲马良看到乾德突然来了，有些惊讶，热情地朝炕上让，招呼娃们赶紧给乾德盛饭。乾德也不客气，在炕里顺盘腿坐定了，端起饭碗就吃。

这是一户典型的多子女家庭，老马良女人的肚皮争气，一连串生了十一个儿女，不争气的是老马良，喜欢喝烧酒，只要手里有几个钱，烧酒瓶子不离手，从来不会计划着过日子，所以他家的生活就过得紧巴，过去一直吃救济和国家的困难补助，儿女们也少有成气候的。

放下饭碗乾德接过马良递过来的烟，一边抽烟一边端详着他的家。有几年没有来过马良家了，现在看着的要比印象中好得多，虽然还是从前的老房子，但是屋里收拾得还整洁，从前熏得乌黑的墙面用扫把子刷过了，露出黄土的颜色，炕面收拾得也整齐，羊毛毡上铺着半新的炕单，北墙上挂着成吉思汗的画像，天蓝色的哈达搭在相框上，底下的供桌上供着两盘点心和干果。阿拉腾巴根从外头提来茶壶给乾德和父亲沏上刚烧好的砖茶，一个大姑娘麻利地收拾碗筷。

"娃们都长大了，这个丫头是老几？"乾德端详着姑娘问。

"老九，斯琴，你不记得了？小的时候上学还和你要过钱哪。"马良笑着说。

"嗨呀，长成大姑娘了，你不说谁还认得！"乾德说，"还没有成家吧，那两个小的呢？"

"两个小丫头都在旗上上中学了，斯琴在家帮着阿拉腾巴根。"

"哦，这就对了，我还听说丫头们早就不上学了。"

"本来念了小学就不念了，阿拉腾巴根说啥也叫再上去。"

乾德看着阿拉腾巴根："有出息，这才像个当哥的样子。"

阿拉腾巴根笑了，说："再的兄弟妹子们都大了，就那两个小妹妹还能上学，老书记你看我们家没有一个有文化的。"

"现在的社会就得有文化，没有文化放羊都不是个好手。"

"就是，我就是恰了没有文化的亏了，要不然就不从部队上下来了。"

"哦？"

"我在部队上表现还可以，领导也想让我继续干，可是我没有文化，考不上军校，只能就这么复员了。"阿拉腾巴根遗憾地说。

"没关系，回家来也一样干革命，天下这么大，到哪些也都能养人，关键是不能没有个志气。"

"话是这么说，可是在这个沙窝窝里也干不成个啥事情。"

"谁说的，牧区也能干成大事情。"乾德指着房前停的一辆北京吉普车问马良，"你的车？"

"阿拉腾巴根的，去年秋天买的新车。"马良说。

"嗨哟，小伙子不赖，车也挣下了，啥时候盖新房子呢？我看你就少个媳妇了。"

阿拉腾巴根不好意思地笑了。

"这个家全靠阿拉腾巴根了，如果不是他从部队上回来，怕是我也饿死了。"马良说。

"部队是教育人的地方，我记得那会是因为家里人口太多没办法了才让阿拉腾巴根当的兵，还是从我手上送出去的呢。"乾德说。

说了一阵子闲话，乾德把自己的来意和他们说了，问阿拉腾巴根是啥态度。

"不行不行，阿拉腾巴根不能干这个，他哪能当领导，不行不行。"马良的头摇得像拨浪鼓。

"我看小伙子行，当过兵，在部队上入了党，能在部队上入党可不容易哪，还是个班长，现在又会过日子，是个好材料。"乾德说。

"老书记，真的不行，阿拉腾巴根回来就在羊群上，就会放个羊挖个苁蓉，再啥也没干过，哪能管得了嘎查上的事。"

"我就看好阿拉腾巴根，看看你现在的家，和过去比就是神仙的日子了，不是阿拉腾巴根给置下的？能把自己的家拾掇好就能把嘎查也管好。小伙子，你不能光睁着眼睛听我说话，你得说句话，你是啥态度？"

"他能有啥态度，不行！"马良说。

"你不要说话，让娃子说，这是关系到我们嘎查几百号人的大事，让娃子自己拿主意，看他有没有这个责任心。"乾德制止马良。

"嘎查的事我一窍不通，能行吗？"阿拉腾巴根疑惑地说。

"咋不行，啥事不是人做的，不去做你咋知道自己行不行。你不是说沙窝里啥事情也做不成吗，现在就让你做大事情啦。"

"可我真的不知道嘎查上的事，到嘎查上我做啥呢？"阿拉腾巴根很实在。

"不冲动，不张狂，好样的，年轻人难得好脾性，我就看好你了。"乾德赞许地说，"啥事也总得有个开头，不会做事不要紧，可以学嘛，你看我给你当个参谋咋样？"

"老书记你不要撺掇他，这个事情可难呢，他做不来。"马良摇着头。

"你不要搅，让他自己做主，看看部队上下来的人有没有这个集体观念？"

"那，我试试看？"阿拉腾巴根迟疑地说。

"男子汉大丈夫，行就是行不行就是不行，咋得个试试看！"

"行，只要老书记相信我，我就干！"

"这就对了，"乾德笑着拍拍阿拉腾巴根的肩膀，"这个事我说了不算，你也先不要给人说，等选举过关了才算，我今天就是先给你打个招呼。"

九

这天夜里接了个电话，王有根通知明天早晨去原来的苏木礼堂参加换届选举，乾德感觉有些突然，以往换届选举总是镇上派个人来，抱个红纸箱子挨家挨户去发选票，看着选民们填好了就投进纸箱子里。每次选举看起来特别的慎重，其实就是个过程，监票员常常会给选民指点被选举人中谁谁谁的可能性比较大，上面的意思是谁谁谁应该上，当然了，选票上还有一处空格，选民可以填上自己认可的人的名字。聂靠和乾德原本商量着就在这个空缺选举人上做文章，全都填上阿拉腾巴根的名字，担心有人在选票上做文章，聂靠还做好了全程去监票的准备，现在怎么突然通知开会选举，莫非选举的制度改了？还是有了啥说法？给聂靠打了个电话，聂靠也不明就里，说自己在镇上，也是刚才接了王有根的电话，准备明天一早就到红山子。乾德琢磨着这事儿，一宿没睡着。

早晨起来把羊群赶下前面的山坡，乾德就赶紧回来了，没去屋里喝茶，直接去了旧苏木礼堂。今天红山子可热闹了，分居各处的牧民们陆陆续续地骑摩托车来了，各色摩托车在礼堂前头排了一溜儿，牧民间相互握手打招呼，家长里短说不完的话儿。

九点多的时候，人们终于看见最东头王有根家门口的那辆越野车开动了，朝礼堂开过来。车是镇上的小车，从车上先下来的是王有根、王有枝弟兄两个和嘎查的妇女主任乌兰琪琪格，王有根拉开前车门，迎下一个陌生人。聂靠小声告诉乾德，那是镇上的一个副镇长，姓张，调来镇上还不到半年，是地区派来挂职锻炼的，主持镇上的常务工作。张副镇长脸上带着笑和门口看稀奇似的牧民们打招呼，主动和离得近的握手。

王有根把张副镇长让进礼堂坐下，然后出来招呼："都不要在外头站着了，全都进来开会。"拉长了声调喊，"开会啦——"

乾德和聂靠最后进去，王有根招呼他们坐在前头，乾德注意到王有根刻意把参加会议的人安排了两部分，嘎查的党员们和张副镇长围坐在会议室最前面，其他牧民们坐在后面。乾德看看嘎查的八个党员都来了，只是疑惑，怎么才来了三四十户牧民，还有一大半人没有来。

王有根让大伙儿安静一下，宣布红山子嘎查换届选举开始，然后给大伙儿介绍了张镇长，请张镇长讲话。

张副镇长站起来笑着做了自我介绍："首先更正一下，我是咱们镇上的副镇长，不是王书记说的镇长，我姓张，叫张文德，今天是第一次来红山子嘎查，和同志们见个面，感谢大家的欢迎。"

张副镇长的话使得会场上气氛马上轻松了，人们报以热烈的掌声。

张副镇长继续说："我今天来咱们红山子嘎查有两个任务，一个就是和大家见个面，互相认识一下，另外一个任务是受镇党委和镇政府的委托，来监督咱们嘎查的这次选举工作，配合大家选出理想的嘎查带头人。现在我来给大家讲一下这次选举的要求和注意事项。这次选举有两个内容，一个是选出下一届嘎查党支部书记和支部委员，一个是选出嘎查委员会主任和委员，今天我们先进行第一项选举，也就是嘎查党支部书记和支部委员的选举，本着公正公开民主选举的原则，这次的选举为开放选举，由选民以无记名投票的方式在本嘎查的党员中填上你们认可的代表，每人只有一张选票，每张选票上只能选一人，然后根据在座的党员得票的多少，选出得票最多的两位参加复选，复选的过程非党员选民不参加投票，但是你们可以现场监督，由本嘎查党支部的所有党员以无记名投票的方式，选得票最多而且得票必须要超过百分之五十的那个人为下一届的嘎查支部书记，然后再选出两位支部委员。大家听清楚了吗？"

张副镇长的话音刚落，会场上的秩序乱了，人们炸了锅一样议论开来。乾德胳膊肘捣一下聂靠，下巴朝后面的人群指指，聂靠附在乾德耳朵上低声说:"全是王家叫来的人,我得问问。"

乾德摇摇头:"听他们说。"

张副镇长大声说:"请大家安静一下,刚才我讲的大家都听明白了吗?"

"听明白了。"有人回答。

"那好,现在请王书记讲一下你们嘎查的党员和选民的情况。"

王有根站了起来。

"刚才张镇长把这次选举的规程都给大家详细地说了,现在我根据这次选举的制度把我们红山子嘎查的党员和选民的情况说一下。我们嘎查一共有八名党员,其中有三个支部委员,我是支部书记,聂靠和王有枝是支部委员,老党员有两位,就是老书记张乾德和李培根同志,女同志就一位,就是嘎查的妇女主任乌兰琪琪格同志,还有两位是谢维义和在部队上入党的阿拉腾巴根同志。根据上面的文件,参加这次支部换届选举的居民不得少于本嘎查总户数的三分之一,我们嘎查共有一百一十八户四百二十五口人,除了我们八个党员代表的八个家庭,还有一百一十户。大家都知道,我们嘎查是个纯牧业嘎查,通信和交通都不方便,马上把各个家户都召集起来也不容易,而且有些人家因为各种原因来不了,所以昨天我让几个小组的组长们分别通知了一些能来的家户参加选举投票,我刚才数了一下,一共来了三十八户,符合上面必须达到三分之一的户数的要求。现在我把三十八张选票给大家发下去,大家填好了就投到张镇长跟前的这个投票箱里来,我们请张镇长给我们监票。大家可要看清楚了,选票上有我们八个党员的名字,你们只要在认可的人名字下打个对勾就行了,一张选票上只能划一个,不选的算弃权,多选的算作废。"

王有根说着,从张副镇长手里接过一摞粉红的选票就去下发,却被聂靠叫住了。

"王书记你等等,你等等。"

王有根转过身来问:"咋了?"

"我咋就觉得这个事情不对劲!"

"咋不对劲了,"王有根拉下了脸说,"张镇长也在这里呢,刚才张镇长给大家说得明明白白的,有啥不对劲的?"

"就是因为张镇长也来了，你才得给张镇长说清楚，这些群众是你叫来的还是群众听到选举的事情自己来的？"

"是我通知各个生产小组的组长，组长们叫来的，这有啥事情？"

"我咋觉得你得给张镇长介绍一下你和这些群众的关系。"

"聂靠你是啥意思，成心扰乱选举秩序是不是？有啥事情选举完了再说，你看张镇长还在这里等着呢。"

"等选举完了再说就不管用了。"聂靠说。

"聂靠你这是故意捣乱。"王有枝说。

"就是，有啥事不能先放一放，等选举完了再说。"坐在张副镇长身边的乌兰琪琪格说罢，媚笑着跟张副镇长说，"张镇长，时间不早了，我们开始吧。"

张副镇长不清楚是怎么回事，皱了下眉头说："人家有话就让人家把话说完。"

"张镇长，你刚才讲话也说了，这次选举要求公正公开，民主选举，既然是这样，就该向广大选民积极宣传，让大家都来履行这个义务。"

"这个没有错啊，我还在镇上专门看了你们嘎查的人口状况，是一百一十八户人家，现在到了三十八户，再加上你们这些党员，符合上面要求的三分之一的家庭数啊。"

"张镇长，问题是你得看今天来的这些群众和王书记是什么关系，张镇长我和你明说了吧，在座的群众都是昨天晚上王书记才打电话通知的，大多数都是王书记的亲戚，有他的兄弟姊妹、挑担、干亲家，七姑八姨的全有，三分之二都是他的亲戚，绝大多数群众还不知道选举这件事。张镇长，你说这样公平吗？"

"聂靠你胡说啥呢，"王有根忽地站起来，指着聂靠说，"你咋说话一点都不靠谱，在农村牧区，家户之间哪还没有个扯亲带故的，想找个不带亲戚的还不太容易，扯下来你和我还是亲戚呢。"

"问题是有些亲戚压根就不来往，有些人明明知道是亲戚还要欺负，孟学林说下来还是你姨夫呢，他的矿不也……"

"聂靠，你有完没完……"王有根指着聂靠要骂，张副镇长一声断喝：

149

"行了！"然后放缓了声音，"这么多的群众看着呢，注意点影响。"

乾德看着他们几个斗嘴，不动声色地观察着张副镇长的表情。

王有根和聂靠都坐下来，互相瞪着眼，谁也不再说话。

"呵呵，我算是听出一点门道来了，现在是有人怀疑这次选举的公正性，有人对这次选举的方式不大认可，对吧？"张副镇长笑着说。乾德注意到张副镇长的眼睛注视着聂靠。

"张镇长，我也不是这个意思……"聂靠嚅嗫着说。

"那你是啥意思？"

"我，我的意思就是想提醒一下领导们，也得看看选民们的身份，不能光就叫上一帮子自己的亲戚朋友来参加这个选举，这样选出来的结果真的不公平。"

"那么谁又能证明自己和哪一个人没有亲属关系呢？"张副镇长直视着聂靠说，"据我所知，在我们这样的相对封闭的牧区嘎查上，谁也不可能做到老死不相往来，相反的，家家户户之间的来往比较密切，通婚易嫁很普遍，我敢说，在座的各位，和整个嘎查百分之八十的人都有着丝丝染染的亲戚关系，是不是就因为整个嘎查都互为亲属关系就不进行这个选举了？同志们，老祖宗有句话，说举贤不避亲，意思是说，只要是有贤德的人不要怕人家说他是你的亲人，要一如既往地去支持他。现在是什么年代了，我们就连效仿老祖宗的勇气都没有了吗？这是一个共产党员的胸襟吗？"

"张镇长说得好。"王有根带头鼓起掌来，底下的群众也都跟着鼓掌。

乾德也鼓了掌，这个张副镇长的口才好，不简单，尽管他的话似乎偏向了王有根，但是乾德鼓掌是发自内心的，这个张副镇长说话有水平。

乾德思谋着该自己说话了，抬头才发现张副镇长也在注视着他，似乎洞察了他的心思。

"老同志也说说你们的态度，你们也和这位同志一样的看法？"

乾德心说这个副镇长不简单，站了起来。

"我也说两句吧，在我看来，没有谁对今天的这种选举方式不认可，相反的，我们这些基层党员也好，下面的广大群众也好，都非常赞赏这种公正公开的民主选举。我是个老党员了,参加了很多次党内党外的选举,像今天这样的民主选举还是在七八十年代之前才有,之后的选举其实就是走个过场,谁上谁下领导说了才算。其实选谁来当这个支部书记并不重要,重要的是这个人能不能给大家办实事,能不能不要光想着自家的小日子,也为这个集体出些力,带领大家一起过上个安生的好日子。既然是公开公正的民主选举,就应该做到真正的公平公正,我觉得今天来的代表们太少了,只占我们嘎查三分之一的家户,远代表不了广大群众的意愿。刚才王书记也说了,上头的文件上要求不得少于三分之一的家庭参加选举,也就是说,参加选举的家庭可以是三分之一,也可以是三分之二,也可以是百分之百,既然现在意见有了分歧,张镇长现在也在,我想向领导提个建议,依法选举是每个公民的权利和义务,能不能通知一下今天没有来的群众,干脆就来个公选,让他们也尽一下自己的权利和义务,选出大多数人认可的真正能给群众办事的新一届支部领导?"

"讲得好。"张副镇长带头鼓掌。

张副镇长站起来和乾德握了握手说:"到底是老同志,看得高,想得远,是共产党员就该为民请命,是共产党的干部就该时刻想着群众,想群众之苦,念群众之忧,一切为了人民的利益。老人家,不简单哪,你是个真正的共产党员!"

大家又一次报以热烈的掌声。

张副镇长转身对王有根说:"王书记,你的意见呢?"

王有根皱着眉头说:"张镇长,你也知道我们下面的情况,想把人都叫齐了特别困难,昨天晚上我基本上挨家给打过电话了,今年的天气旱,全在羊群上忙抗旱呢,能来的今天基本上都来了。"

"哦,这也是个问题。"张副镇长想了一下对着乾德说,"老同志说说,还有啥好办法。"

乾德看到王有根黑着脸怒视着自己,转过脸对张副镇长说:"也没啥难的,要说难的就是得麻烦领导再来一趟,今年的天气太旱了,家家户户都在求告老天爷下雨呢,靠天吃饭,在家也没啥事情,只要有个得力人手,两天的时间挨户请也把群众请到了。"

"哦,那你看谁去办这个事情好?"

"谁都可以办,只要心想着大家的事就行。"

"我去,我挨门挨户去通知,保准两天内把所有的家户都通知到。"聂靠抢着说。

"那好,那我现在决定,红山子嘎查的党支部选举推迟几天,今天是星期二,就定在下个星期二,早上九点,我们准时召开选举大会。"

十

乾德进屋盘腿坐在炕上,先点了一支烟,老婆子给倒了一碗浓茶:"这么快就开完会啦,这回选的是谁?"

"谁也没选上,王有根想做鬼,叫来的全是他的亲戚们,叫聂靠子给搅掉了。"

乾德有些兴奋,刚才的会是和王有根第一次交手,算是赢了一场,这也是因为这回来的是张副镇长,如果来的是魏书记,或者是其他人,想赢这一场可不容易。这个副镇长,不简单,定好的选举能当场取消了,不是一般干部能做得来的。

乾德正给老婆子说道会上的事,忽然听得屋外有人说话,老婆子出屋去看,却是两个陌生人。

"这是张乾德同志的家吗?"

乾德在炕上听得这声音耳熟,赶紧下炕出来看:"啊呀,张镇长啊,你咋就过来了,进屋进屋,屋里坐。"

张副镇长在炕上坐定,接过乾德端过来的茶碗放在炕桌上,说:"原本以为来咱们嘎查搞这个选举一下子就搞完了,看来不太顺利,我看群众对这个选举意见还挺大,所以就来住的跟前的这些群众家里走走,听听群众的意见,交流一下,呵呵,老同志你不要紧张,你看,怕你们说话不方便,你们嘎查上的干部谁都没让跟,这不,信马由缰地就走到你这个老书记家里来了。"

"啊呀,家里很少来个领导,你看看屋里这个乱的。"乾德一边和来人说着歉意,一边喊老婆子赶紧做饭。

张副镇长赶紧拦住:"千万不要麻烦,我就是随便来转转门,和牧民们说说心里话,饭是说啥也不吃了。"

"张镇长,你看这会会就到饭茬子上了,哪有来了不吃饭的,到哪里也说不过去。"乾德说。

张副镇长略微迟疑一下,然后爽朗地笑了:"那行,走到哪里总得吃饭,就在你家里吃饭。"

"这就对了。"乾德笑着说,让老婆子赶紧做饭。

张副镇长朝着乾德老婆子说:"家里有面吧,今天我想吃碗面条子,就麻烦你老人家给做顿面条子吧。"

"那哪行啊,有春天的干羊肉呢,咋也得吃顿肉。"乾德认真地说。

"老人家你就给我做面条子,今天就想吃这个。"张副镇长说,"不瞒你老人家说,我也是在牧区长大的,我的爹妈和你们一般年纪,现在还在牧区放牲口,刚才一进你家就有回到家的感觉,特别亲切,就想吃一碗我妈做的面条子。"

"真的啊?"乾德马上感觉和这位副镇长多了一分亲近,"行,那就吃面条子。"

"老同志……哦,不对,我应该叫你叔才对,你老人家和我的爹妈都差不多年纪,也都是放牲口的。在上面工作习惯了,很少和群众接触,你看我这个顿不顿就犯官僚主义,叔你不要介意啊。"

张副镇长这一个"叔"把乾德激动的,除了自家子侄还没有人这么称呼他的,嘎查上的大人娃娃不论男女老少基本上都喊他"老书记",都没了辈分的称呼了,现在这个年轻的领导居然喊他叔,乾德心里一阵潮热,不由自主地拉住张副镇长的手,泪花儿在眼里闪烁。

张副镇长扶乾德坐在炕沿上:"叔,炕上坐,我们子父两个今天好好说说话。"

乾德下炕朝地下的箱柜里翻出一盒讲究一些的纸烟,拆开了递给张副镇长。这烟是儿子回来孝敬他的,平日里舍不得抽。张副镇长却不接烟,拿过炕桌地下的火柴坐着弓起身子,说:"叔,我不抽烟,来我给你点上,我这个人从小学了一身的坏毛病,打架弄棒的啥坏事都干过了,就是没有

153

学会抽烟。"

"哦，好，好。"乾德深深地吸了一口。

"叔，你抽烟，我喝茶，我们慢慢喧荒，小时候喝惯砖茶了，这么酽的茶只有在我们牧区才能喝上。"

或许张副镇长是真的找到了回家的感觉，他的言谈没有做作，是自然而然习惯的表露，这种亲民的态度让乾德打消了刚才的顾虑，像是面对着自家的子侄，话匣子就这么打开了，也许是年纪大了的缘故，这话匣子打开了就收不住了。乾德说了红山子嘎查的变迁，说了矿山占用牧民草场牧民却得不到赔偿的事，说了现任嘎查干部的不作为，说了矿山上争抢伤人的混乱，说了自己离奇的车祸，说了对上面有关政策理解的困惑，也说了今年草场干旱牧民们的焦虑……在乾德眼里，对面坐着的不是什么从上面下来的领导，而是自己久别的子侄，没有一丝的顾虑。乾德说得自然，张副镇长听得认真，时而皱紧了眉头，时而不住地点头，中间不时地插话问询几句。

一盒烟抽掉了半包，一壶水也喝掉了半壶，司机小刘端来外面凉房的饭锅，老婆子招呼吃饭了，爷儿俩的话还没说完。

张副镇长说："先吃饭，吃完饭我们子父两个慢慢说。"

乾德老婆子面条做得好在嘎查上是出了名的，今天更是把几十年的刀工发挥到了极致，根根面条儿像是机器里加工出来的，特别匀称。张副镇长一气吃了两大碗，不住气地说："香，香，和我妈做的一个味道。"夸得老婆子眉眼儿都是笑。

吃罢了饭，两个人继续聊。看他们说话的那个热腾劲儿，小刘和乾德老婆子都感觉纳闷，这哪里是领导和群众谈心，俨然就是一对无话不说的子父。

"叔，那你对这次选举怎么看呢，你看是重新换人当干部好，还是继续用原来这套班子？我想听听你的意思。"

"当官不为民办事还要这个官干啥呢，如果是上面任命的，老百姓谁也没有办法，如果真的是让老百姓自己来选这个官，那他肯定得下台。"乾德说着就问了一句，"是不是上面想让他继续留任？"

张副镇长笑了："轿子是群众抬的，抬轿子的跑了，坐轿子的还能不下来？"

乾德也笑了，点点头："我知道，道理是这个道理，可是别家和上头的领导关系好得很，可不容易哪。"

"叔，你就做你该做的事情就行了。"

"我知道，这个我知道。"乾德笑着说。

"叔，你给我说说，现在我们嘎查最当紧的是啥事情？"

"抗旱！今年老天爷没有下过一场雨，滩里看不着一点绿颜色，黄草也叫开春的老风刮得差不多了，牲口没吃的，就差个死了。前两天我去了南边的沙窝里，那里已经开始死羊了。"乾德说着，又点了一支烟。

"这个事情你们嘎查两委是咋说的？"

"能咋说？王有根说和信用社商量过了，信用社不给放款，说是等上面批下来再说。谁知道啥时候才能批下来，牲口等不及了，再不筹谋就迟了。"乾德注视着门外的日光忧心地说。

"你觉得信用社给放款吗？"

"我看够呛，信用社每年放款到十月底了，今年年成不好，春上好多人家就没有收上羊绒，去年贷的款还没有给还呢，这些人家信用社肯定不给再贷款了。"

"你家也是这个情况？"

乾德摇摇头："我那百十来只羊，这个事情不算个啥，我的儿女们都起身了，不指着这几个羊过日子，我就是给他们喂个肉食羊，城里头住不惯，赶赶自己的心慌。我盘算着等选举完了再去回镇上，信用社的赵主任是从我们嘎查出去的，是我看着长大的，我再去求告，总不能看着家户们饿肚子。"

张副镇长从炕上下来："叔，这个嘎查上有你这个心里装着大家的老党员真是他们的幸运，我替群众谢谢你。"

说着，和乾德紧紧地握手："我得走了，一路上我再去靠路边上的人家看看。"

乾德两口子目送着张副镇长的车子消失在视野中。

十一

人上了岁数，觉就少了，这一晚，乾德更是没有睡好，和老婆子说了大半夜的话，他们说的是那个叫张文德的副镇长，多少年了，再没见过这么亲民的干部。

"你看看，人家就连一点点架子都没有，就好像来到自个家一样。"

"就是，听人把你一口一个叔叫的亲热的，听得人心里热乎乎的，知道的说人家是上头来的领导来家里调查，不知道还以为是哪个子侄来转门子呢。"

"我当嘎查的干部也有二三十年了，大小干部见得多了，过去再大的干部下乡和老百姓都是称兄道弟的，一个锅里舀饭，一个炕上通铺，没有一点架子，现在这号干部是看不着了，世道变了，但凡是从上头来的，不管是不是个官，哪给你个好脸色，说话都好似鼻子说呢。难得啊！"

"这个张镇长就没有架子，看人就和到自己家里一样，就和娃子回家了一样，看着都亲呢。"

"虽然说副镇长是个科级干部，国家干部里头最小的级别，可这个娃娃年纪轻轻的知道尊敬人，能听得进去人说话，不摆架子，这一点就不容易，你看看再的干部们，拳头大个人，一个个张狂的，人说个事情脸拉得比驴脸还长。这个小伙子，不容易。"

"要我说就得这种人当官，戏文上唱得好，当官不为民办事，不如回家卖红薯，这种人当官老百姓才安心。"

"那可不一定，公家的事情，谁也说不透，好人当官难。"

"那当大官的还长眼睛不，这么好的人不用还用谁，养个奸臣啊？"

"你知道个啥，这里头的道道多呢，我看啊，这个张镇长和那个魏书记就不对路，虽然说我们都喜欢这个小伙子的态度，可是以后的事情谁知道，他才是个刚来挂职的副镇长，魏书记可是这里的土皇帝，在我们这里少说也待了八九年了，听说已经给调了副处级干部，是镇上的一把手，树大根深啊，我就怕小伙子和魏书记较劲，那样的话，小伙子就毁了。"

"看你说的，他魏书记官再大，还能把张镇长咋了，还毁了呢，听起魏书记也和王有根一样是人，共产党的干部，还想干啥呢，还想杀人啊？"

"王有根不是共产党的人？这些事情你妇道人家哪能知道，官大一级压死人，只要人家把在那个位子上，不用你就是不用你，叫你没有升职的机会，这还不叫毁了？官场上的事，一步踏错了就赶不上了，这叫毁了政治生命。"

"好人没好命。"

"我思谋着，下礼拜选举的时候肯定是魏书记来，王有根的车下午也去镇上了，肯定是把今天的事情给魏书记打小报告去了，只怕张镇长回去还要挨批评呢。"

"张镇长总比王有根的官大多了，魏书记能光听他王有根胡嘟嘟。"

"你这个人耳朵聋了还是眼睛瞎了，你不知道王有根和魏书记关系好？魏书记来红山子几十趟都有了，哪回不是去的王有根家，谁用人还不用自个的人？"

"我就思谋着魏书记是叫王有根给骗了。"

"听听，魏书记又不是个蜜牙子娃娃。睡觉吧。"

老两口说了大半夜的话，早上起的就迟了些，日头上三竿了。

乾德顾不上喝早茶，急急忙忙就去羊圈放羊。

"你看你慌啥呢，羊迟个一半个时辰再放还不行啦？羊总是个牲口，人总比牲口重要。"

老婆子跟着出来叨叨。

"我先去把羊赶下去。"

乾德说着，骑上小摩托就去赶羊了。

乾德已经习惯了，把羊群赶过那个山坡就停了下来，习惯地坐在山坡上抽烟。早晨的太阳还是那么火辣，晒得人脖颈子疼。

乾德静静地坐在山坡上，注视着对面那座红色的山梁抽烟，隐隐地又是几声炮响，震动波从地下传过来，乾德明显地感觉到了。人说心静自然凉，可乾德没法让自己真的静下心来，相反，心里头像是燃烧着一把火，和东边的太阳一样的炙热。干旱，选举，家户的利益，这几件事怎么都放不下来，明明白白的事情，就是没有个解决的办法。正式的选举还没有开始，乾德已经想到了最后的结果，王有根不是那么轻易就能斗倒的，说是民主，啥时候有过真正的民主，王有根整天和领导们混在一起，谁还不替他说个话，就算现在的选举改革了，公开了，到时候魏书记肯定会干预的。听张副镇长的意思是让坚持自己的主见，他倒是替老百姓想着些事，也想给群众办件实事，但是他太嫩了，惹不过树大根深的魏书记，如果为着自己的前途想的话，他就不会和魏书记对着干。可是，预料到最后的结果又怎样呢，胳膊扭不过大腿，是放弃，还是坚持？放弃了，嘎查还是这个老样子，群众的事情还是没有人过问，谁照过谁的日子。可是，咋就这么不甘心哪，还对得起自己的良心吗，咋说自己也是个四十多年党龄的老共产党了，几十年的信仰就这么轻易地倒了？坚持了，又能怎样，到时候领导一句话，想让谁上就是谁，群众的意见就是个过程，只怕到时候还得挨王家的白眼。白眼好挨，这个气就不好受了，凭啥他当干部的整天喝酒吃肉数钱，老百姓就只能盼着老天爷下场雨救命？凭啥他领导就会用人唯亲，就看不着老百姓的利益损失？不行，我还得争，就是下不来雨，也得听个雷声。

想明白了，似乎天气也不那么热了。乾德扭头斜眼看太阳，炙热的阳光似乎柔和了许多，其实每天这么晒晒太阳真的是个享受呢。

乾德起身准备骑摩托下去，忽然看见一辆吉普车朝这边开了过来，看颜色就知道是那年撞了他的那个李五一的。乾德看见李五一下车朝自己走来，就又在地上坐下了。

自从那天聂靠和他分析了那次车祸的几个巧合，乾德每想起来就有些后怕，虽嘴上说那只是一次意外事故，心里头却认定那是王有根一伙人的报复，只是事情已经过去了，他不想再提，弄得风风雨雨的，对谁也没啥好处。现在看着李五一笑模嘻嘻地朝他走来，不由有些紧张，脸颊上的肌肉不由自主地跳了几下。李五一这个人，乾德并不是特别熟悉，户口不在红山子，听说他以前在旗上混日子，是街上的小混混，犯过不少事儿，后来他姐夫王有根开了铁矿，他就跟着来了，专门欺负那些势力弱些的小矿主，巧取豪夺地就把人家的矿占了，说白了，就是给王有根看家护院的一个狗腿子。这家伙不是个正经人，嘻嘻哈哈没高没低的，啥时候都没有个正形。乾德强迫自己镇定一些，思谋着这个人看样子是专门来找他的，不知道又有啥事情。

"哈哟，老书记你一个人在这里当神仙哪，这么好的地方来的时候咋不叫我？"说着搂着乾德脖子坐下，使劲地摇摇。

"哎哎哎，你不要摇，那年叫你把腰撞折了现在还没有好利索呢，你再不要给我摇散了。"乾德赶忙说。

"真的啊？"李五一故意又使劲摇了几下，"我看没啥事嘛。"

"有啥事就麻烦了。"

"不麻烦，下次我把你老人家请到炮眼上。"李五一笑嘻嘻地说。

乾德突然感觉他的笑容特别邪恶，不禁出了一身冷汗，浑身起了鸡皮疙瘩。

李五一没事人似的，把胳膊从乾德脖子上拿下，依旧笑嘻嘻地说："听说你和聂靠子联合起来想和我姐夫斗，真有这回事？"

李五一注视着乾德。乾德看他一眼把目光投向了别处。

乾德不敢直视他，感觉特别的阴森，那个笑容比鬼脸还难看。

"我姐夫还计划着国庆节的时候领嘎查的党员和村干部们去海南岛玩玩呢，来回都坐飞机，不用你们掏一分钱，你看看这个事情好的不能能了。"

乾德没有言传，心说好啊，贿赂的条件都开出来了。

"我就过来看看，老书记你是坐飞机走呢，还是朝那些……"李五一盯着乾德停了一下，手指着前面的矿山，"……飞上去？"

乾德愤怒了，猛地扭过头来怒视着李五一："你说啥？"

李五一再一次搂着乾德使劲地摇了几下："哈哈，我还说老书记是个没有脾气的人，看样子火气还大得很哪，呵呵，自己想想吧。"

说完，在乾德背上使劲拍了两下，起来走了。

十二

星期二早上，红山子嘎查少有地热闹，牧民从四面八方汇聚而来，骑摩托车的，开吉普车的，还有骑毛驴儿的，本来要求每家只来一个代表就可以了，好多家庭却是拖家带口来的，热热闹闹地相互打着招呼，谢老二的小商店里忙得顾不过来，卖的最好的是烟和啤酒以及火腿肠之类的小副食，虽然日子过得紧巴，可穷也有个穷乐呵，怎么着也得先解了肚子里的馋虫。好长时间没有这么红火过了，也有些日子没有和邻居们见过面了，乾德不停地和人握手打招呼，每个人脸上都绽放着笑容，似乎持久的干旱一点都没有影响到见面的快乐。

镇上领导的车还没来，人们三三两两地聚在一起喧荒，说得最多的话题当然就是今天的选举和今年的干旱了，每个人都在着急发愁，说话这当儿却都是乐呵呵的。最活跃的要数聂靠子了，这堆人里说几句话，马上就到那一群人中间去了，无非就是再三地安顿几句：记住了啊，我们说好的。乾德看着觉得好笑，还没见过聂靠子这么积极过。

十点钟过了，听到有人嚷嚷着来了来了，大伙顺着公路朝前看，可不是吗，远远地扬起一道灰尘，正是镇上那辆崭新的越野车。

乾德猜得没错，这回魏书记亲自来了，张副镇长也一道来了，随后还有一辆车，和王有根一起下来的几个人乾德一个也不认识，聂靠却迎上去和人家一一握手。

把领导们让进礼堂，聂靠悄悄告诉乾德，那些人都是地矿局的。两个人却猜不透嘎查搞换届选举，地矿局的来掺和什么。

待领导们坐定，王有根让几个村委和支部委员招呼牧民们进来就座，不管来了多少人，每家每户只能派一个代表。统计之后才知道，全嘎查一百一十八户人家，家家都来了代表，真正的大团圆。

王有根让人们安静下来，给大家介绍了与会的领导，特别介绍了地矿局的乌书记，说他今年特意申请上面批准地矿局作为红山子嘎查的帮扶单位，乌书记这次是拿着解决嘎查一些问题的好项目来的。介绍完毕请魏书记讲话。

魏书记只是在那里欠了下身子，说："话我就不讲了，这次换届选举的具体事项待会让张副镇长给大家讲吧，你们按照正常的秩序进行就行了。"

王有根只好再请张副镇长讲话，张副镇长站起来，首先讲了这次选举的制度改革和公平公开民主选举的真正意义，然后讲了选举制度、步骤和注意事项，都是上次讲过的。接着说：

"刚才我注意到了今天来的代表人数，咱们嘎查一共有一百一十八户人家，今天家家都来了代表，我记得前几天还有人说现在召集群众开个会不容易呢，说这话的人就是脱离群众的一个表现，今天大家都来了，这就说明了一个事实，广大人民群众特别重视这次换届选举，把这件事当做集体的一件大事来做，说明大家都很在意自己的这个权利，都来履行这个权利和义务，在这里我先预祝大家选出一个能够真正为民着想、急民所需的新的领导班子来带领大家走上小康之路。"

乾德就坐在张副镇长和魏书记对面。乾德注意到张副镇长讲这话的时候魏书记微微斜眼看了他一眼，似乎鼻子里哼了一声，脸上并无表情。他们旁边坐着的王有根的脸却"腾"的红了。谁都听得出来，张副镇长的批评是针对他的。

虽然挨了批评，王有根还得主持工作，站起来请地矿局的乌书记讲话，并请大家欢迎。乌书记也没有站起来，两手做个下压的动作，请大家安静，他就那么坐着讲话。

"很高兴能受邀参加红山子嘎查的换届选举，我不是咱们嘎查的选民，但是我愿意监督大家行使自己的权利，选出大家认可的新一届基层领导班子。红山子嘎查我来过几次，每次都只是去矿山上检查工作，很少和大家沟通，在这里先告个罪。在过去的几年里，红山子嘎查在王书记的治理下搞得井井有条，引来资金搞矿产开发，引导牧民们安心生产，做出了相当的贡献，这一点是一定要肯定的。当然了，人无完人，每个人都有思想短路的时候，也有可能有些事王书记做得不够好不太到位，希望大家都能理解。我这次是接受王书记的邀请来的，王书记的面子好大哟，在旗上指明要我们地矿局做红山子嘎查的帮扶单位，我们这次来也不能不做个表示，来之前我们党委会做了个决议，决定先拿出十万块钱来给咱们嘎查盖一套村委办公室，然后再力所能及地帮嘎查做一些实事。"

"大家欢迎。"王有根带头鼓起掌来。

乾德也跟着鼓掌，心里却说：说客也拉来了，有钱用不到地方上。

接着王有根分别介绍了嘎查选举人和被选举人的情况，不过是把一周前的话重复了一遍。让乾德他们感到奇怪的是，王有根说嘎查账上现在已经有了八万多块钱的存款，计划着给牧民们办些实事。乾德和聂靠对望一眼，心照不宣，前些日子聂靠还去经管站问询过，嘎查的账面是红的，现在怎么突然多出了八万多块钱？定然是王有根去补了这个窟窿了，以证明他任期内的政绩。

王有根说完后请示魏书记："可以开始了吧？"

魏书记说："开始吧。"

于是乌书记的几个人帮着给发选票。

聂靠站起来说："魏书记，能不能先等一下，我还有个事情得问问王书记？"

王有根赶紧接过来说："现在已经开始选举了，有啥事情民主生活会上再说。"

聂靠看着魏书记，魏书记瞅瞅他说："先搞选举，选举完了再开个民主生活会。"

统计选票的结果让人出乎意料，得票最多的居然是乾德，一百一十张选票，乾德独得六十二票，王有根第二，却只有五个正字，二十五票，阿拉腾巴根第三，二十一票，聂靠居然一票未得。

选出了这么个结果，出乎所有人的意料，以至于会场上鸦雀无声，前台领导们的目光都注视着乾德，下面的群众则屏声静听领导最后的宣布。

魏书记注视着乾德，终于开口了："张缺德……哦，张乾德同志，你今年多大岁数了？"

底下的群众或许没有听清，但是台上的党员们全都听到了，魏书记居然叫了乾德从来没人敢当面说的外号。乾德就坐在魏书记的对面，自然听得清清楚楚，抬起头直视着魏书记："我今年虚活了六十五岁。"

魏书记当然听出了乾德话里的不满情绪，却不露声色，说："六十五岁了，省委书记六十五岁也该退休了，老同志了，你自己表个态吧。"

乾德站了起来，说："同志们，刚才魏书记叫我张缺德，张缺德就张缺德，名字就是个称呼，叫啥都行，可我的良心还在，我自认为我还没有做过什么缺德的事情。魏书记说得对呢，省委的干部到了六十五岁都得退休了，这是我们国家的规定，谁都不能破例，今天看着大家给了我这么多的投票，我谢谢大家，我诚心诚意地谢谢大家。我虽然在嘎查上干了差不多有三十年，可是没有给乡亲们办成个啥事情，今天看着这么多的人支持我，我知足了，我谢谢大家……"乾德说得动了情，眼泪自然地流了下来，抬起衣袖擦擦眼角，"现在我宣布，退出这次选举，这是遵守党的规定。同志们，我们选干部，就要选出一个真正能给大家办事的人来担任这个职务，能真正地想到老百姓的疾苦，能够和大家同甘共苦的人来领导大家，我们现在首要的任务是先有一个好的带头人，带领大家战胜眼前干旱给我们带来的困难，把生产和生活搞上去，我们现在需要的不是账面上的一个钱数字，也不是一个好看的办公室，我们现在迫切需要的是草和料，和一个真正的共产党员带头人应该给我们的信心，团结起来，渡过难关。天不养人，人得自己想办法过日子，争取再不要让家户们的羊群上死羊了。我在这里有个要求，不管谁当了我们嘎查的这个领导，我希望他能给大家出个头，出面把我们叫矿山占用的草场给要回来，老天爷就给我们留下这一处草场，放牲口的吃饭就指着这个草场，破坏了，丢掉了再就回不来了……我也希望同志们，不管选了谁当我们的干部，这次可是我们自己选出来的，不是上面委派的，我们得实实在在地支持人家的工作，不要为些鸡毛蒜皮的小利益和集体讲条件，闹意见，我在这里谢谢大家。"

乾德说着，搬开身后的椅子出来，朝着底下的一百多名群众深深地鞠了一躬。会场上掌声一片，待乾德直起身时，人们看见两行清泪从他眼里滚落下来，滴在衣襟上。

十三

乾德的话感染了大家，一些妇女代表也跟着流泪了，人们不再交头接耳，静悄悄地等着台上领导的说法。

张副镇长朝前探探身子隔着王有根低声问魏书记："继续吧？"

"张……乾德的得票作废，就保留第二名和第三名吧，直接让党员朝他们两个人里选。"魏书记说。

"这样不太妥当吧，最终有可能是从这两个人里头选，可是投张乾德票的这些选民的票到底投给谁还不一定，万一再有个竞争的人呢，我看这个过程还得走完。"张副镇长说。

"也是，那就再来一次第二轮投票吧，选票还够不够？"魏书记问。

"够了，来的时候就想到这个问题了，特意让小刘多准备了。"张副镇长肯定地说。

乾德说着,搬开身后的椅子出来,朝着底下的一百多群众深深地鞠了一躬,会场上掌声一片,待乾德直起身时,人们看见两行清泪从他眼里滚落下来,滴在衣襟上。

"那就分发下去。"魏书记只好无奈地说。

第二轮选举的结果,阿拉腾巴根得票最高,五十三票,王有根第二,三十八票,聂靠十四票。张副镇长宣布,红山子嘎查书记候选人在阿拉腾巴根和王有根之间产生,下一轮投票在红山子支部的八个人间进行,其他群众不参加投票,列席监票。

会场上异常安静,人们注视着八个党员的选票被小刘挨个收回,等待着唱票结果。

当小刘唱完最后一票时,又出乎人们的意料,底下的群众似炸了锅般地议论起来。会场的黑板上写得分明,阿拉腾巴根和王有根谁也没有划完一个"正"字,每人四票,不多不少。人们纷纷议论该谁来当这个书记。议论归议论,群众投票已经结束,最后的结果只有领导说了才算,议论一阵,自然地声调就小了下来,大伙注视着台上。

趁着人们吵吵的当儿,聂靠趴在桌子上,在桌子底下踢了旁边的阿拉腾巴根一脚,低声问:"你选了谁?"

阿拉腾巴根抬一下眉毛,看一眼王有根。

"笨蛋!"聂靠骂道,"我猜就是你。"

"我总不能选我自己吧。"阿拉腾巴根也趴在桌子上说。

"就选你。"聂靠说着瞪他一眼,直起了身体。

选出了这么个结果,也出乎领导们的意料。魏书记和张副镇长及乌书记交换着意见。

"我看就王有根吧,老党员,已经干了一届了,有经验。"魏书记说。

"也对,老到些的好办事,上上下下都熟门熟路的。"乌书记也说。

"我看不妥,群众怕是有意见,本来是民主选举,现在两个人一样的票数,我们再来个决定,就怕有人说话呢。"张副镇长说。

"就这么定了,你来宣布一下,阿拉腾巴根直接担任支部委员,再选一个支部委员就行了。"魏书记说。

"这个……"张副镇长迟疑地说,"我看不好吧,魏书记,还是你来宣布吧。"

领导们就坐在对面,他们的谈话前面坐的人听得清清楚楚,不等魏书记宣布，乾德举手站起来，说："我保留意见。"

魏书记注视着乾德，说："可以，我们党的规程上可以保留个人意见。"

聂靠也站了起来："我也保留意见。"

李培根也站起来："我也是。"

魏书记的脸黑得像个锅底："好嘛，你们这是唱的哪出戏，这是什么作风，是在示威吗？"

张副镇长做个坐的手势："坐下坐下，这是干啥呢，魏书记不是还没有宣布吗，都坐下来说话，保留个人意见，就说明你们有意见，来来来，把你们的想法说一说，当着这么多群众的面这么做不太好吧。谁先说？既然有意见，今天我们就开诚布公地谈一谈。"

会场上鸦雀无声，所有人的眼睛都盯着乾德三人。

"说说吧，有啥意见就说出来。"张副镇长说。

乾德站起来："我先说两句吧。领导们也看着了，今天整个嘎查的家户都有代表来参加这次嘎查的换届选举，这就充分说明广大群众对这次选举的重视程度，既然是公开的民主选举，那么最后谁当这个书记就该群众说了算，最直接的方法就是看得票的多少，现在投票结果是出来了，既然两个人是一样的票数，领导就不能轻易地把其中一个否定了，我觉得这样不公正。我不知道别人咋想，这只是我个人的意见。"

"乾德说得对哩，民主选举就得做到公平公正，选谁就是谁。"李培根说。

"就是嘛，两个人一样的得票，总得有一个胜出的吧。"聂靠紧跟着说。

魏书记斜靠在椅子上，黑着脸注视着他们，一言不发。

"你们嘎查一共就八个党员，现在两个候选人一人四票，这个事情还真的挺麻烦，那你们有啥好的建议？"张副镇长说。

"重新投票。"聂靠说。

"你们想过没有，如果重新投票还是这个结果呢，那咋办？"张副镇长问。

"接着选，直到选出来为止。"

张副镇长笑了："革命工作不是玩过家家，不能意气用事，我不知道在座的同志们有没有想过一个问题，在选举这件事情上大家有没有考虑过集体主义观念，为了这个集体，我们的个人思想和意见是不是应该做一些让步呢？"

"道理是对，反正我觉得吧，既然现在是民主选举，就应该服从群众的意见，要不然做这个过场干啥呢，还不如上面直接任命算了，谁也不操这个心了。"聂靠说。

张副镇长笑着摇摇头，身体前倾问魏书记："你看这个事情咋办？"

"还能咋办，今天这个事情复杂了，再选一轮吧。"魏书记苦笑着说。

再一轮选举的结果很快就出来了，阿拉腾巴根得五票。

众人的目光又一次聚向了魏书记。

张副镇长也看着魏书记，询问他的意见。

"你来宣布吧，这个房子里太闷了，我出去透透气。"魏书记说着和乌书记打个招呼，一起出了礼堂。

张副镇长站起来，说："那就这么定下了，我宣布红山子嘎查新一届支部书记由阿拉腾巴根同志担任。"

场上场下立刻响起热烈的掌声，甚至有人大声地叫起好来。

张副镇长和阿拉腾巴根握手表示祝贺。

待掌声停了下来，张副镇长说："王有根同志作为支部书记预选人之一直接担任支部委员，现在由支部成员再选出一名支部委员，组成支部领导班子。"

最后一轮投票的结果是聂靠连任支部委员，如此，红山子嘎查支部的选举就算结束了，人们对这个选举结果比较满意，笑容呈现在每个人脸上，巴掌拍得分外响。

张副镇长让大伙儿安静下来，说："同志们，祝贺你们选出了新一届领导班子，今天大家积极地参与这次选举，说明同志们有着极强的集体观念，说明同志们真心拥护党的领导，迫切地希望我们的组织能够带领大家战胜目前的困难，规划未来的计划，引领大家健康稳定地生产生活。在这里我也提一点要求，希望新一届领导班子首先要搞好内部团结，急群众所急，想群众所想，依靠群众，团结群众，扎扎实实地给广大群众办些实事、好事。总之一句话，群众的利益比天大。"

张副镇长说:"同志们,有件事我得和大家说说,前几天我来咱们嘎查,走访了一些牧民家庭,了解了一下大家现在的生产生活情况,结果使我震惊,我们的政府尚未认识到牧区居然遭遇了这么大的旱灾,我也没有想到,现在什么年代了,我们的人民面对灾害居然束手无策,只能眼巴巴地盼着老天爷下雨!同志们,这是我们失职啊,政府没有及时地体察到广大群众的疾苦,在这里我代表镇人民政府向广大群众道歉,让大家受苦了。同时也对上一届嘎查领导班子提出批评:你们不会不知道群众受灾的情况吧,怎么就没有一个人去镇上反映呢?基层领导就是政府和人民之间沟通的桥梁,可是面临这么大的自然灾害,你们做了些什么,你们的工作就是相互倾轧的权利之争吗?你们直接损害的是党和政府在人民群众心中的形象!"

"同志们,当前我们红山子嘎查最当紧的是抗旱救灾问题,这件事情不能再拖了,这些天镇政府正在积极地向周边的饲料地和农场联系草料,以应对旱灾。我也了解到了,大家都在为筹集草料款着急,这几天我和信用社联系了一下,因为天旱,有些人家去年的贷款还没有还上,现在贷款有困难,在这里我告诉大家一个好消息,这个问题我们已经解决了。经过几次讨论,信用社答应给每户牧民家庭放赈灾款一到两万元,条件是三户联保,明年六月还清。"

"好——"

人们齐声叫好,大声地欢呼鼓掌。

"我可是把自己抵押给信用社了,大家到时候可不能忘了还贷款把我赎出来啊。"张副镇长笑着说。

人们欢笑着涌上台来和张副镇长握手致谢。

"还有一件事我先给大家透个气。红山子铁矿占用牧民草场的事就要有结果了,上面正在和一个大型国有钢铁企业商谈红山子铁矿的并购协议,用不了多长时间,红山子铁矿就要开始合理、规划、安全、现代化地开采了,到时候我们的生产模式可能要做一些调整,红山子嘎查可能会发展成一个现代化的工业小镇,你们家庭中的年轻人都可以到工厂工作,再也用不着为占用草场的事费心了。"

人们又一次欢呼起来。

十四

  从屋里出来，天气似乎愈发酷热了，地表的热气向上蒸腾，眼前的一切似乎都在流动，天地像是倒了个个儿，分不清东西南北，乾德赶紧蹲在地上，闭着眼睛摇摇头，定了定神。

  鬼日的天气。

  乾德骂了一句，去屋外墙根阴凉下踹着了摩托车，骑着去了前面的山坡。

  乾德抬手搭个罩罩朝远处瞭望，哪里有羊群的影子，羊们大概在哪个山沟沟里乘凉吧。

  乾德转过身子，看那座红色的山梁，山梁赤红，像是燃烧的炭火，蹿跃着无数热烈的火焰。山上静悄悄的，半天没有一点声息。

  终于安生了。

  早上阿拉腾巴根从镇上回来说上面下文件了，地区所有的铁矿一律关停。

  说停就停了，这回那些开矿的咋就这么干脆？

  凝神听了半天，再没有听到一声炮响。

  停了，真的停了。

  乾德慢慢地转过身，突然感觉脸上有些凉意。

  有风。

  弯腰抓起一把沙土，让沙子在自己手心里慢慢漏下，沙尘微微飘向西边。

  东风！

  乾德朝着东方眺望。东边的天际突然有些暗淡了，云团似乎是从地里冒出来的，慢慢地向上升腾。

  云团渐渐上升，越来越高，越来越快，像是拔地而起的一面巨墙，遮住了半边天，像是翻滚的巨浪，汹涌着朝这边奔腾而来。

  身上凉快了许多，已经能听到了呼呼的风声。

  暗色的云团越蹿越高，很快就追赶上了太阳，遮住了阳光，天色突然黯淡下来。

  厚重的乌云朝山坡上压了过去，紧接着把那座红色的山梁紧紧地包裹起来，那跳跃的红色仿佛一条亢奋的巨龙，在大海般辽阔的云层里翻滚着，嬉闹着，终于玩得累了，安静地躺在云海的怀抱里。

"轰隆隆——"

远处又传来一阵炮响,乾德朝着山的方向看去,红色的巨龙隐在云海里看不见了。

不是停矿了吗,咋还有人放炮?

乾德疑惑了。

"轰隆隆——"

又是一阵巨响,声音却来自天上,乾德自嘲地笑了,哪里来的炮声,是天上的雷公爷在打鼓呢。

突然,一道耀眼的亮光从天而降,像把天幕撕成两半,与此同时,半空中传来一声霹雳,震得人耳朵发麻,惊得乾德半天没有回过神来。

脸上被什么打了一下,麻酥酥地疼,抬头看时,又一下正巧打在眉心,豆大的雨点落下来了,打在久旱的干土地上溅起一阵灰雾。

老天爷,你终于睁开眼了!

雨,越下越大了。

那些年　那些事

一

李喜春从地里站起来，手遮在眉檐上抬头看天，天空中不见一片云朵，炽热的太阳火辣辣地焦烤着大地。

"唉，闷了好几天了，还说能下场雨呢，咋就下起火来了！"

汗水从身体的每一个毛孔里渗出，身上几乎没有干的地方，就似刚从水渠里爬出来一样。李喜春还真的想去水渠里降降温，只是机井离自家地远呢，看机井的魏家老三不太好说话，不一定就找茬儿和他难受，还是不去惹他吧，好好道道地赶几天把水接过来浇了这片玉米地才好。

"鬼日的毒日头。"

李喜春心里头骂一句，慢慢地转过身来，注视着自家的玉米地。玉米已经和他一般高了，自打出了苗就上过一次水，快两个月了，没有下过一场雨，土地早就硬成了干板板，龟裂成一块块的，像谢家那个病丫头裸露的皮肤，干裂皱皱，看着难受。

这是李喜春最大的一块地，长长的一溜，十二亩五分，算是村上最好的一块地了。地是好地，只是来得不光彩呢。李喜春喉咙里响一声，习惯地咽一口。唉！

李喜春在地里是很下功夫的，每日里两头不见太阳地在地里劳作，间苗锄草施肥肯定落不到人家后头，所以，他的玉米长势就好，村里的老把式路过看着了，老远就喊：

"喜春，咋个日弄的，你的玉茭子比别人家的高半截呢，玉茭棒棒也结上了，黑夜里往高拔了吧？"

"嘿嘿。"这样的时候是李喜春最开心的时刻，听到人家称赞自己的

171

庄稼就和夸自家孩子一样高兴，古铜的老脸上都是笑，就连顺脸上淌下和着灰垢的汗水也显得亮晶晶的。李喜春快步迎上去。

"嘿嘿，李大哥啊，地里还行吧？"

"好得很哪，老家伙咋日弄的，就你的玉茭长得好。"

"也没咋弄，就是上的肥多些。"

李喜春从上衣口袋里掏出个红色的烟盒来，半天才倒出一支给人家点上。

"老家伙，你是个舍得上肥的人啊，看你一天苦球成个啥样子了，家里闲养个老婆儿子干啥呢，让出来帮帮你呀，小锁不小了，整天个游手好闲的，都成二杆子了，你个老子咋调教的。"

李喜春的手哆嗦一下，眼皮也跟着抖动几下，半天才说："老婆子你是知道的，小锁还小，念书苦呢，再叫耍上几年吧，再大些就懂事了。嘿嘿，李大哥你是知道的。"

"十八了还小啊？书念得咋样，听别家说你一心想让娃考大学呢，你还能教出个金凤凰？早些叫下地受苦吧。"

"李大哥说的是，说的是。"

"你这样会害了娃子的。"

老把式扛上锹走了。

李喜春呆呆地望着老把式回家去，心里不是个滋味。儿子不想在地里受苦，他知道。儿子就想待在镇上，放假都不肯回家一趟，镇上念书开销大，地里一年的收成全都给他花了。可是儿子念书用功，学校老师还说他有前途呢，怎么就又让人家说了闲话？李喜春不由深深地悲哀起来，摊上这么个老婆让他一辈子抬不起头来，现在供儿子念书也叫人家笑话，这日子过的。唉！

快到中午了，地里劳作的人开始陆陆续续地回家去，有人打招呼：

"还不回家吃饭？"

"嘿嘿，走呢。"嘴里应着，转身进了地里。吃饭，是该吃饭了，庄户人家习惯了清早下地劳动，响午刚过就回家收拾吃饭了，然后就美美地睡上一觉直到下午天气凉了才再下地。可是，多少年过去了，李喜春很少在家里午休，早起晚睡是他多年的习惯，在家午休却少，最多拿条破毡子在墙根下或树荫下打个盹。他厌烦老婆子整日唠唠叨叨地责骂。

"窝囊废。"

这是老婆子经常骂他的一句话。

是够窝囊的，咋就摊上这么个老婆！

要是锁锁在就好了。心思一动，李喜春身体不由哆嗦一下，朝西边望去。只是，他什么也看不到，密密的庄稼和树林遮住了他的视线。村子西边的沙岗上，他的锁锁永远地睡着了。

小芹丢了，锁锁没了，就剩老三小锁一个了，就他一个靠头了。可是，现在人家又这么说，能靠得上吗？

李喜春蹲在地埂上，摸出烟盒掏出一支点上，嗓子干得冒烟，才吸了一口就剧烈地咳嗽起来。

"这孬烟，"他端详着红色的烟盒，"喜来，喜来，喜压根就没来过！"

李喜春把烟盒扔在地埂上。

中午了，太阳不惜余力地播撒着威力。不用朝远看，只几丈远地方就能看到蒸气热腾腾地往上冒，像是风在迅速地奔跑，却没有丝毫的凉意。看看周围的庄稼，等水灌浆的小麦首先黄了麦芒，叶子也开始变黄了，再不浇水，今年的麦子可就成瘪子了。紧挨着自家玉米地的是赵家的地，种了一档的西瓜，等不上一个月西瓜就该出园了。俗话说，水茄子旱辣子，西瓜地里养鸭子，西瓜这东西就是不能缺了水，缺水的西瓜就算熟了吃起来也是一股子药葫芦味。可是机井出水越来越小了，往年七八个小时就浇完的地现在得十来个小时，排队浇水的时间就长了。靠种瓜发家的赵家今年也不好过，眼看瓜秧子就得枯死了。

李喜春抬头看日头，突然一阵目眩，天地似调了个个儿，剧烈地旋转起来。李喜春本能地伸手去扶，却扶了个空，一跤跌倒在旱水渠里。

二

年轻时的李喜春可是条真正的汉子，身材魁梧，相貌堂堂，各样活计不在话下。唯一不尽如人意的是长了一个大肚皮，在他的记忆里三十岁以前就很少吃过几顿饱饭，大集体时代的计划分配更是吃不饱肚子。自己的口粮都不够吃，养家糊口谈不上，娶妻生子就更没指望了。还有一双大手大脚，大手好做活，但只能做粗活，细活是做不来的，所以也就治不下个家。大脚更是麻烦，没有女人给他做鞋，供销社里卖的解放胶鞋也很少有四十五码的，穿鞋是个大问题。没办法，只得把自己的工分让给生活更差的人家一些，央人家婆姨给做一两双鞋。所以，三十岁以前的李喜春有两个烦恼，一个是吃不饱肚子，一个是没有合脚的鞋穿。但是，李喜春压根就没有想到，当自己有了合脚的鞋子，也能吃饱肚子的时候，却有了更多的烦恼。

年轻的李喜春也渴望能成个家，有个女人来疼他，和村上的大姑大嫂们都打过招呼了，始终就没有女人肯上他的门。到了三十岁，李喜春也就死了心了，和人家说荤话的时候也就把光棍调挂在了嘴上：光棍好，光棍好，一人吃好全家饱。看人家的女人眼睛也开始不安生了，尤其是看喂娃娃吃奶的女人，狠狠地朝里咽口水，恨不得把那个白生生的奶子吃到自己肚子里去。狼一样的眼睛看得女人们直发毛，谁见着了都躲着他。慢慢地，李喜春就没有鞋穿了，谁家女人也不敢把狼相般的他朝自个家里引。

寂寞的李喜春没个去处，女人们提防，男人们不搭理，干部们警告，李喜春被完全孤立起来了。李喜春知道，这辈子甭想尝到女人味了。夜深人静的时候，就去村前的沙梁上独坐，看着遥远的星空发呆。实在耐不住就扯开嗓子唱两曲。李喜春不会唱戏文，听得最多的是平日里乡亲唱的俚俗小调，听得心里暖暖的似着了火。"十八摸"和"烧白头"李喜春唱的滚瓜烂熟，所以就唱这两个。李喜春天生的大嗓门，寂静的夜里，睡眼惺忪的人听着光棍的滥调，情丝渐生，演绎了一幕幕激情的故事。当然，故事的内容和李喜春没有一点关系，其中的滋味也是他不曾想到的。

李喜春以为自己一辈子就这么完了，从没想过老天会白白地给他送个女人过来。

一天晚上，天还没有黑严实，李喜春端一大搪瓷碗搅团吃得欢实，队长突然走进屋来。

"李喜春，穷的灯油也买不起了？黑漆麻乌的。"

队长来家，这可是从来没有过的事，李喜春赶紧放下碗，站起来把队长朝炕上让。

"黑灯瞎火的，啥球看不着，你把灯点上，我有话说。"

"哎哎，有呢，有呢。"

日急慌张地又摸不着火柴，灶火里煨了个干柴棒好容易把煤油灯点着了。

队长瞅瞅黑漆漆的家直皱眉头，一方土炕，塌了半边，一张苤苤草编的席子还算完整，一条破毡子分不清是白羊毛还是黑羊毛的了，和毡子一样颜色的铺盖卷儿胡乱卷在炕里顺。除了灶上的铁锅就墙旮旯里的一个旧碗柜，再没有其他的家当。

"啧啧啧，李喜春，咋球搞的嘛，猪窝还比你这里强，混成个啥球样子了嘛！"

"队长，就一个人，还拾掇啥，就黑夜睡个觉嘛。"

李喜春蔫着脸道。

"我还辛辛苦苦地到处给你说女人呢，谁知道你狗日的混球成这个样子了。"

"队长，实话？"

李喜春撂下饭碗凑近队长，煤油灯照得他的脸泛了油光，两只眼睛更是贼亮。

"算球子了，谁家女人来睡猪窝！"

李喜春一把拉住起来要走的队长。

"队长，你说实话？"

"说啥球话呢，我当队长的啥时候说过假话了？"

"队长，你坐，坐啊。"李喜春硬把队长按在炕沿上坐定。

"喜春啊，老大不小了，咋就连个家还治不下呢？听人家说你托人给说媒呢，我还说你早就拾掇好了，谁知道你老大个人了，啥都没有日弄下，就会半夜学狐子撩骚。"

"嘿嘿，"李喜春讪讪地笑，"不是……不是憋得慌吗。"

"还把你日能的，十八摸唱的可好，摸了几个了？"

175

"没没没，我可是没有做过那号缺德事。"

"真的没有？"

"真的没有！"

"那石头家的咋把你给告下了？"

"啥？"

李喜春惊得魂飞身外。我说队长今个咋冷不丁来屋里呢，果真没有好事。立马就蔫了。

"你说，你把石头家的咋样了？"

"队长，我真的没有，哄你我不是人，我可没做过缺德事啊，真的没有。"

"不光是石头家的，喜喜家的也说你老在她家茅房谴磨呢。"

李喜春吓出一身冷汗，"队长，可不能听人家嚼舌头啊，我真的啥事都没做过，喜喜家茅房我去过，没遇上人。真的，队长，我啥事也没做过。"

"你还日哄我，你当我不知道啊，石头家的可是什么都说了。"

"队长，就一回，就一回，我记起来了，那天我看石头家的在墙旮旯里喂娃娃，娃娃不好好吃奶，我就想摸摸她的奶子，她站起来就走了嘛。真的队长，我没摸着。"

"石头家的奶子就是白呢。"

队长望着煤油灯，走了神。

"啥？"

"哦，明天你不要出工了，我派几个人来给你把炕重新盘了，墙也得重新抹一下。喜春啊，多少还有两个积蓄吧，炕上的东西可得置办下了，再去谁家讨翻一两个旧箱子，女人总得有个放衣裳的地方吧。"

队长的态度转得太快了，李喜春一时半会还没转过弯来。

"你聋了哑了？"

"队长，你说的实话？"

"你先拾掇吧。"

说完，队长拍拍屁股走了。

这一晚是李喜春睡得最不踏实的一次，他反复揣摸队长的话，一会说自己欺负女人，一会又说给说了个女人，听队长的意思，好像女人已经给说下了。队长是不日哄我呢？思谋来思谋去，理不出个名堂。天快亮的时候才沉沉睡去。

李喜春是叫人从被窝里拉出来的，四五个小伙子笑骂着把他的破铺衬扔到外头。李喜春明白了，队长没有骗他，真的派人来帮他拾掇房子来了，那么，队长说的女人的事也是真的了。李喜春喜出望外，恨不得就给这些乡邻们跪下了，赶紧从碗柜里头摸出一盒纸烟来散给大伙。

墙皮干了的时候队长来了，真的就领了个女人来，用头巾把脸围得严实实的，看不着模样，村里的老老少少都来看稀奇，闹哄哄。队长看看翻新的房子、新置办的铺盖和炕上靠墙放的两个红漆箱子满意地点点头。

"喜春啊，我说你是个过日子的人嘛。还真有你的。"

拍拍李喜春的肩膀，脸是朝着他的，但李喜春不笨，听出来话是说给那个女人听的。

队长让女人坐在炕沿上，问她：

"还满意吧？有啥不满意的就说话，让他再去置办。"

女人转眼四处瞅瞅，再揭开炕单看看，最终点了点头。

李喜春终于把憋着的一口气吐了出来。

"喜春兄弟，你可是好福气呢，可得把人家姑娘伺候好了。"

队长回头和女人说：

"没啥意见就把头巾取下来吧，你看这么多人等着看你呢。"

女人倒大方，眼睛眨也不眨地注视着炕里顺利索地解下了头巾，围观的人"哦"的一声叫唤。因为这女人模样太标致了，杏眼蛾眉，瓜子脸儿，脸上的肉皮儿更是白的像刚蒸熟的馍，就是觉着腰身似乎粗了些。

李喜春乐得合不拢嘴，摇摇头感激地朝队长讪笑着，庆幸自己七十八块钱的积蓄花的值。

李喜春的婚礼就在这天办了，在男人们热羡的躁动里李喜春有了女人。但是，李喜春没有想到的是，因为女人漂亮的脸蛋儿，给他又带来了无尽的烦恼。

三

成了家李喜春才知道，女人是逃荒来的，进了沙漠就没再走出去。

女人是带着身子来的。起先，李喜春并不知道，听了妇女们嚼舌头才明白过来。难怪看她的腰身有些粗呢。

女人是好耍性子的，她不想说的李喜春肯定问不出来。所以，李喜春自始至终不知道她的身子是谁给的，她的身世也很含糊，李喜春甚至弄不清楚她家的省份。

听人家嚼舌头是很恼火的事，李喜春很是烦恼了一阵，最终还是想开了，这么天仙一般的女人能和自己一起过日子是我李喜春的福气，我过的是现在和以后的日子，从前的事就不管它了，说不定她也有委屈呢。至于她的身世，她不想说就不说了吧，就当和我一样，从小就是个孤儿，谁知道我的根在哪里呢，反正队长答应给她下个户口，以后就是我们村里的人，人家爱说就叫他们说去吧。

李喜春盘算着等冬上算了工分领了钱，再分了肉食羊，一定要把队长请到家里来喝顿酒。队长，好人啊。从女人进家门的那天起，队长就叫会计给下了账，女人按村里妇女的标准每个月给二十八斤的口粮。也不让女人闲着，分工到活儿最轻生的组里劳动，却记着和其他妇女一样的工分。为这，还有人和队长找麻烦呢，还不都叫队长给说回去了。等给女人下了户，就真正是我们村的人了，看你们还能说个啥！队长，恩人哪。

队长的确是个好人，不等到腊月分红就来家里串门了，李喜春自不敢怠慢，忙不迭地朝炕上让，一把捏死了叫鸣的大公鸡让女人给炖在锅里。队长边吃鸡腿边看着女人对李喜春说：

"鬼日的李喜春，你狗的好福气，好女人啊。"

李喜春低了头嘿嘿地笑，心里好不欢喜。

队长吃饱了，气定神闲地坐炕沿上抽一袋烟，眼瞅着女人笑笑。

"喜春兄弟，你媳妇是有身子的人了，可得让着她些，供销社里的好东西该买的就给买些，补补身子。"

"嗯哪嗯哪。"李喜春头点的像吃食的鸡儿。

临出门，队长折过身来："我知道你饭量大，可别把媳妇的那一碗也吃掉了，饿着媳妇了我可不饶你。"

李喜春只有点头的份儿。

茂密的扎干林

看着李喜春这个莽大汉在自己面前温顺得像个绵羊，队长满意地拍拍他的肩膀：
　　"这样吧，你也不能饿着了，口粮不够吃就去找会计支，我给你批。"
　　说罢，朝女人一笑，走了。
　　李喜春终于过上了好日子，有女人让他疼着，橡皮肚子也从没像现在这样吃饱过，他打心眼里感激队长，所以呢，队长的话他言听计从。原本不善言语的他话也多起来了，表现最突出的就是在村里召集社员开会的时候，有人对队长提什么意见，不等别人表态，他第一个站起来反对，道理他说不上，结巴半天说一句："我就支持队长，队长就是对的。"满屋子的社员哄堂大笑，李喜春红着个脸坐下。
　　对李喜春的表现队长是很满意的，李喜春是队长帮助的典型，村里的光棍懒汉还有，谁不想要个白嫩的女人在家养着。队长为啥别人不帮，就帮家里最穷年龄最大的李喜春呢，说明队长为大家想着事呢，队长把社员的事当大事情看呢。看李喜春有滋有味有女人地过日子，光棍懒汉们眼馋得很，盘算着下一次机会该轮到自己了。所以干活肯出力了，做事有眼色了，队长家里也跑得勤快了，有意无意地巩固了队长的威信，反倒把本是一把手的书记给挤到一边去了。社员们看得清楚，书记只会开大会讲理论，做实事的还是人家队长。所以，队长就是沙窝里这个农业队绝对的土皇帝了。
　　"人家队长就是关心社员，没有官架子，差不多每天后晌都去社员家串门子，那是了解社员的疾苦呢。"
　　这就是李喜春简单的理解。
　　他也注意到了，队长来他家的次数分外多些。
　　"队长真的细心啊，可不能忘记了队长的恩情。"
　　李喜春和女人说。
　　他看见女人冲他冷笑，女人是个凉脸子，漂亮的脸蛋很少露出个笑容来，但这样的冷笑让李喜春心里发毛，怕她把队长给得罪了，好日子也就到了头了。所以一再地给女人下话，对队长可不能老是这么个丧瓜脸子，没有队长就没有这个家，没有我们的今天。
　　女人鼻子里哼一声，骂一句："窝囊废！"

被女人骂的次数多了，也就不在意了，心想女人细皮嫩肉的，肯定是个大户人家的女子，不知道咋就落难到了沙窝里。大户人家的女人受不得苦也是正常的，是自家的生活过得太清苦了，女人撒撒怨气也是该的。

翻过了年，女人就在自个家里生了个丫头，算算日子，也就整五个月。李喜春想得开，管球他是谁家的种，女人是我的，娃娃养在我家里就是我的，就当我自个的养着。

生了孩子的女人显得越发的白净了，李喜春也看到了女人的笑脸子，虽然她的笑脸是给孩子看的，不是给他李喜春的，可李喜春看着她笑心里就欢喜。

人家女人坐月子就一个月，李喜春的女人却在屋里坐了两个月的热炕。李喜春把女人伺候的很周到，按时按点地给女人做好饭，他还去找队长批了条子杀了只绵羯羊，顿顿羊肉汤把女人养得白白胖胖的。就连来探望的妇女们都夸李喜春这么个粗笨的男人居然能把个月婆子伺候的这般细致。

李喜春最怯的就是妇道人家的夸奖，搔搔头皮，憨憨地"嘿嘿"两声。

队长有俩月没来了，这让李喜春有些着慌，别是队长不管我了吧，每天伺候女人娃娃睡下，就屁颠颠地跑去队长家，没话找话地和队长拉一会子家常。

那一日中午，天气正好，队长突然就掀开门帘儿进来了，女人坐炕头上撩起衣襟正给娃娃喂奶，见着队长进来，赶紧把衣襟放下，和李喜春让队长炕上坐。

"不慌，不慌，让娃娃吃么。"

队长在炕这头坐了。

"让娃娃吃么，咋，嫌我来了？"

"不，不是。"

李喜春两口子慌张地摇头。孩子正吃着欢实，这会儿突然没了吃的，咧开嘴就哭闹起来。

"你看你这个当妈的，还能把娃娃饿着了，赶紧给喂，赶紧给娃喂奶。"

孩子哭得厉害，女人只得侧过身子奶孩子。

"我看看我们的小乖乖，哟，小脸蛋多白嫩啊。"

队长说着在女人白胖的奶上摸了一把。女人身体一颤，要站起来，却遇到一双邪笑的眼光。

"娃娃肉皮白呢，和她妈妈一样，长大了肯定是个标致女娃。"

队长哈哈一笑坐了回来。

实诚的李喜春只顾忙着找搪瓷缸子给队长倒水，没有察觉队长刚才做了什么，只是看着女人低了头，脸子愈发白嫩了。

队长出门的时候又回头笑看女人一眼，李喜春突然觉得队长看女人的眼神有些异样，分明就是自己那会看石头家的喂娃娃一样的感觉嘛！

四

集体出工，光棍闲汉们少不得和李喜春开玩笑。

"喜春，你婆姨的奶子可比石头家的憨实呢。"

"嘿嘿。"李喜春憨笑两声，继续干活。

"喜春，你摸你婆姨和石头家的哪个舒服？"

"嘿嘿。"李喜春涨红了脸，不做言语。

"喜春，石头家的奶子你也摸过了，让我们摸摸你婆姨的吧。"

"你敢！"

李喜春一声暴喝直起了身子，暴眼圆睁，下意识地握紧了锹把，吓得方才调侃的人急火火地朝远跑。李喜春个大力气也大，随便抓住一个汉子一把就能摔出去，闲汉们从前没少吃他的亏。

闲汉们虽然跑远了，嘴上却不积德，边撒欢儿跑边嚷嚷：

"李喜春你也太不讲义气了，你婆姨队长能摸得，我们弟兄们就摸不得？"

李喜春大吼一声把铁锹远远地朝他们掷去。

不是闲汉们背后瞎叨叨，李喜春也看出队长来家的次数越来越多了。

更让李喜春烦闷的是，那些光棍闲汉们一个个就像个绿头苍蝇，有事没事地来屋里串游，有一搭没一搭地和女人答话。想赶他们走却也拉不下个脸。

李喜春记着闲汉们摸奶子的荤话，黑夜里给女人下话："不要在男人

队长出门的时候又回头笑看女人一眼，李喜春突然觉得队长看女人的眼神有些异样，分明就是自己那会看石头家的喂娃娃一样的感觉嘛！

眼皮下喂娃娃，男人们的眼睛毒呢。"

女人抱紧他，哭出声了。

"你得护着我们娘俩呢。"

李喜春翻身骑在女人身上。

"看他们哪个有贼胆，我卸了他鸡巴。"

让李喜春欢喜的是女人从不接闲汉们的话把儿，任他们说些荤话就是不开口，只顾纳她手里的鞋底儿。闲汉们没趣，也不急着走，就盼着娃娃哭闹。这是他们心里的大戏。

"嗯哼！"屋外传来一声沉闷的喝声，闲汉们耗子见着猫一般争先恐后地往外走，不用细听，整个村里只有队长才有这个调调。这年月，惹谁也不能惹队长啊，打着哈哈赶紧散去。

此后闲汉们就很少再来骚扰了，全村人都在传说：

"李喜春女人的奶子只有队长一个人能摸得。"

"别看李喜春得了个女人，却是给队长养着的。"

这样的话也传到李喜春的耳朵里了，心里自然不好受，却也不计较，他相信自己的女人。

窗户纸是在一天早上捅破的。

一个妇女拉过李喜春，悄悄地说：

"大兄弟，你媳妇喂娃娃去了，你咋不跟过去看看？"

"女人家的事，我干啥去，我还上工呢。"

李喜春一脸的憨相。

"我说大兄弟哪，你也太实诚了，你瞭，队长也朝那边走了呢，肯定是去你家里了，过去看看吧。"

"队长做的是大事情，这阵子去我家做啥呢？嫂子不能瞎说。"

"看看，你看看你，我好心好意的，你倒说我说瞎话，好心当了驴肝肺了。不去算了，吃了亏不要说嫂子没给你言传。"说着朝他努努嘴，"去吧，去把那个老骚户给揪出来，看他脸朝哪里搁。去吧，我给你看着些，他们又不知道你去哪些了。"

李喜春犹犹豫豫地还是去了。

进了院子就听着娃娃在哭，还有女人的哭喊声：

"不要，你不要啊……"

血往上涌，顺手拿起立在墙壁的铁锹一脚踢开门。

女人的衫子已经被剥掉了，队长正从后抱着她朝炕上搡，黑手把女人白嫩的胸脯上勒了几道红印。

队长显然愣住了，犹抱着女人不放手。

"丢开！"

李喜春暴喝一声，提锹朝他身上拍去。

队长急闪，"叭嚓"一声，正中间的小炕桌散了架。

队长惊叫："你，你疯了！"

"我还说你是个好人，你是个狼，打死你个老骚户。"

李喜春骂着又一锹拍去，队长"啊呀"一声惊叫逃了出去。

李喜春涨红着脑袋木呆呆地注视着散架的炕桌，碎木屑伤着娃娃了，娃娃额头上出了血，扯开嗓子哭闹起来。

女人擦掉娃娃的血迹，把奶塞在娃娃嘴里，坐在炕沿上哀哀地哭。

"唉——"

李喜春丢开了锹把，注视着女人光滑的身子。

女人挣扎了，他看见了。女人不想做对不起他的事，他看见了。女人守住了身子，他看见了。

女人的肩膀在抽搐，边哭边哄娃娃吃奶。

李喜春定定神，看女人的哭相就充满了怜爱，拾过女人的衫子披在她身上。

女人抱着孩子一头扑在他怀里放声痛哭起来。

夜里，李喜春把女人搂在怀里，粗糙的大手轻轻地抚着女人被勒得青肿的胸脯。

"他还要来的，咋办呢？"

女人枕在他的胳膊上，心有余悸。

夜的映衬下，女人的眼睛亮得像两颗闪光的星星。

"不咋，他不敢再来了，再来我卸了他的鸡巴。"

茂密的扎干林

女人头枕在李喜春的胸膛上。

"我怕你不要我们娘俩呢。"

"谁说？这辈子我就要你。"

李喜春把女人抱在胸膛上。

夜深了，李喜春感觉到枕在他胳膊上的女人在颤抖，睡梦中的女人显然没有忘掉早上的事，不时地抽泣两声。

"不怕，不怕，有我在呢，坏人不敢再来了。"

李喜春轻声地安慰着女人。

可是，李喜春却再也睡不着了，队长真的不会再来了吗？

五

早上起来，开水泡一碗馍吃了。听到大队部的钟声敲响，李喜春两口子把娃娃拴在炕里顺的木橛子上，看看绳子长短，娃娃爬不到炕底下。然后匆匆去大队部墙根下领派工。

今日稀罕，队长没来，会计拿着笔记本传达队长的分工。

当李喜春听到让自个去深井绞水时傻了眼，差点没气晕过去。一屁股坐在那口破钟底下，涨红了脸膛。

女人不明就里，看他的表情知道不是好事，挨着他蹲下，颤声问：

"咋？"

李喜春却不言语，站起来拉着女人就朝家走。

"他在报复我了。"

李喜春恨恨地说。

"深井绞水是啥活儿。"

"深井在东边的大沙窝里，个把月才能回来一次。"

"天！"

女人抱紧李喜春哭了，她明白这意味着什么。

"不去行吧？"

女人眼泪婆娑地问。

"不去就没有工分，我们吃啥呀，人家有权呢，说不给就不给。"

中午，去深井换班的男人们准备出发了，有人在屋外喊：

"李喜春，得走了。做啥呢，和你女人还没有搞完啊。"

没有办法，只得走了，李喜春安顿女人早睡晚起，不管屋里多热，都得把门窗顶得严严的。李喜春答应女人，过个把月就回来。

女人送他出门，眼泪珠子大颗地滚落下来。

李喜春心如刀绞，朝人家一摆手，"走吧"，便一步三回头地走了。

深井是在村子东边的大沙漠里，距离村子有七八十里地，沙窝子里赶不得路，走的再快也得半天。

东边有村上的五户牧民，主要供应村上每年冬天的肉食羊。相对而言，放牧比下地干活要省心多了，自在，省事，不出力，少操心，吃肉不愁，工分照拿。这几群羊可是村里的肥差，一句话，有油水可捞。所以人们都想去沙漠里放羊。但是队长是精明人，账算得猴精，该谁去不该谁去早就有了安排。当然了，没有眼色少根筋的人肯定是去不了的。

放羊的人确实清闲，就连给羊饮水也给省了。沙漠少水，早年公社组织人在东沙窝里人工挖了一口十几丈深的深井，成车的扎干柴镶成井壁。扎干木质特硬，浸水不腐，保证了深井不会坍塌。沙漠里的五家羊群都来深井上饮水，这么深的井，打水就是个事情。村里在水井上装了个辘轳，派人轮流去深井绞水饮羊。

绞水可不是个好差事，水井太深，三四千只羊喝的水就靠人一兜一兜地往上绞，四五个人轮流干，还是忙得不行，天气热的日子中午饭都顾不上吃。

当光棍的时候，李喜春每年都能摊派上绞水的活儿，主要是光棍们好惹事，打发的远远的，干部们也省个清净。

李喜春离家的时候答应过女人，过个把月就回家去。可是，一个月过去了，三个月过去了，还不见替换的人来。

高高的沙梁上燃起了熊熊篝火，李喜春把成架子车的扎干柴都点着了，燃烧的火焰整夜不息。四五个人坐在火堆边谝闲话。李喜春没有话，人家的话题他没有兴趣，他总是面对西边想着自己的女人。三个月了，女人一个人带个娃娃是咋过的？

有些事李喜春不敢想，可是不敢想不是就不想。

李喜春着急得眼睛冒火，心里上火。

可是替换的人就是不来。

来给深井送粮的人带来了队长的口信，今年地里太忙了，抽不出人手来，深井上的人暂时不做调整。

不单李喜春来了火气，深井上其他四个人也都跳了起来，逮住送粮的人就要动拳头，吓得送粮人一个劲地告饶。

组长茂林让来人给队长带话：

"还让人活不活了，大家都是有家的人，不换人我们都回去，谁爱来就叫谁来。"

狠话是带回去了，活计还得干。

五个人望眼欲穿地盼望着替换的人。

如此又艰难地熬过了一个月，终于有人来了。

来人带来了李喜春过冬的衣裳和一双千层底的条绒布棉鞋，还有女人给买的一条纸烟，再就是队长的口信：

入冬了，羊群隔天才上井，深井上用不了这么多人，让李喜春和另外一人继续绞水，其他人回家开社员大会。

李喜春急红了眼，一把逮住来人：

"你说的真的假的？是队长这么说的？"

来人委屈地说：

"我哄你干啥，队长就这么说的，我就是来传个话，不相信你去问队长好了。"

李喜春放开来人，转身就朝西走。

茂林跑去拦住他。

"喜春我给你说，不要乱来，眼看就要分红了，不要犯下错误了，我先回去看看再说。"

"他这就是打击报复！"

李喜春一屁股坐在沙梁上。

"可不能胡说，等我回去看看，我去跟队长和干部们说说。听我的话，再过些日子。"

六

茂林一去就没了消息。深井像是被人遗忘的角落，每日打交道的就是那几千只羊和几个放羊人，除了机械地打水就是打水，整天说不了几句话。偶尔也叫牧人请到家里去吃顿饭，吃罢饭李喜春就回到绞水组的破土房里。他想自己的女人，他怕人家问他女人的事，他怕听人家说他女人的事。

和他做伴的是个愣头小伙子，大号王三，弟兄四个全是光棍，没有尝过女人的味道也就省得想女人。王三老实，话也少，和李喜春凑一起简直一对闷葫芦。不过，王三勤快，没事就去附近扛来一些扎干柴，供李喜春每夜烧篝火。

数九隆冬，天气冷得沙梁都冻住了，李喜春依然习惯夜里在沙梁上点上篝火，然后就坐在火堆旁注视西边家的方向。打了半辈子光棍，从来没有像现在这样恋过家。

王三不清楚李喜春干啥每天拢上堆火，他也不问，问也不说。不过王三愿意每天得空去扛来粗粗的扎干柴，不然也属实没个可干的。

李喜春的纸烟不多了，尽管自己抽烟很节省，烟屁股也接起来抽了，而且没人能分了他的纸烟去，女人给买的烟，只给自个抽的。但是寂寞的日子里烟还是不经抽，他把最后一盒纸烟装在贴身的衣兜里，舍不得拆开。刚来时带的条烟早就抽完了，组里人走时留下的条烟也剩不多了，李喜春被迫抽起兔子粪来。

兔子粪是穷疯了的人才会抽的，买不起烟，又挨不过寂寞，只好用兔子粪代替烟来打发时光。早年李喜春是抽过兔子粪的，那时候没有家的牵挂，有一个花一个，从没有想过明天，穷困潦倒的日子就抽兔子粪。和条烟纸烟相比起来，兔子粪的味道可想而知。抽烟是个享受，抽兔子粪却是再一次品尝了心里的苦楚。

可是，李喜春不得不又抽起兔子粪来。

兔子粪苦、辛、辣，呛出了眼泪。

李喜春始终是望着西边的，他望不到七八十里外的家，可是他知道，这样黑暗的夜里，家里的人一定瞭得见沙梁上的火光。

　　腊月二十三是小年，村上又有人来送肉送粮了，虽然女人又给他带来了纸烟和新蒸的花面馍，也带来了话，说今年给李喜春记的工分都是满分，分了三口人的肉食羊，工分刨掉以前预支村里的粮食什么的，还领了八九十块钱。这是李喜春第一次长了账领到村里的分红，可李喜春还是高兴不起来。茂林也让来人给他传话，说他女人和娃娃都好，说暂时做不通队长的工作，让他再熬些日子，过了年再说。茂林没忘给他带来五斤散白酒。

　　这回李喜春没有和来人动手，拉来人坐进了破房子，喊王三卸一条羊腿煮了，一气喝了个酩酊大醉。

　　来人告诉李喜春，女人很能干，屋里屋外收拾的利利索索的，娃娃也乖。

　　李喜春哈哈大笑着流出了眼泪。

　　有烟有酒的日子总是过得很快，年，就在这苦涩的煎熬中过去了。

　　冬去春来，等到替换的人来的时候李喜春已经在深井上住了有半年了。李喜春记得很清楚，他来深井一共是七个月零三天。

　　在李喜春的感觉里，这难过的七个月零三天比他生命里的三十年加起来还要长。

　　只是，来人是来和李喜春一起干活的，没有让他回家去的说法。不仅他不能回家，王三也不能回家。王三是光棍一条，走在哪里家就在哪里，不叫回也就不回了，可李喜春有家，有家就得回。

　　茂林从来没有见过蔫瓜似的李喜春发这么大的火，除了早先听李喜春唱过脏曲儿，还从来没听他说过这么多的话。

　　来深井绞水的人多是曾经和村干部有过别扭的，谁的肚子里都窝着一肚子的火。三句不是那话，说不拢就动起手来。撕扯一阵，一个个都觉得没劲，四脚朝天地躺沙梁上各想心事。

　　"兄弟，我们这伙人，在干部眼里活不下人呢。"

　　茂林望着刺眼的太阳说。

　　"这年月，能把肚子吃饱就不错了，再的啥都不要指望了。"

　　李喜春也注视着太阳，茂林听到他呼哧呼哧地喘气。

　　"你也算好的了，去年记了个全工分，还分了八九十块钱，比我强多了，我四个娃娃，就俩劳力，从来就没有长过账呢。"

"队长也算帮你了，光棍长了账，我们村里你是头一号的。你看哪一个光棍寡妇不是短了账的。"

"我不是光棍。"

李喜春猛地坐起来说。

茂林偏过头看李喜春，然后笑了。

"对，是我说错了，你不是光棍。你看我这个脑子，咋能把你和光棍比呢，你的工分比我还多呢。"

"我想回家。"

李喜春望着家的方向说。

"村上没有说让你回啊，回去扣你工分咋办？工分人挣不下，扣的时候可就经不住了。"

"我想回家。王八蛋打击报复也该有个头吧！"

"兄弟，还是在这里好好待着吧，到哪里也是个受苦，我看在深井上还轻省些。"

"我想家了，我就是想回家里看看。"

"好兄弟，不是我不让你回去，其实回去还不如不回，回去了心里反而憋得慌。"

"半年多了，也不知道她们咋样了，我回去看看还不行？我又不是个犯人，还就连自个的家也不能回啊？"

茂林翻身坐起来，和他面对面地看着。

"你这么说我就没话说了。我问你，你真的想回去？"

"真的。"

"到时候后悔了可不要说我当哥的没有安顿你。"

"只要能让我回趟家就行。"

"那行，你听我的安排。"

七

李喜春偷偷回到村上是在黑夜十点多，茂林给他算计好了时间，让他下午出发，赶天黑严实了正好到家。

村里人睡得早起得也早，才过了十点，村子里就没有了一点声气。

李喜春轻轻地推开自家的门。

怕吓着女人，还是吓着了。只听得女人"啊"地喊了一声，然后喝问："谁？"

"不害怕，是我。"

李喜春按捺着内心的激动，自己也感觉到声音颤抖了。

划着了火柴习惯地点着炕桌上的罩子灯。朦胧中感觉有人要从炕那边下来，嘴上说"不要下来了"，突然看着匆匆忙忙急着下炕的是个男人，不是队长又是哪个！大喝一声：

"你站住！"

这时候的队长跑还来不及，哪还听他的，顾不得拿上衣裳就往外跑。李喜春顺手提了顶门棍子追了出去。到底年轻腿长，不几步就撵上了，抡起棍子朝腿后使劲抡去。队长"啊呀"一声栽倒，躺在地上杀猪般地嚎叫起来。显然是被打折了腿。

李喜春返身进了屋里，恶向胆边生，从碗柜里抽出菜刀就朝女人奔去。

女人却不求饶，也不言传，仰了脸子哀哀地看着他，长长的泪水滚落到秀美的脖子上，似乎就等着他的刀落下。

如果她求饶，如果她哭闹，李喜春手里的刀也就真的剁下去了。可是女人只是哀哀地哭，李喜春突然觉得女人就像是一只等着挨刀的绵羊，手一软，刀就掉在了炕上。

眼前女人一丝不挂的哀哀地哭泣，听着外头杀猪般的号叫，李喜春暴躁地抓住女人的头发，张开蒲扇般的大手噼里啪啦朝女人脸上不住气地扇了起来。

村里的狗叫了，人们听到了队长的哭号纷纷跑了过来，抬着他朝村卫生所奔去。

队长的腿粉碎性骨折，第二天一早就叫队里的拖拉机拉去了镇上的医院。

事情的结果要比李喜春预想的好一些，李喜春本想着要做一辈子牢房

191

的。只是队长临走时给家里人和村上其他干部说了话，不报案，不告李喜春，该干啥就干啥，等他回来再说。

队长葫芦里卖的什么药，李喜春猜不透，村里人也猜不透。李喜春想着队长是要亲自报仇吧。你就来吧，我的女人叫你占了，我等着你来。队长族中的几个子侄和还没长大的儿子气势汹汹地要去找李喜春报仇，叫书记和长辈们拦下了。本来么，这丢人的事还敢这么张狂。

女人受的伤重了，躺在炕上几天下不了地，本来白嫩的脸蛋如今肿得像个紫葫芦，狐媚的丹凤眼儿也睁不开了。

女人倒能忍耐，很少大声地呻吟。李喜春看看女人的脸，再看看自己的手，后悔自己居然对女人下得了手。不过后悔归后悔，心里的气还是难消。对这个家突然觉得特别的厌恶，连同家里的人和物也都变得丑陋了。

李喜春把女人和女儿小芹托付给邻居家的大妈，然后满腹心事地朝深井上去了。

八

李喜春这次去深井绞水可真的耐住了性子，一去三年没有回来。不是没有回村里，只是没有去自己的家里。口粮有人按时给深井上送，衣裳破了也还能凑合着穿，当光棍那会儿不也就这样过来的。

起初女人还让上深井的人给带个鞋袜纸烟什么的，后来知道李喜春去了村里却没有回家就什么也不给带了。

衣裳破了还能凑合着穿，鞋底烂了就不好办了，只能央来回替班的人想办法托人去镇上买解放胶鞋。只是他的脚也确实大了些，这鞋就不好买。等到新鞋买回来的时候，李喜春早光脚好些日子了。好在沙子不磨脚，倒也自在。最不舒服的是中午的时候，沙子滚烫，赤脚不能落地，又是最忙的时候，李喜春只好找出烂了鞋帮的破鞋底踏在脚底下，搓根草绳把鞋底绑在脚上。茂林气得骂他：

"球过场还多得很，你媳妇又不是不给你做鞋，你去看看她咋了？"

李喜春苦笑两声去了井上。

"犟驴！"

茂林跟在后头骂。

李喜春不是不想回家去,他渴望女人的温存,他留恋有女人的神仙日子。只是想到女人和队长做下的那个事他就来气。每回想到女人漂亮的脸子被自己打成个紫葫芦自个的手就哆嗦几下。

打了女人,老天爷报应呢。

李喜春迷信。

绞水的人来来回回走马观花地换,就李喜春和王三不挪窝,王三是自愿常年住在深井上的,李喜春可是有家的人啊。队长也怪,被李喜春打了后就变成了瘸子,可也没再为难他,好像这事没有发生过似的,既不发话让李喜春回来,也不说叫他继续留在深井上。李喜春变成了自由人。

李喜春回去过两次,每回都是天黑了才进村,哪也不去,悄悄地蹲在自家窗根下听女人和娃娃的声音。连他自己也说不清楚这么做为个什么,家是自己的,应该堂堂正正地进屋里去,可心里就是憋屈,情愿听着女人和娃娃匀匀的鼾声在窗根下蹲一晚上,天麻亮的时候饿着肚子返回深井。

李喜春的心神早就乱了。当他听说自己的女人又坐了月子的时候脸扭曲得变了形,吓得说这话的人调头就跑。

不过,李喜春没去找什么人的麻烦,痴呆呆地坐在沙地上。

头一个丫头不是我的,这个娃娃也不是我的,狗日的队长,我日下你先人了,你把我当成个啥了?

"嘿嘿,嘿嘿——"

李喜春痴笑着,突然站起,手舞足蹈地跳了起来。

"快,李喜春抽风了。"

茂林招呼大家强行把李喜春摔倒按住,使劲掐他人中,一袋烟的工夫,李喜春清醒了。

李喜春的言语更少了,难得和人家说上几句话。每天晚上都在沙梁上点上一堆篝火,自个坐在火堆旁思想。三年下来,沙梁四周的扎干快叫他烧光了。

他在思想什么,深井上的人谁都知道,习惯了,就不去打搅他了。

九

　　李喜春不得不回村上了，队长说了话，李喜春要是不回来就不给他记工分了。

　　日他奶奶的，你是让我给你养活儿子呢！

　　李喜春心里愤愤地骂。

　　不单是李喜春脑袋开了窍，深井上的人都心里明镜似的。

　　茂林叫王三煮上羊肉，拔了些沙葱拌个凉菜，好好送送李喜春。

　　茂林给李喜春倒了满满一碗酒：

　　"今个好好喝，明早再走，不再走夜路了。"

　　"不再走夜路了！"

　　李喜春一口把酒喝干了。

　　王三给李喜春敬酒：

　　"大哥，还是有个女人好，至少有个做饭暖脚的。好好的你。"

　　李喜春苦笑一下，接过碗干了。

　　赵老五给他敬酒，他接过碗干了。

　　二眯瞪也给他敬酒，他二话不说，接过碗干了。

　　存下的五斤散白酒大都进了李喜春的肚子，一大盆的凉拌沙葱见了底，一大锅的手抓羊肉也吃了个精光。

　　李喜春喝醉了。

　　喝醉了酒的李喜春躺在沙梁上号啕大哭起来，男人的眼泪第一次似开了天眼的雨水一样喷涌泄出。起先是李喜春一个人哭，后来就是五个人一起放声地哭。悲号的哭声在苍凉的沙漠里久久地回荡。

　　后来，赶着羊群饮羊的五家牧户相互间打问：

　　"绞水的这伙人咋回事，哭了一个晚上，把羊群都惊了！"

十

　　李喜春回来是在正午，小芹已经三岁多了，领着小弟弟满地跑。女人刚刚收工回来，李喜春讨吃儿模样丁猛进来倒把女人吓了一跳，"妈呀"一声就再说不出一句话来。

李喜春倒没在意女人，打一进门他的眼睛就盯着那个小子看，直直地盯着小子看。

小芹看着来了生人，站在炕沿下怯怯地看着他。那小子却不认生，跑过来抱他的腿。

李喜春蹲下去，伸出大手抱起小子，小子显然是在地上打过滚儿，灰头灰脑的，黑乌乌的两个大花眼睛特别有神，透露出一股子机灵劲儿，咧开小嘴冲他嘻嘻地笑。李喜春端详着小子不由露出了笑容。

女人一直紧张地看着李喜春的举动，看到他露出了笑容，女人的眼泪就流出来了。

李喜春抱小子到炕上，把小芹也抱上炕，看他们姐弟俩开心地胡闹，"呵呵"，他被孩子们天真的样子逗乐了。

李喜春一直没有正眼看过女人，可是他的脑子里尽是女人的影子。

"给娃娃取了个啥名？"

炕桌上女人刚刚放了一盒纸烟，李喜春掏出一支点上。

擀面条的女人停顿了一下，直起身看他一眼：

"没有，等你起呢。"

李喜春这才直视女人，女人的模样没有多大的变化，露出的胳膊脸子还就那么白嫩，肉皮白也是天生的，在地里晒日头也不黑。天气热，女人的脸上脖子上挂着汗珠子。好像也不全是汗，她的脸上明明白白的还有泪珠子。

"就叫锁锁吧，娃娃总得有个名字。"

李喜春吐着烟圈说。

"嗯，就叫锁锁。"

女人应着他，拿刀在案板上细细地切起面条来。

透过自己吐出的青烟，李喜春分明看见一个亲切的身影，那是小时候母亲忙碌的影子，那是寂寞的日子里自己日思夜想狐仙的魅影。李喜春看着痴呆了。

"啊呀！"女人叫一声。

丁猛把李喜春从幻境里拉了回来。

"咋，切着手了？"

李喜春慌张地下了炕，跨到女人跟前，关切地问：

"疼不？"

他想把女人的小手捧在自己的手心里，伸出手又觉不妥。

女人瞅他一眼，眼里明显的嗔怪。

"不咋。"

捏住手指在自个嘴里吮着。

李喜春手足无措地立在当地，不知道该怎样好。

要是以往，他肯定会握住女人的手，放在嘴边轻轻地吹吹。只是现在，李喜春不知道自己该不该这么做了。

女人推他一把：

"你过开，人下面呢。"

"噢。"李喜春赶紧让开去。

这顿饭，李喜春吃得舒坦。许是昨晚喝多了酒，哭出了心里的怨气，现在觉得心里顺堂多了，吃得便欢实。女人吃得可就没有李喜春那般轻松了，边招呼两个孩子吃饭，边给李喜春一碗一碗地盛饭。李喜春一气吃了四大碗面条。

"饱不？把这碗也吃了吧。"

女人说着把自己的碗推到他那边。

李喜春这才发现女人碗里的饭几乎就没动，自己把一锅饭吃了个底儿朝天。

"嘿嘿，饱了。"

李喜春憨笑着抹了抹嘴。

"你吃。"

女人也笑了，白净的脸子突然就起了红晕，端起碗来吸溜着吃完了饭。

十一

女人给李喜春端来一盆水，让他好好洗洗。

李喜春这才想起，女人是最爱干净的。自己在沙窝里住了三年多，衣裳烂成了条条，胶鞋也磨穿了帮子底子，身上早就臭了，自个闻不着，女人鼻子可尖，便不言不喘地照办了。

女人从箱子里拿出一身新衣裳来，李喜春穿在身上大小正合适，黑条绒的布鞋穿上一点也不夹脚。李喜春穿了新鞋新衣裳都不会走路了，望着女人憨憨地笑。

当然了，笑脸儿也荡漾在女人的脸上，看着男人笨拙的样子抿了嘴笑。

李喜春就这样穿上新衣裳别别扭扭地去了大队部。从深井上回来了，得去队上打个招呼，重新派工。

路遇的人和他打招呼。

"喜春，深井上回来了？"

"回来了。"

"喜春，穿上新衣裳了？"

"呵呵。"

"喜春，精神啊，你女人会过日子，看把你给拾掇的。"

"呵呵。"

李喜春呵呵答应着人家的话，心里头却敲开了小鼓。自打把队长的腿打折了，已经有三年时间没有见过他了，这回见了面咋说话呀？按说我把他的腿打折了，他该告公安局才对，可他一没告，二没扣我工分，还给女人娃娃上了户口，这个队长葫芦里卖的什么药？莫非，他和女人还有瓜葛？不是，不是，茂林早给打问清楚了，自打队长瘸了腿就很少出门了，女人也本分了。管他呢，他还能把我的腿也打断了不成？

这么思谋着就到了队部，硬着头皮进了办公室。一帮好事的也都站在办公室门外，都想看看队长和李喜春还有什么戏。

令李喜春没有想到的是队长当年的架子一点没剩下，干瘦且苍老了，坐在办公桌后像是矮了一截。

队长的笑容显得尴尬。

"回来了，喜春兄弟。"

李喜春不和他搭腔。

"你咋舍得从深井上回来了，我还说你想老死在深井上呢。"

书记从报纸间抬起头来，隔着眼镜片儿瞭视着他。

李喜春走到书记跟前：

"我从深井上下来了，来派个工，让我做啥营生？"

"去饲料地上浇水去吧，饲料地上你听孙组长的。"

队长不等书记说话，抢先给安排了工作。

"我上工去。"

李喜春转身出了办公室。

十二

李喜春忽然感觉自己不是个男人了。

日出而作日落而息是庄户人家几千年来的习惯，天黑严实了才吃了饭，沙漠小村子里没有啥消遣，吃罢晚饭就是上炕睡觉。黑夜是留给瞌睡的。

哄睡着两个娃娃，李喜春钻进了女人的被窝，却被什么东西垫了一下，"啊哟"叫唤一声。

女人从毡沿下抽出一根棍子来。

李喜春纳闷了。

"做啥呢？"

"打狼的。"

女人说着把棍子丢在地上。

李喜春把女人抱在怀里可劲地亲，两个大手舍不得离开女人丰满的奶子。他听到了女人欢快的呻吟，这是他熟悉的声音，也是他梦牵魂绕的快乐福音。女人的呻吟诱导他把手伸向渴望的福地。女人更加投入了，忘情地缠绕着他。

可是，关键的时刻李喜春发现自己不行了，底下那活儿没有了反应。

李喜春趴在女人身上出了一身冷汗。

女人感觉到了他的反常。

"咋了？"

李喜春四仰八叉地躺在炕上，半天没有声气。

女人趴在他胸膛上柔声问：

"咋了？"

"日怪，我咋不行了，我咋不是个男人了？"

李喜春声音里充满了惧意。

女人伸手朝他下面一掏，果然，软软的一条泥鳅。

女人火热的嘴唇在李喜春的胸膛上游走，手握着那活儿轻轻地抟弄。

李喜春感受着女人带给他的欢愉，心里，骨头里，甚至皮肤上的每一个毛孔都感受到了女人的热情，滚烫的激情充斥着李喜春的胸膛，他想把积攒了几年的激情彻底地在女人身上发泄出来。可是，好似汹涌的洪水涌进了沙漠，被沙漠吸收得干干净净，他的激情到了下面就消失得无影无踪了。

不论女人怎么团弄，那活儿就是立不起来。

"完了，完了，这东西咋坏了？"

李喜春没法不担心。

"谁说的，这不好好的呢。是你太紧张了，赶明儿就好了。"

女人宽慰他说。

女人枕在李喜春的胳膊上，搂着他的胸膛沉沉睡去。

第二天依然是吃了晚饭就早早歇息了。

屋里本来就热，李喜春更是大汗淋漓。躁动的心渴望着激情，可是他怕自己还像昨晚那样，自己感受着那活儿的变化，好像没什么反应，想伸手自己摸摸看看，两条手臂沉重得抬不起来。白天上茅房的时候扯出来仔细地看过，没什么毛病啊，谁知道怎么就突然没了骨头。李喜春听着女人轻轻地哄娃娃睡觉，这会儿他希望娃娃不肯好好地睡觉才好，女人不要过来。女人也有需要，他知道，怕对不住女人，躺在炕上动都不敢动。

女人蛇一般地游过来了，暖暖的气息柔柔地喷洒在李喜春的肌肤上。气息没有重量，此时他却感觉到了无比沉重的压力，气息走过之处，每一根汗毛都竖了起来。

女人的双手，女人的嘴唇在李喜春滚烫的身体上游走，李喜春咬紧牙关忍受着情欲的煎熬，胸膛似乎要炸裂开来。女人的手在他腿上抚摸，一点一点地朝腿根摸去，李喜春紧张到了极点，他不知道自己的根是不是争气。

握住了，依旧软软的一条泥鳅，李喜春感觉到女人明显地迟疑一下，然后继续着她的温情。激情充满了他的胸膛，欲望在胸中愈积愈浓。终于，他大吼一声，开了闸的洪水倾泻而出，浑身上下无比的舒坦。可是，那活儿柔软依旧。

"你干啥这么紧张呢？放松一些就好了。今天比昨天好多了，慢慢就会好起来了。"

女人枕在他的胳膊上，声音细细的。

"我是你的，永远都是你的，你想什么时候要就什么时候要，我是你的地。"

女人说着情话在他臂弯里睡熟了，李喜春却没有一丝的睡意。他想起老光棍二眯瞪的一句话：好女人是让男人日的。可是自己的根却没有一点劲杖，竖不起来了。有天茂林喝醉酒也说了一句话：女人守不守这个家就看男人伺候的好不好。李喜春心里打个寒战，女人从前的事是不是就是自己没有伺候好呢？现在自家又出了这个毛病，女人还会不会守着这个家呢？

心里一颤，身体由不得就动了一下，想是睡梦中的女人觉察了，胳膊腿把他缠得紧紧的，犹自说着梦话

"不要，不要走了……害怕……"

李喜春爱怜地搂紧女人，心里说，我也害怕呀。

十三

李喜春在农田地里也是个好把式，让饲料生产组的小孙组长省了不少心，不论浇水、锄草、间苗，还是收割、起垛、扬场，李喜春样样精通，是把好手。还是在老早的时候队长就说过，别看李喜春长的粗笨，放到哪些都让人放心。

生产队里的活不似绞水那么单调，也比绞水要操心多，好在小孙组长从不对他指手画脚，所以李喜春干得很卖力。在他的意识里劳动从来就没有集体和个人的区分，很自觉地把分内的事做到最好。

女人看他肩膀上的蜕皮心疼地劝说：

"又不是咱家的活，干啥那么拼命。"

李喜春憨憨一笑

"得挣全工分呢。"

"你看人家都磨滑呢，就你一个人实诚，队上那么多的活，是你一个人能干完的？"

"嗯哪，听你的。"

李喜春依然是憨憨的笑容。

"你们饲料组割玉米是苦活儿，你悠着些干，别把腰闪了。"

"嗯哪。"

答应是答应了，可李喜春到了地里就忘记女人的劝说了，汗流浃背地干的实在。有社员和他打趣：

"李喜春你一个人把两个人的活儿都干了，哪来这么大的精神头，黑夜里媳妇给你吃补药了，咋就不知道个困乏呢？"

有人接话儿道：

"你们不知道，李喜春是个属叫驴的，一个女人哪能伺候过来，劲大的没处使呢。"

惹得众人爆笑。

像这样的话茬儿李喜春从来不应声的，由人家说去，自干自的活儿，假装没听见。

可是，就偏有人不识相，专爱挑人家的心病，而且一挑一个准。

"听说李喜春老婆可厉害呢，李喜春你说说，是你老婆厉害呢还是你厉害。"

李喜春不理他们的茬儿，自顾手里的活计，挥镰猛砍，和他们拉开距离。但是人家的话还是钻进耳朵里。

"还是他老婆厉害，那个白脸子女人，炕上功夫好到家了，一黑夜来好几回呢。"

"好是你试过似的，你咋知道？"

"有天黑夜我听着她家折腾的厉害，女人叫的我骨头都软了，李喜春也太不像话了，娃娃哭都不管呢，光顾自个快活。"

越说越不像话了，李喜春铁青个脸，提着镰刀走过去。

不等李喜春开口，小孙组长赶紧过来站在中间骂：

"逼嘴上积点德，夹紧些。"

李喜春悻悻地折过身，抡开镰刀一阵疯砍，仿佛自己面对的不是什么庄稼，而是一个个痛恨的敌人。

人们见识过李喜春撒野，再不敢当面拿他开荤，可恶习不改，依旧在他背后指指点点。

李喜春不是那种火爆脾气的人，人家不当面惹他，也就不当回事。其实，更多的时候，就是人家鼻子对脸地数落他，他也是嘿嘿憨笑两声过去。但是，李喜春不愿意人家开自己女人的玩笑。

地里受了气，后响回来就显在脸上了，也没了每天回来先逗逗娃娃坐炕沿上抽袋烟的规矩。进屋舀一瓢冷水灌下肚，也不言传，径自去照看女人积攒的四五只自留羊了。

女人知道是外头受了气，也不说啥，忙忙火火地烧水和面做饭。呵斥两个娃娃小声些，一边做饭一边竖起耳朵听外头的动静。

半天，李喜春没进屋来。

"去，去羊圈喊你爹吃饭来。"

女人把小芹支了出去。

女娃子颠颠地跑出去了

"爹，爹，妈叫你吃饭呢。"

李喜春抱起小芹，疼爱地朝她小脸上亲去，胡楂子把小芹扎痒痒了，"咯咯咯"地脆笑起来。"呵呵"，李喜春把小芹举得高高的，孩子笑得更欢实了。

李喜春喜欢饭后抽一支烟，解困，散神。

女人嗔道：

"那个烟你不能少抽些？"

"嘿嘿。"

"你看把娃娃都呛着了。"

"嘿嘿。"李喜春摸摸两个孩子的脸蛋儿，小家伙们好奇地盯着罩子灯看。

"那就不抽了。"

"也没叫你不抽啊。我是说抽烟不能抽太多了，现在不觉起，等七老八十了，吭吭吭地你就后悔了。"

"嘿嘿，不抽了。"

女人笑了。

"想抽就抽呗，现在突然不抽烟了，人家不当你面把我骂死才怪。"

李喜春不言语了。

"咋，地上受气了？"

女人抬手在头发上磨磨针尖问。

李喜春不搭腔。

"不要听人家说三道四的，那些人不叨叨人家的事就活不下了，尽乱嚼舌头。"

李喜春有些奇怪了：

"你又没去地上，你咋知道的？"

女人撇撇嘴，"哼"一声：

"你们村上的这伙人，哪个我不知道，尽是些嚼舌头日鬼弯道的货，没个好东西！"

"呵呵，你把全村的人都骂了。"

李喜春笑了，女人的话在理，他也讨厌投机磨滑瞎疙搅的人。

"咯咯咯。"女人和着他大声笑起来。

从没见她笑得这么欢畅，李喜春的心醉了。

可是，李喜春那活儿还是不行，不管女人怎么团弄，就是不行。

也是心理作祟，李喜春就是忘不掉棒打队长的那一幕。队长是不是也像自己这样搂着她，她是不是也像对我这样伺候队长？天爷爷！一身的冷汗，从头凉到脚。

女人倒不强求："你不要紧张，慢慢会好的。"依然枕在他的胳膊上睡。

女人的话语多了，李喜春的眉头展了，娃娃们的哭声没了。

日子就这么过着，平淡，实在，温馨。

十四

应了那句老话了，前头的路黑着呢，谁也料不透。

如果没啥打搅，李喜春的日子也就这么四平八稳地过下去了。

可是，人生一世，因缘前定，有些事是绕不开的。

地里的庄稼收完了，收成都进仓了，天气也就冷下来了。人们享受着冬天的闲适，等着过年。

好些日子没有听到上工钟响了，丁猛在黑夜里响起来让人心里发毛，钟声响得急促，预示着有大事发生了。

李喜春和女人就着煤油灯说闲话，听着急促的钟声十分疑惑，钟声没有以往的稳健，急躁的乱了章法。

"谁家娃娃没管好，黑夜里捣乱。"

李喜春脱了衣裳往热被窝里钻。

"他爹，不对，钟拴的高呢，娃娃家够不着，再说，娃娃哪来这大的劲敲钟？"

女人的反应快。

"他爹，起来走，出事了，肯定出大事了！"

李喜春半信半疑地爬起来，拿了手电筒牵着女人的手去了大队部。

他们来得早了，宽敞的会议室还没几个人，队长书记会计和几个生产组的小组长们都在，深井组的茂林也来了，聚在队长办公桌旁开小会。

看干部们紧张的样子，李喜春知道肯定是出大事了。

李喜春拉女人在会议室最里顺的黑影里坐下。

一袋烟的工夫，没来几个人。小孙组长出去又敲了一次钟，边敲边喊：

"开会了，开会了，全体社员都来开会，紧急会议。"

李喜春紧紧地攥着女人的手，看女人。女人和他相视一笑。

又等了半个钟头，人才差不多到齐，嘀嘀咕咕地相互打问着出啥事。

干部们也都落了座。

每次会议当然都是队长主持的。可是这次开会的内容却让人们大吃一惊，李喜春更是不敢相信自己的耳朵，会场立马就炸了锅。

深井上绞水的王三死了！

"怎么会？死的怎么会是王三呢？"

紧张的李喜春没有注意到自己那双大手把女人攥得生疼，女人使劲地搡他才回过神来。女人反握着他的手让他注意听队长说事情的过程。

王三死得突然。

深井上每到冬天就留两个人绞水，以前肯自愿留下来绞水的是李喜春和王三，今年是王三和二眯瞪。冬天羊群上水较晚，二眯瞪这几天闹心病，使唤王三先去井上，说一会儿就过去。王三老实，人家说什么就干什么，一个人先去了井上。深井绞水其实最少也得两个人搭档，一个人绞水，一个人在旁边把绞上来的水桶接过倒进水槽里。现在一个人干这个就很困难，提水的时候绞把不能松开，那样水桶就会掉回井里，绞把还可能伤着人。王三只好一只手拉住绞把，一只手去提水桶。谁知道井沿上有冰，王三脚下打滑，重心不稳，一个趔趄头朝下就栽进了深井里。等二眯瞪和放羊的到了井上，遍寻王三不见，看井上的痕迹才知是掉进井里去了。

二眯瞪吓傻了，磕磕绊绊地赶回村里报信，可怜王三的尸身还在水井里泡着呢。

村里召集开会是要尽早地把这件事向全村人通告做个交代，然后就是组织人明天一早就上深井捞人。深井不光是关乎几千只羊的饮水问题，也是周围五户人家生活唯一的水源。

李喜春第一个站起来表示愿去深井上捞人。王三是个勤快娃，是个好兄弟，说啥也得去送送他。

不知道是队长的威望不如以前了还是人们忌讳去捞个死人，除去李喜春和必须要去的组长茂林和王三的几个兄弟外，再没有人表态愿意上井。嘈杂的会议室一下子变得寂静了。

身体情况大不如前的队长发脾气了。

"看看你们这些人，思想觉悟到哪里去了，啊？王三是我们的阶级弟兄，死在工作的岗位上了，他就是个烈士！看看你们的表现，一个一个的像个缩头乌龟，如果死的是你们家的人呢，还不哭鼻子抹眼泪地把天哭塌了。不是你们家的人你们就甩手不管了？不行，这样不行！人都得有个良心。现在我命令你们，回家做好准备，明天一早男人们都去井上，谁都不能落下！"

自从瘸了腿，队长的威信就降了许多，很少走出办公室，也很少像现在这样理直气壮地向社员发号施令。人们突然觉得相貌苍老得有些委顿的队长又突然高大起来。

李喜春也觉着队长说这些话像个男人。尽管看见他就想到那件事，心里也极不舒服，但是这回却认定队长是个男人。

女人的想法就不一样了，挨着李喜春不屑地说一句：

"虚伪，伪君子。"

李喜春不明就里，怔怔地望着她。

女人笑笑：

"走吧，回家。"

十五

七八十人的队伍开进了东边的沙漠，有骑骡子骑马的，有赶牛车驴车的，更多的是步行的人，稀稀拉拉地一长串。这感觉有些像早年刚来沙漠里开荒那会儿，也是这般稀稀拉拉的队伍，男女老少怀揣战天斗地的豪情，憧憬着美好的未来挺进沙漠。只是今天的队伍少了当年的热闹，人们的心里像是堵了一块石头，压抑得如同这阴霾的天空。

李喜春和茂林并排走在一起，冷冽的寒风吹打着脸庞刀削一般的疼。两个人都不说话，李喜春感觉心里憋得慌，索性敞开了羊皮袄。

"狗日的二眯瞪。"

李喜春骂了一句。

"你说啥？"

茂林走在上风，没有听清李喜春的话。

"狗日的二眯瞪，是他把王三害了，看我不收拾他。"

茂林拉住李喜春的胳膊："你别胡来，这事是和二眯瞪有关系，可王三已经死了，不要再把二眯瞪也折进去了。昨天干部们也开了会，死的已经死了，活人还得过日子呢。"

"狗日的二眯瞪！"

李喜春朝地上唾了一口。

冬天的日子就是短，等到人们稀稀拉拉地到了井上，天色也就暗了下来。

好在人们早就想到这点了，队长分派一部分人去五户牧民家住，牛车上拉来两顶帐篷，剩下的人就住帐篷和绞水组的破土房。

次日一早，几十号人聚在井边，怎么个打捞法，却没了主意。

拿手电朝井里照，黑漆漆的，照不到底。

有人主张下井捞人。

"这么冷的天，还不把捞人的人也冻死了。"

有人反对。再说谁也不愿下十几丈深的井里捞人，黑咕隆咚的，又是捞死人，还不把人吓死。底下出啥事咋办？

有人建议绳子上拴上钩子往上捞。

"瞎主意，人都死了，还在身上戳几个窟窿，亏你想得出来。"书记骂道，"再说了，深井还养活人呢，你弄得血红流拉的，谁还敢吃井上的水？"

思来想去，没了主意。

"我看就得下去个人捞去，再也没个办法。"

大主意就得队长拿。

"问题是底下啥情况都不知道，谁敢下去？"书记说。

"就是啊，深井打上都有二三十来年了，也没下去过，谁知道底下啥情况。"小孙组长也附和说。

"再有啥办法呢，这么多的人马，今天不解决，明天吃水就是个问题了。"队长说。

"就是，放牧口的家户也没多少水了，就是把人捞上来，也得齐心协力把井水绞干了，不然的话，也没人敢吃井上的水。"

大伙儿都在商量着救人的法子。

"下去捞！"

队长把旱烟锅子朝鞋底上磕磕装进兜里，下了决心。

"这也不是个办法，下去一个人，再带一个死人上来，绞架哪能经得住，再出事就麻烦了。"

"现在做绞架，这个绞架二十多年了，该换了。杨木匠和会些木工的全都过来重新做个新绞架。留下几个人给打下手，其他的人拾柴火去。"

队长一声令下，人们四散忙开了。

新绞架做好了，换上了新棕绳，却没有人敢下去。一个个推三阻四的，有说自己本命年的，有说自己逢九年讲了迷信的，有说身体不好着不得风受不得阴的。

队长被惹恼了："都说自家的道道，总不能叫我个瘸子下去吧，总不能叫书记老汉子下去吧。"

但是，就是没有人肯下井。

队长知道，这号事不能强迫人家做，弄不好就和你翻脸。

队长的眼光在人群中一个个扫过，最后停在二眯瞪身上，看得他心里发毛。二眯瞪知道，是他间接造成了王三的死，队上和王三家的人还没有追究责任呢，表现就在这阵子了，只得壮着胆子哆哆嗦嗦地走过来。

"我，我，我下去。"

十六

李喜春细心地把人们拾来的扎干柴垛在沙梁上，心里不是个滋味。三年多了，每天都是王三扛了扎干柴堆在沙梁上，任他一把火烧成灰烬。孤独的日子里也只有王三片刻不离地陪着他。现在王三去了，他要亲自送兄弟走，能做的也就是把扎干柴码得整整齐齐，上头拾掇得平平展展的。

拾掇好了扎干柴堆，李喜春朝深井上走去。

二眯瞪磨磨蹭蹭地脱了衣服，抱着膀子不停地打战，茂林和小孙往他腰上拴绳子。

"狗日的二眯瞪。"

李喜春骂一声，抬脚把他踹倒在冰滩上，径自走到井沿上，放下水桶绞一桶水上来，三下五除二地去了衣裳，提起水桶兜头朝身上浇下，忍不住打个冷战，接着他毫不犹豫地摘掉水桶，把绳子拴在自己腰上，再在脖子上挂一根缰绳拿了手电就要下去。

队长急喊：

"酒呢，酒呢，把酒喝上，暖和些。"

李喜春接过酒瓶子一气喝了半瓶，然后让人慢慢地把他放下去。

一个人悬在空中干活很不容易，井下的空间又小，很难施展开。李喜春反复下了三次井才把王三捞上来。

先上来的是李喜春，冻得几乎麻木了，人们赶紧把他从井绳上解下来抬进帐篷里，用几个羊皮袄把他围得严严实实的。

王三是李喜春用缰绳捆在脚上和他一起提上来的。几个光棍弟兄们少不得一番痛哭。

大家给王三换上了新衣服，用红毯子裹着平放在扎干垛上。

队长迟迟不说点火的话，大家都在那里看队长的脸色。

书记说："趁天还没黑，点火吧。"

"等等李喜春吧，你没看出来，他和王三有情呢，让李喜春送送兄弟吧。"队长望着帐篷说，"安排人连夜不停地绞水，先把井洗干了。"

灌了两碗姜汤，围在羊皮袄里焐了两个小时，李喜春总算缓过来了。

李喜春点着了托着王三的扎干垛，熊熊烈火映红了半边天。

李喜春仿佛看见王三就坐在自己身边，一声不吭地陪着自己发呆。

记起离开深井的头天夜里，王三给他敬酒，王三的话依然在耳边回响：

"大哥，还是有个女人好，至少有个做饭暖脚的。好好的你。"

兄弟，我现在过得好好的，可是你咋走了呢？

李喜春端起一碗酒，泼在火堆里。

"兄弟，好好道道地走。"

李喜春跪在火堆前，扯开嗓子大嚎起来。

就像他离开深井前的那天夜里一样，他的哭声很有感染力，惹得一帮大老爷们也跟着痛哭起来。

十七

从深井上回来李喜春就害了一场病，受了伤寒，在炕上躺了好些日子。

女人照料得很精细，就似看护一个生病的娃娃。

李喜春回来名声大振，过年的时候几乎所有的乡邻都轮番来看望他，送来的鸡蛋装满了一个簸篮。李喜春不再是从前那个有名的光棍，人们都当他是真正的汉子，是个英雄。

女人的眼里盛满了怜爱。

然而英雄是要付出代价的。

病刚好起来,李喜春就听到了一件怪事,人们都说深井上王三在显灵了,绞水的人看见王三晚上就坐在井圈上。没人敢去深井上绞水了,说怕被冤死的王三拉去垫背。放羊的也说大清早的看见有个人在深井边上晃荡,那人没有回头,看走路的姿势像是王三。

茂林也不愿在深井上待了,回到村里就来看李喜春。

李喜春问:"到底咋回事吗?"

"我也说不清楚,是赵老五说看着王三在井上坐着呢,回来人就抽风了。"

"那你也慌慌张张地跑来了?"

"我是没有看着王三,可就是觉着身后啥时候都跟着个人,我一回头他就跑了,就看着个人影影。"

"怕是眼睛花了?"

"也说不上,反正这些日子睡觉也不实落,头疼得厉害,别人也是这种感觉。你说,我们在时哪有这样的事?"

别人的话李喜春可以不信,茂林的话就得信了,这辈子就交下两个朋友,茂林和王三。所以李喜春也相信王三真的显灵了。

这事也搅得村干部们睡不好觉,社员们这么有鼻子有眼地一叨叨,深井上谁也不敢待了,连放羊的家户也来申请回村里种地。人心惶惶不说,还耽误生产。深井上没有人,几千只羊不得渴死了!

书记虽然是个党员,可迷信得很。

"我看得在深井上盖个庙了。"

"盖庙?神主是谁,王三吗?"

队长觉得有些滑稽。

"当然不能是王三了,王三是个鬼,得镇住这个鬼呢。就叫个井神庙吧。"

"井神?井神是谁?我还没有听说过有个井神呢,神主上咋写啊?"

队长直摇头。

那些村委小队长们都赞成修庙,啥理由都不说,就是不能耽误了生产。

于是，这一年的春天，村里忙活的第一件事不是平整土地，而是在深井上修了个庙，不过是一间没有砌南墙的脊房。里头设了香案，没有可塑的神像，就立了个土地爷的牌位。土地爷怎么说也是神，神总能镇住鬼吧。

可是，安生了没有多少时日，绞水的人又跑回来了，说半夜里听到王三在哭，有天早晨去井上，照例是先去庙上上香，可就是划不着火柴点不着火，突然就听到庙里有人在哭，哭得真真切切，不是王三又是谁？

这事儿搅得队干部们头痛。

"书记你也快奔六十了，我这个残废人去井上又干不了个事，看来就剩下一个人了。"

队长叹了口气。

"谁？"

"还有谁，李喜春啊。我亏下他的，本来说让他过个好日子，没办法了。"

怪事来得太邪乎，李喜春想不明白，这到底是怎么一回事，即便真的是王三的鬼魂在闹事，肯定是什么事情做得不圆满。所以，李喜春决定再次上深井绞水弄个明白。

可让李喜春觉得奇怪的是，女人对这事看得冷淡。

"骗人的，哪有什么鬼神，是人捣鬼呢，你不要去。"

可李喜春执意要去看看："就算是骗人的也要揭开这个把戏，别让王三兄弟的名声被玷污了。"

李喜春说得在理，而且他也和她说过王三留给他的最后一句话，女人知道王三生前是他的好弟兄，对王三也心存感激，最终也就让他去了。

十八

李喜春到了深井上，少不得去庙上烧香拜祭一番。

李喜春头磕得实在，愿望也说得实在。他不说请土地爷保佑深井上绞水人的平安，倒问起王三有啥没了的心愿，一定会给他了了，说王三兄弟如果觉得寂寞，那自己就陪着他，经常来给他烧香说话。

李喜春就像是往日那般和王三说话，倒把一起来的茂林吓了一跳，头皮发麻，直冒冷汗。左看右看前看后看，看哪些藏着王三的影子，虽说什么也没看着，可总觉得身边凉飕飕的，似乎有谁在和李喜春聊天。

说来也怪，自从李喜春来了井上，深井上又恢复了单身汉的快乐生活，王三鬼魂显灵的事再也没有发生过。

人们似乎已经忘记了深井闹鬼的这档子事，再也没有人说过这个话头。李喜春反倒奇怪了：这不平平静静的吗，咋就说的那么邪乎？

二眯瞪讨好地说：

"还是李大哥煞气大，能镇着鬼呢。"

"镇你个鬼呢，妈个逼的，不把你丢进井里是便宜了你。"

二眯瞪吓得不敢再言语。

自从王三出事，李喜春认定王三是二眯瞪害死的，从不给他好脸子看。

"我看说你煞气大也是真的，从你这次来了，我睡觉可踏实了。"茂林也说，"前些日子想睡个好觉可真不容易呢，总听得自个的头皮在轰轰地响，头痛的也厉害。你说怪不怪，你来了头就不疼了。"

在深井上待了个把月，天气也就变得闷热了，深井上也没见着他们神说巫道的那种事发生。李喜春和茂林打个招呼，要回村上去。

茂林才回了一回村上，有些为难地说：

"我知道你想家了，只是我们深井上也忙开了，村上又抽不出来人手。南边羊群上长征病下了，前些天镇上看病去了，长征老婆一个人照顾不过来羊群，队长还让我抽个人给她家帮群呢。你现在走了，我这里就倒不开绞了。"

李喜春蹲在地上闷头抽烟，半天才说：

"那你也不说去家头看看，来的时候说个把月就回去，你看看我的鞋破球成啥样子了嘛。"

"啊呀，这个事情怨我，昨天我到村上天就黑了，就去了趟队长家，给安顿到半夜了，这不，一早就赶回来了，还真没顾上去你家里。这事怨我，怨我，你就凑合两天吧。"

李喜春瞪他一眼，起身去井上。

"哎哎，喜春要不这样吧，你去给长征家帮群去，再人我也不放心，顺便让长征老婆给你把鞋补补。"

于是，李喜春就去畜群上帮忙了。

长征老婆是个四十岁出头的女人，几个娃娃都在镇上上学，平日就两口子务艺八九百只羊，男人前些日子身体不好，将就着收了羊绒就去镇上看病了，女人一个人放一群羊顾不过来，就让深井上的茂林给队上带话给派个帮群的。

羊毛已经收完了，羊羔也可以跟群了，李喜春的活儿不累，每天早起把羊赶出去，不等中午羊们吃饱了肚子就去井上，等羊饮足了水就不再去管它们，自己就可以回去休息，下午的时候不用人去找，羊群自己回圈。

难怪人家都想抢着放羊哪，放羊就是清闲，中午还不用晒日头，这样的日子就是好。

李喜春心里说。

这天中午回来得早，饭还没做好，长征老婆在案板上和面。

"今儿个回来得早啊？"

女人是个活套人，也是一个人闷得慌，经常跟李喜春找些话说。

"嗯。"

李喜春答应一声，盘腿坐在炕沿上抽起烟来。

"你稍缓缓，锅滚了就下面。"

女人把面揉成个疙瘩，拿了擀面杖一下一下地把面疙瘩压成个面饼，然后卷在擀面杖上有节奏地擀起。

李喜春突然想到了自己的女人，她也是这么擀面的。

再瞅一眼女人，突然就注意到了她的胸前。女人穿着宽松的汗衫，弓了腰擀面，胸脯就在衫子里有节奏地跳动着。

李喜春突然感觉自己的身体有了一种反应，原始的萌动使得血往上涌。李喜春感觉到了身体的变化，老天，是……

李喜春不敢低头去看，但是他感觉到自己那活儿起了变化，它在充血，它在慢慢地变硬。

李喜春激动起来，忘记了抽烟，静静地，呆呆地感受着这个变化。

老天，还以为自己真的就不是个男人了，还以为自己就这么低了头过日子了，原来自己还是个男人啊！

李喜春瓷愣愣地盯着女人的胸脯，惊异自己身体的变化。

女人似乎没有注意到李喜春在注视着自己，汗水顺着脸颊淌下，便撩起衣襟擦脸上脖子上的汗，于是，李喜春就看见了一对白白的大乳，低垂着，在眼前晃动。同时李喜春感觉到自己的根充足了血，变得坚硬似铁。

真的是个男人了吗？李喜春犹不敢肯定，那些日子和自家女人在一起也是这样的感觉，可是自己就是不行，现在真的能变成个男人吗？

李喜春想试一试，却又胆怯了。

她可不是自己的女人，打人骂人怎么办？

女人不知道有多少汗，犹自擦个不停，一对大乳整个的都暴露出来了，还有肥肥的腰身。

那对大乳扰乱了李喜春的思想，脑子里一片混乱，两个女人的身子重叠在了一起。

李喜春还是想试一试，他下了炕，尽自己最大的努力屏住气，朝女人走过去。

腿似有千斤重，每走一步都那么困难，哪里能屏得住气，李喜春听到了自己的喘气声。

李喜春走近女人跟前，还没伸手，女人突然一个趔趄，向后摔倒，李喜春吓一跳，赶紧伸手抱住，双手正好就握在女人的大乳上。

本来还担心自己不行，可女人倒在怀里的那一刻，李喜春知道自己真的就是一个男人了。李喜春向女人证明了自己是个男人，在他的感觉里，炕上被自己汗流浃背地压着征服的女人就是自己的女人。

李喜春满意地点了一支烟，深深地吸了一口。

女人整理好衣裳，红了脸下炕说：

"你也太厉害了。"

李喜春一愣，怎么会是她呢？这才明白过来她真的不是自己的女人。

有了第一次就会有第二次，李喜春贪婪地在女人身上索取着，他喜欢听被自己征服的女人忘情的叫喊，荒天野地里想怎么喊就怎么喊，女人的喊声越大，自己征服的欲望就越强。

李喜春对茂林给安排的这个活儿很是满意,有了女人,也有了新鞋穿。

这样的便当没过多长时间,畜群的主人长征治病回来了,李喜春自然就没有了继续待在他家的理由,只能又回到深井去。女人留恋李喜春的狠劲,隔几日就趁男人放羊的时候出去,去深井跟前的扎干林里拾柴火,故意在井上劳动的人前露个面,李喜春趁人们不注意的时候,假装去茅房,折进扎干林就和女人相会了。

每回和女人在一起的时候,他都把她当成是自己的女人。自己的女人也会这么喊的,只是她怕被人听着了,总是咬着枕巾尽量不出声来。他甚至想着,等回家了,要好好地向女人证明自己是个男人,最好把女人也领到没有人打搅的地方去,让女人放开嗓子地喊。

十九

李喜春的想法又错了。

自从有了别的女人,在深井上的日子过得也快了,也不觉得寂寞了,回村里的时候已是秋收时节。李喜春没有料到日子会过得这么快,转眼已经半年过去了。

女人并没有高兴地迎接他回来,冷冷地看着他。

两个娃娃显然对他也已经陌生了,好奇地看着他。李喜春想逗娃娃玩玩缓解气氛,却叫女人支出去邻居家玩了。

李喜春求之不得。别看女人脸子冷冷的,心里可想着我呢。这么想着就去抱女人。没想到却挨了女人重重的一巴掌。

李喜春愣住了,摸着自己挨打的脸瓷愣愣地看着女人。

"你还回来干啥,你咋不和那个骚女人过一辈子去?你还死回来干啥?"

女人骂着扬手又来打他。

李喜春明白了,自个在深井上的事叫女人知道了。不知道该怎么和女人说才好,便一把把女人推开去。

李喜春下手没个轻重,只是抬手推了女人一把,女人便坐在地上了。

李喜春不知道该怎样处理,也不拉女人起来,习惯地盘腿坐在炕沿上摸出烟盒。

"你还有理了你。"女人一骨碌爬起来，朝李喜春扑去。

李喜春以为女人又来打自己的脸，也不忍心再伤了女人，所以防备着护脸。没想到女人的蛮劲也挺大，上来就把他推倒在炕上，却抢下了他脚上的一只鞋，"嗖"地扔到门外去。

李喜春这才想起，忘了换上自己女人做的鞋了。

"你个破鞋，叫你穿个破鞋，叫你穿个破鞋……"

女人叫骂着又来抢另外一只鞋。

李喜春也不躲闪，任她把鞋子脱了扔到门外去。

女人犹不解恨，爬上炕打开箱子，从里头拿出一捆新做的布鞋来。女人又从针线簸篮里抓过剪子，一剪子一个，把四五双没挨过脚的新鞋子全都剪烂了鞋帮，一边剪一边朝李喜春扔过去，嘴里不住气地骂着：

"叫你穿破鞋，叫你穿破鞋，好鞋你不穿，叫你穿破鞋……"

李喜春看着傻了，绞烂的鞋打在脸上也不躲闪，束手无策地看着女人发泄。

突然，女人扑过来，李喜春没有躲闪，没想到女人手里的剪子深深地扎在李喜春的肚子上。

李喜春惊诧地注视着女人，慢慢地躺倒了。

二十

不知道是因为李喜春身体魁梧，还是女人使的劲不够，李喜春肚子上挨了一剪子，却对身体没有造成太大的伤害。不过，这一剪子却剪断了夫妻情分。

李喜春在村卫生所做了包扎，没地方可去，家是不能回了，只能偻着腰去王家弟兄家里。

对王家这几个光棍弟兄来说，李喜春就是他们的恩人，他们清楚李喜春和王三的情分。所以，把李喜春伺候得很细诚。

女人一次都没来看过李喜春。

李喜春心里有气。

突然，女人扑过来，李喜春没有躲闪，没想到女人手里的剪子深深地扎在李喜春的肚子上。

他妈的，不要脸的女人，你卖逼娃娃都养下了，我才打你一次，我日个女人你就杀我！

养好了伤，家也不要了，也不和女人去分啥东西了，女人有娃娃，就留给女人吧。自己的衣裳也不去拿了，队上还能支点钱，再置办吧。

理直气壮地和队长打了个招呼：

"这个家留不下我了，我去深井上，再不回来了。家送给你了。"

看到队长寡白了脸惊愕地注视着自己的表情，李喜春感觉莫名的快意。女人本来不是我的，你偏给我，叫我给你娃娃当爹，我没这个福分！

二十一

李喜春只身上了井上，换回了茂林，当了绞水组的组长。

尝过女人的甜头，也吃过女人的亏，李喜春不敢再亲近女人了。长征老婆还不时地来骚情，但是李喜春不去理她，连个说话的机会都不给她。

李喜春也不笨，慢慢地就想清楚了其实是这个女人勾引了他。

对于让自己付出过血的代价的女人，他并没有痛恨的感觉，只是觉得不值得，还是各过各的吧。

李喜春不声不响地在深井上又过了三年。

三年里村里发生了一些事，都不直接和李喜春有关系。

可是，有两件事却让李喜春心疼，真正的心疼。

第一件事是听说女人又生了一个孩子，一个男孩。

听到这个消息李喜春喝了一顿酒，把自己灌醉了。

第二件事是二眯瞪神神秘秘地告诉他的，女人不知道叫谁在脸上割了一刀，从眼睛到嘴边凸出来一道伤疤，难看死了。

听到这个消息李喜春去沙梁上点了一堆篝火，自从王三死了，李喜春就没再点过篝火了。火着了一晚上，李喜春就在火堆旁坐了一个晚上。

赵老五带来的消息是说李喜春家来了几个城里人，李喜春的女人好像是城里的人，来人要接女人回城里去，因为几个娃娃，女人没去成。

李喜春猛吃一惊，女人的来历她从来没有说过，但是李喜春知道女人是个有文化的人，生小芹那会子，女人还每天看书呢。自己从队上拿来的旧报纸女人一字不落地看过。听说女人不回城里去，李喜春才长出口气。

还有一件事也是二眯瞪说的，队长和书记都退下来了，接队长班的是队长家的三侄儿，接书记班的是小孙组长。

等于没换。

李喜春心里说。

小孙组长是老书记女人的侄子，权把子还在他们手里。

三年来村里发生了太大的变化。羊群上的羊还是那么多，每天绞水饮羊，李喜春心里有数，但是属于大队的少了，好多都是人家的自留羊。

听说地里的收成也少了，下地的人一个靠一个，尽磨滑。

村里才办了两年的托儿所也办不下去了，没人好好地照看娃娃，有个娃娃还掉进托儿所的水井里淹死了。

六个下乡知青都返城了，村办小学校就没有了老师。

办了二十几年的养猪场里也没有猪了，猪仔都叫老母猪吃掉了。

辛辛苦苦挣下的工分也不值钱了，大队的库房里也没东西了。

到底是咋回事，李喜春从来没有想过，这也不是庄户人家能想明白的事。

突然有一天就有人专门来深井上通知，绞水的人和畜群上的人一个不留，全都回村里开社员大会。

"出大事情了，肯定是出大事情了。"

二眯瞪说。

"能有啥大事，天还能塌了？"

李喜春哼哼两声。

二十二

有些事是庄户人家不能预料的。李喜春他们到队上连夜开了会才知道，真的出大事了，国家出了新政策，要把地和队里的生产工具都分给社员单干。还起了一个新名字，叫"包产到户"。会场上立马就乱了套，绝大多数人拍手称好，吃惯大锅饭的，像李喜春二眯瞪王家光棍兄弟这样的人可就犯了愁。

分地分工具分牲口是铁板上钉钉，铁定了的。剩下的就是该怎么分配了，需要一次次地开会。

　　李喜春暂时管不了那么多，他迫切需要的是一间房子，得有个住的地方。

　　他向新上任的张三队长提出了要求。

　　张三队长架子比他叔老子大多了，脾气也大。

　　"没看着人在忙吗，你捣啥乱？"

　　李喜春搔搔脑袋，朝孙书记望去，孙书记就是以前的小孙组长，和他还说得过去。

　　"你要房子干啥？"

　　"住啊，我没处住啊。"

　　"你又不是没家，咋不回家住去？"

　　"那个家我给人了，不是我的家了。"

　　"胡说，你又没有离婚，咋就不是你的家了，快回去吧。"

　　孙书记笑着劝他。

　　"我不想回去。"

　　"不想回去也得回去，你们又没有离婚，你必须得回去。你女人带三个娃娃也不容易，你该好好帮帮了，这是责任。当爹的养下娃娃就得管。行了行了，我们还有事呢，你赶紧回家吧。"

　　"回去吧，回去吧。"

　　那些新当选的村委们也说。

　　李喜春只能回去了。

　　其实李喜春也知道，那里是他的家，他也想回去，他想自己的女人，天天都想。可是，他又不愿意回去，女人给了他太多的伤害。女人第一次第二次和别人生个娃娃自己认了，捅了自己一剪子也认了。但是他也有自尊，他不能容忍女人在伤他之后又养下一个孩子。

　　站在院子里，李喜春只有叹气。

　　屋里的灯亮着，他听见屋里娃娃们嬉耍的声音。突然寂静下来了，不觉犹豫了，该不该跨进这个门去？

　　屋子里没有了一点声息，似乎娃娃们都突然睡着了。刚才开会的时候他看见女人了，女人也看见了他，尽管女人围了头巾，但是就是她变成了灰李喜春也认得。

　　终于，李喜春叹了口气，转过了身。

　　李喜春把夏天做饭的小凉房拾掇了一下，把自己的破铺盖卷儿在地上一铺就躺下了。

　　次日天一放亮，李喜春就忙着收拾自己的窝了，和泥砌了一个土炕，等干爽了铺上个席子就是个好住处了。

　　女人和娃娃们一早上没有出门，李喜春看见娃娃们趴在窗户上朝外望。

　　中午的时候小芹来叫李喜春吃饭。

　　"爹，吃饭了。"

　　李喜春这才看着了小芹。小芹已经是个七八岁的小姑娘了，眉清目秀的，像极了她妈妈。

　　李喜春大手摸摸小芹的头，转身从旧包包里掏一把水果糖塞在小芹怀里。

　　"去，和锁锁吃。"

　　小芹回屋了，李喜春笑笑，然后继续拾掇他的房子。

　　很快的，小芹又来喊他：

　　"爹，妈叫你吃饭呢。"

　　李喜春浑身哆嗦一下，蹲下来抱抱小芹。"赶紧去吃饭吧，爹买了锅再做饭。"

　　李喜春背对着门蹲下，摸出纸烟点上。

　　他的手一直在哆嗦，自己也说不清什么滋味。

　　一支烟没有抽完，又听得小芹喊"爹"。

　　转身看小芹端着大半盆子面条颤颤颠颠地来了。

　　"爹，我们吃完了，妈让我给你送饭。"

　　李喜春真的饿了，早上起来到现在一直没有吃东西。不再犹豫，接过小芹的筷子，把半盆面条吃了个精光。面条，还是吃自家的舒服，李喜春满意地咂咂嘴。

　　下午，李喜春去代销店里赊了个铁锅和相应的家什，又去找保管员领了白面回来。

可是李喜春一顿饭都没有做过，每当自己准备做饭的时候小芹就会端了饭盆子出来。李喜春心说，女人是让自己进屋去呢，我偏就不去。至于她做的饭，不吃白不吃。所以索性再也不做饭了。

李喜春真的就不想女人吗？那也不是。

李喜春承认自己犯了错误，不该和别人家的女人胡来，可那也是想知道自己还行不行，想回来好好地疼女人。就算有错，也不该拿剪子捅啊。再说了，就算有错，你也不该再生个野种啊。

每天门对门地住着，李喜春当然能看到女人，出门就围个头巾，看不到她的脸。听说她的脸叫人划伤了，是不让人看着她的伤疤吧。李喜春很想看看她的脸伤成什么样子了，可是一连几天，女人都是围着脸的。

二十三

连续开了七八天的会，终于定下了公产变私产的方案。按劳力，按户口，按落户的时间长短分配。说好分也不好分，说不好分也好分。框框定好了，各家朝里头套就是了。自然也少不了吵吵嚷嚷。

分工具牲口时，李喜春很顺利分了一套铧犁和一些农田工具，牲口是队上最难使唤的大黑犍牛，但对李喜春来说，是占了便宜，黑犍牛个大力气足，也只有李喜春和队上的两个饲养员能使唤，那两个还挺不服气。不服气不行，抓阄抓的，李喜春运气好。

分地的时候李喜春就没有那个好运气了，好地轮不到他，不让他抓阄，边缘地带的烂地不用抓阄也是他的。

李喜春户口上有五口人，每人七亩地，该是三十五亩地，可是已经分到名下的十几亩都是这样的边缘地。

李喜春也和人家争，张三队长就是不买他的账，说不让他抓阄就是不让他抓，气得他只有攥紧了拳头咬牙的分儿，却也无可奈何。

分六号井地的时候又没有李喜春的分儿，这是村里最好的一片地，也是最宽阔的一片地。不让李喜春抓阄的理由很简单：这片地是两年前开的新荒，李喜春没有参与开荒劳动，所以就没有他的份。

中午回来李喜春就带了气。小芹和锁锁照旧跑来他屋里玩，他一句"出去玩去"，吓得两个孩子忙跑回自己屋里。

吃饭的时候没见小芹送饭来，李喜春躺在自己炕上瞎思想。

女人第一次踏进他的屋子。

"不给你送饭你就不知道自个过来吃啊？"

李喜春坐起来打量着女人。

他看到了女人的脸，虽然头发朝一边梳着，依然不能把整个脸全遮着，嘴角有一道肉色的凸起。

"进来吃饭吧，啥事吃了饭再说。"

肚子真的饿了，李喜春二话不说，随女人进屋吃饭。

李喜春说了分地的烦心事。

下午就要抓阄了，也难怪李喜春着急。

女人拢拢头发边给他盛饭边说：

"下午我去，看他们咋说，开荒的时候你不在，我总在吧。"

女人说什么李喜春没有听进去，他瓷呆呆地注视着女人的脸。

女人的右脸上一道刀痕从眼角一直拉到嘴边，白净的脸上突然凸起了那么一道肉色的疤痕，像是脸上趴着一只硕大的蚯蚓，显得特别诡异，恶心。

是谁这么狠心下的毒手，把人糟蹋了还敢把容也给毁了？

李喜春的心碎了，不经意手里的一双筷子就断成了四截。

"快吃饭吧，吃了饭再说。"

女人注意到了李喜春的表情，勉强笑一下。

在李喜春的眼里，女人现在的笑是自己见过最难看的笑容。做作的笑容牵动脸上的伤疤，说不出的丑陋。

李喜春觉得心里堵得慌，再吃不下饭，起身去自己屋里躺下。

下午分地的时候李喜春去了，女人也去了。

女人也不和人家争论什么，只是在人家准备抓阄的时候自己也伸手去抓。

张三队长急忙把盛着纸蛋蛋的草帽护着了。

"谁叫你抓？早就说了，六号井的地该不着你们。"

"凭啥人家能该着我们就该不着？"

女人反问队长。

"开荒的时候李喜春在哪呢，这块地就该不着他，会上定了的。"

"开荒的时候他在深井上给大集体绞水呢，凭啥就没有他的地。就说他不在，可我在呢，没他的可得有我和娃娃的。"

"你在也不行，你来村里才几年，这块地新户就不给分。"

"新户老户那是你说的，我就不承认，我户口在这里就该给我分地，你凭啥不给我分地？"

女人的话把张三队长说呛了。

"嗨哟嗨哟，把你个女人家还能耐的，也不看看你啥样子，要不是我们村里收留你，还不知道在哪些不要脸呢。还来这里撒泼来了。"

女人的脸色突然变得惨白，她眼睛一眨不眨地盯着张三队长。

"我啥样子，要不要脸你管不着，问你们家当爹的去吧。反正我的户口下在村里了，我就要我的地。"

一句话呛得张三说不出话来。

众人都来劝女人回去，她不回去他们也不好分地。

"过去的事情就不要再说了，再说就都伤了脸了。"

"就是嘛，说那么多干啥呢，回去吧，又不是再不给你分地。"

女人却认死理：

"为啥不说了，我都不怕丢脸，你们怕啥呢，怕丢你们的脸啊？"

"再说了，什么新户老户，你们定的这个框框就不公。咋的新户，咋的老户？是村上的人就一律平等。你张三队长也不是最早来村上的，还不是你叔老子把你领来的，你说你是老户还是新户？今天不给我分地谁都别想分！"

张三队长气哼哼地走到女人面前，指着女人骂：

"说你不要脸你还真不要脸啦？今天就不给分，看你咋的？"

大家伙儿把张三拦住了。

"算啦算啦，好男不和女斗，不和她一般见识，赶紧分地吧。"

听着女人和张三队长斗嘴，李喜春恨得直咬牙。他恨张三说话不积德，专揭女人的短。更气女人被人家这么侮辱还豁出脸子和人家争，还不嫌丢人啊，争什么争？想拉她回家，又没敢去拉。李喜春早就不敢把女人当自己的女人看了，只觉得女人这么争不值，给自己丢脸。索性不理他们，蹲在一边抽闷烟。

但是人们显然低估了女人，女人说到做到，不给她分地就搅得人家也分不了地。

每次张三宣布开始抓阄的时候，女人都要挤进去第一个伸手。张三护着草帽走到哪她就跟到哪，气得他跺着脚骂。

可女人依然如故，还是争着抢着去抓阄。

眼看天黑了，最终没能分成地。

张三只得让人们回家，明天再说。

人们想着明天肯定还得闹一场，只怕女人搅得其他新户也来争地，那麻烦就大了。

谁知道次日一早，张三队长的态度来了个大转弯，重新把地亩顺序写在纸条上，团成纸蛋蛋丢在草帽里。

"今天分六号井的地，算你的份，你第一个抓。"

张三先把草帽伸到女人跟前。

女人毫不犹豫地抓了一个，展开一看，十二亩五分，中间最好的一档地。叫过李喜春得意地在地的四角钉上木楔子标记。

这个结果是李喜春没有想到的，对女人这个执拗劲儿也认不准是对还是错，所以也就说不上是高兴还是失落。

二十四

女人是很好强的，自从承包了土地，事事不愿落在别人后面，地里种什么该做什么都由她说了算。李喜春这个老把式反得听她的指挥。

李喜春不想计较这些，整个村子也只有李喜春知道女人有文化，李喜春觉得女人的计划没什么错，所以也就不反对她什么。慢慢地，李喜春就不自己拿主见了，凡事女人说了算。经济上李喜春也从不过问，全由女人当家。

村子里新办了小学，小芹和锁锁都是小学生了，老三小锁整天撵在他妈屁股后头。

日子慢慢地有了变化。

第一年下来，李喜春家里的纯收入就有两千多块。女人和他说起这事的时候李喜春不敢相信自己的耳朵。两千多块，这个数字在他而言实在是太庞大了。

但是李喜春依然住在他的小凉房里。女人没说过让他去大屋里住，他也不想过去。老三小锁是横在他情感中间的一道坎，他不能原谅这个孩子的诞生，由而对小锁也就爱不起来。小芹和锁锁是他的最爱，两个小家伙从学校回来就腻在他的小屋里。这时候的他是最快乐的，孩子们的顽皮常逗得他呵呵地笑。

女人很会经营，李喜春又肯下苦，地里给了他们更多的回报。

两年之后，李喜春家就盖起了村里第一套私人盖的房子，宽宽展展的三间土坯房，热羡了村里人的眼睛。

李喜春把自己的铺盖搬进了靠西的独间。

从深井上回来李喜春就变得木讷了，在家很难说上句话。偶尔说几句，也是回答孩子们的话。女人和他说话也是"嗯、啊"的几个简单的词。不光在家里，就是在村上李喜春也很少说话，从不主动和人家说话，他怕人家揭他的伤疤。村里人也怪，说不清什么心理，和李喜春说的话都是他老婆长啊短的，甚至当他的面把女人的韵事说得绘声绘色，不由李喜春不相信。或者，就给别人讲李喜春在扎干林里和人家女人相会的事，臊得他脸红到脖子根上。

慢慢地，李喜春的言语就短了。

李喜春把自己的家什朝独间里搬的时候没有注意女人的反应。

女人在东屋隔着窗子看着李喜春忙碌，李喜春没有看她一眼，也就没有看到她发抖的嘴唇和流下的眼泪。

但是，李喜春也有几样发现。

从深井上回来就发现，女人经常剧烈地咳嗽。

女人开始抽烟了，有时候也喝酒。

女人抽烟喝酒的时候从来不让他，独抽独饮。

女人的脾气暴躁起来了,对李喜春做的事横竖不满意。"窝囊废"是女人骂李喜春最多的一句话,几乎天天挂在嘴上。

这句话女人刚来李喜春家里的时候骂过,现在又原模原样地送给他了。

女人变得懒惰了,下地里去很少拿锹把了,圈里的猪羊牛也很少过问。

女人每天的生活就是早早地去地里转一圈,看哪都不顺眼,指指点点地责骂一通李喜春,说该做什么该怎么做等等。然后就回家去抽烟做饭。

还好,女人还能给做顿饭,李喜春还能吃饱肚子。

李喜春不明白女人怎么突然有了这样的变化,突然就没有了笑容,没有了欢畅和温暖。

但是,李喜春是个不善于表露自己心事的人,他把自己的疑问都深藏在心里,一个人干活的时候拿出来慢慢地咀嚼,独自品尝着苦涩的味道。

李喜春像一头不知疲倦的老牛在地里辛勤地劳作着。

天道酬勤,他家的收成算是村上最好的。李喜春不由露出一份自豪和得意来。

生活也不都是孤独的,小芹和锁锁喜欢和当爹的待在一起,从学校回来先是找爹,田间地头到处留下他们的小脚印和"爹、爹"的叫声。叫声里对爹的挚爱和依恋让那些有亲生子女的人们羡慕。和孩子们相处的时候就是李喜春最快乐的时候,忘记了自己的疲劳,陪着孩子们呵呵地笑。

二十五

李喜春的日子就这么继续着,也算过得实在。

女人依然骂他是窝囊废,女人也还能给他每天做两顿热饭。

小芹去镇上的中学了,锁锁领着小锁在村里上学。

锁锁依然像影子一样跟着他,晚上也是搂着他的脖子睡。

老三小锁更喜欢缠在他妈妈身边,当爹的只有拿糖才能引他来自己身边。可这小子养不绵,掏空他爹的衣兜就不肯待在这里了,闹着要去找妈妈。李喜春怜爱地朝他小脑袋瓜上拍一下:

"狼娃子,找你妈去吧。"

小芹十六岁了,模样儿活脱脱就是她妈年轻时的翻版,白净的瓜子脸儿,

227

苗条的身段儿。从学校回来甜甜的一声"爹"叫得李喜春心里暖暖的。李喜春拉着女儿的手看不够,父亲的得意和自豪全都写在他的脸上了。

李喜春下地的时候,前头是女儿,后头跟着两个儿子,说说笑笑的好不自在。地头忙碌的人看见了都打个招呼。

"小芹回来啦?"

"嗯,回来了。"

"小芹长成个大姑娘了,和她妈像得很呢,喜春你好福气啊!"

"嘿嘿。"

李喜春得意地笑着。女儿是他的骄傲。

让人意想不到的是居然有人来给只有十六岁还是个中学生的小芹说媒了。

人家先找的是小芹她妈,说了好多道道,女人只是抽烟听着不言语。媒婆着急了:

"小芹妈,行不行你倒是说个话啊?"

女人掐灭了烟,说:

"小芹是她爹的宝贝,你问她爹去。"

"问他能问个啥名堂,小芹是你养的,你说话就是了。"

媒婆恭维着给女人递烟:

"老汉啥时候做得了你的主了?"

女人看着媒婆说:

"这事他能做主,真的,他做主了我就不反对。"

媒婆不相信地盯着女人。

"你说的是真的?"

"我哄你干啥,你没看着丫头娃子回来就和他爹在一搭,我这些来都不来。"

媒婆子去找李喜春说了这事。

"我娃才十六岁,早呢。"

"十六岁也不小了,长征家的三丫头还不到十六岁就嫁出去了。"

"长征家的丫头能和我小芹比?我小芹是凤凰。"

李喜春不屑地说。

"是是是，小芹是比那丫头强多了，先定下再说嘛，再过两年结婚也行啊。"

李喜春头摇得像拨浪鼓：

"我小芹书念得好呢，我小芹还要上大学呢。"

李喜春回绝了人家给小芹的提亲，思谋着小芹可不能一辈子这样窝在这个沙窝的小村子里，沙窝里的人没有一个能配得上我家小芹的。小芹书念得好，一定能考上大学的。大学生还能待在这种沙窝窝里？

只是李喜春没想到，没几天就有脏水泼在小芹身上，说小芹小小年纪就不学好，在学校里勾引男人，说有啥样的妈就有啥样的女儿，这叫上梁不正下梁歪。

这些话语传到李喜春的耳朵里，气得不行，可又没地方去出气，吃饭的时候就骂了出来：

"妈拉巴子的，我小芹就不是这样的人。"

女人冷笑一声：

"不是哪样的人？不是她妈这样的人？"

李喜春瞅女人一眼，气哼哼地放下饭碗，心里说哪有当妈的这样说话的。十几年情感的磨砺已经磨去了李喜春对女人的感情，没有了其他的想法。居家过日子，就是个吃饭睡觉了，至于睡在哪里，都还不一样。

"男人就没有一个好东西。"

女人骂道。

李喜春不再言语，点着一支烟抽完了出去。

然而李喜春更没有想到，他的宝贝女儿有一天突然就失踪了。人家都说李小芹跟着野男人跑了。

听到这个消息李喜春急火火地喊女人去镇子上找，学校说李小芹好几天没有来上课了，也没有和老师请假。学校证明了一点，没有谁看见李小芹和什么男性不正常地相处过。

"小芹，小芹，你在哪些呢？"

李喜春喊着女儿的名字找遍了镇子的每一个角落，就是没有小芹的消息。

小芹一直是独自一个人住的,女人在镇子上给她借了一间小房子,平日里学校回来就自己做饭,然后顶了门学习,很少和邻居们来往,什么时候失踪的邻居们都不清楚。

一连几天,李喜春不停地奔波着寻找女儿,镇子上的每一个犄角旮旯,镇子外的每一个沙梁沙疙瘩都被他细细地找遍了。可是,哪有小芹的影子。

女人一刻不离地跟在李喜春身边。可能早就预料到了这件事必将发生,女人看起来倒没有李喜春伤心,平日做惯主的她这回却是紧跟着李喜春东奔西跑,言语极少。

李喜春着急上火,嘴上起来一溜的水泡,平日木讷的他见人就问有没有看见他的小芹,看见和小芹一般高的女孩子就追上去看个究竟,然后问她有没有看到一个和她一般模样的女孩子。

该问的话都叫李喜春问完了,女人没有话说,只是一个劲地流泪。

李喜春最终没有小芹的一点消息,只得把希望寄托在派出所了,他当着那么多人的面给所长跪下了,涕泪俱下。

"无论如何你们得帮我找到小芹啊,小芹是个听话的娃娃。"

李喜春回到家里就病倒了,女人扶他躺在自己的炕上,做饭喂药照顾得很细诚。李喜春发高烧说梦话叫女儿的时候,女人忍不住趴在他身上放声痛哭起来。

李喜春病好了就不肯在女人的房子里睡觉了。

四十六岁的李喜春头发全白了。

李喜春没有听到女人在他生病时的痛哭,李喜春也没注意到在他又回自己屋里的时候女人在悄悄地抹眼泪。

李喜春丢掉了女儿。

更让李喜春心痛的是女儿小芹也背上了和她妈一样的烂名声。

"上梁不正下梁歪,没说错吧,有啥样的妈就有啥样的丫头。"

"才十六岁就跟人跑了,亏了李喜春把那娘母两个养活了这么些年。"

李喜春听了这些闲话,不免就对女人有了新的怨气。

茂密的扎干林

二十六

小芹失踪了，能陪伴李喜春的就是两个儿子了。

锁锁去了镇上小芹上过的中学上学，只有放假了才能回来。小锁还在村里上学。不同于姐姐哥哥喜欢和爹待在一起，小锁更依恋他妈，所以就得到了女人的溺爱。李喜春不会对小芹和锁锁说个"不"字，女人也不会拒绝小锁的任何要求。孤寂的女人把小儿子当成自己的精神慰藉。由而小锁就养成了好吃懒做的坏毛病。

不过，女人对孩子们的学习抓得很紧的，这点李喜春很在意。

女人是个有文化的人，这个李喜春知道。但是李喜春不知道女人的文化有多深，他奇怪小芹和锁锁中学课本上的东西女人都能看得懂，她能和儿女们一起讲书上的知识。

李喜春不识字，可是他尊重文化，尊重有文化的人。一个简单的道理，有文化就可以当村里的干部，就可以去城市里工作。他希望自家的娃娃们有出息，能当干部，能像书记那样给社员们读读报纸，说说国家的新政策。

显然女人比李喜春看得更远，女人对孩子们的学习要求很严格，即便是被她娇惯了的小锁，学习上一点也不敢马虎，考试考不好，不管是锁锁还是小锁都会被女人打屁股的。李喜春听着孩子们挨打哭叫心疼，赶紧过来护着孩子不让女人打。女人却说：你把你的地种好，教育娃娃的事不用你管。

女人说得也在理，李喜春心疼归心疼，就不再管。

女人也不是完全不顾李喜春的感受，打孩子的次数渐渐少了。可孩子们对她还是惧怕，学习上也就肯用功了。

女人对孩子的学习是下了工夫的，自打小芹和锁锁上学以来，每天放学，孩子们总是先去找李喜春，帮爹干些能干的活，和爹说阵子学校里的趣事，待到吃过了饭，姐弟几个就乖乖地趴在小炕桌上做功课，女人一边给孩子们讲解，一边不停地纳鞋底。这些李喜春在窗子外头看得很清楚。女人的身世是个解不开的谜，书上的东西好像没有她不会的，这些年来，她没少收拾队上的报纸和旧书，这些东西在一般的庄户人家都做了鞋样子或者卷着抽了纸烟，在她眼里可就成了宝贝，一字不落地全都看完了。不光这些，孩子们的课本她也都看完了。女人给了李喜春太多的谜，不过李喜春是在心里想事的人，女人不说，他就不问。或许，知道了还不如不知道的好。

女人从不当着李喜春的面做鞋，晚上屋里亮堂，李喜春在外头就看见了女人做营生，鞋底很大，显然是给男人做的。但是自从李喜春穿了长征老婆做的鞋回来，女人就再没给他做过鞋。

李喜春不晓得女人给谁做鞋，但是鞋不是穿在自己脚上的，李喜春心里就有气。

他曾经假装不经意地端详过村里每个男人的鞋，似乎都不是女人做的，又都像是女人做的，女人们做的鞋都就那么个样子，也只有女人们才能分得清。

锁锁上小学的时候，每天黑夜写完了作业就跑来钻进李喜春的被窝，搂着他的脖子睡去。儿子睡在自己怀里，给李喜春枯燥的心带来一点点的慰藉，他端详着儿子，这个不知道自己亲生父亲是谁的孩子在他怀里睡得那么香甜。李喜春经常仔细地端详两个儿子，和村上传说跟女人有那事的男人的相貌一个个对照，看看儿子到底长得像谁，知道儿子到底是谁的种。俗话说谁家经幼的孩子就像谁家的人，李喜春怎么看孩子模样儿都像自己，心里就多了一份慰藉。

小锁也开始耍滑头了，渐渐摸出条规律，每天放学先去找爹叙话妈是不会阻拦的，和爹扯东扯西地磨蹭到吃饭，有时候也给当爹的制造点麻烦帮个倒忙他都不会生气，乐呵呵地摘个时令瓜果给他，然后爷儿俩相跟着回家吃饭。

李喜春当然知道，小锁不如锁锁那么实诚，小锁性子浮，放学就来地里是不想急着写作业，贪玩呢。这是每日父子间交流的好时候，李喜春乐得看孩子撒欢儿。

自从丢了小芹，李喜春便对两个儿子分外地在意起来，小锁放学没按时回家他就着急，少不得丢下手里的活计去学校里找一趟，待从学校绕一圈回来，儿子却在地里瞎折腾呢。父子俩相视嘿嘿憨笑。

李喜春去镇上也去得勤了，有顺车就搭乘去看锁锁，小芹失踪使他懊悔，自从小芹上了中学就不曾去镇上看过，如果看护得紧一些，也就不至于跟人走了。现在锁锁也上中学了,李喜春尽可能地弥补做父亲的不足。这事本来都是女人来回跑,她去她的,我去我的,娃娃不光有个妈,还得有爹疼着。况且李喜春对女人也有怨气的,小芹上学就是女人来回跑着看的,谁知道就给跑丢了。

再说,李喜春的脑子里总忘不掉人家指指点点地说上梁不正下梁歪的话。这话让他抬不起头来,他不怨说这话的人,反倒认为这话也有一定的道理。为此,他更加努力地和儿子们交流,希望他们受女人的影响小一些。

女人看李喜春去镇上看望锁锁跑得勤快,也就不再去了,对他女人很放心,老子教不坏儿子的。

其实女人是怎么想的,除了她自己谁也不知道。

夜深人静的时候,女人经常在院子里徘徊,她也在李喜春的窗根前驻足,听他雷鸣似的鼾声。李喜春去地里干活的时候,她总是怅然若失地注视着他的背影,忍不住地叹气。

二十七

初中毕业那年锁锁十六岁,没有报考中专,也没有报考师范。

锁锁告诉父母,他不去上高中了,打算帮爹在地里干活。

女人的惊愕不亚于当年小芹失踪的噩耗,半天没缓过神来。

"你说啥?"

"我不想念书了,我念不进去。"

锁锁躲避着母亲的目光。

"你胡说,你在班上是前三名,你当我不知道?你念不进去谁还能念进去?"

"妈,是我不想上学了。"

"那你说,你干啥不想上学了?"

"就是不想上了嘛,我们班好多人都不上了,上学太累。"

女人拿起炕上的笤帚疙瘩兜头朝儿子身上打去:

"你还有理了你,再人辛辛苦苦地供你上学多不容易,还把你给累着了,打你个不上进的东西。"

奈何儿子长大了，躲闪着出溜一下就跑了出去。

整个假期难得看见锁锁清闲的时候，每天天不亮就跟着父亲下地去，像模像样地和父亲干一样的活，俨然一个小男子汉。一个假期下来，锁锁的脸庞晒得黑亮黑亮的，胳膊上的肌肉疙瘩也显出来了，浑身透着年轻的刚阳。

在女人看来锁锁和他爹越来越像了，话语不多，性子柔顺，做活踏实，不说胳膊上的黑腱子肉，就是表情也像得很，遇事憨憨地一笑，没有一点心机。再就是那个大肚子，半大小子吃死老子，锁锁和他爹一样的大肚皮，饭量特大，几乎赶得上他爹年轻时候了。女人看儿子的时候眉眼儿都在笑。

让女人心不安的是整个假期锁锁都没有说过上学的事，书本似乎被他彻底地忘在脑后了。女人叫他复习功课，他反过来一句都毕业了还看那些干啥呀，然后冲她嘿嘿一笑就去他爹那屋了。

眼看就开学了，锁锁还是没有动静。

女人沉不住气了，有天就没让锁锁跟他爹下地去。

"过两天就该去上学了，你咋现在还不做个准备？"

"妈，我不是早就跟你说了吗，我不上学了。"

"妈从小就督促你们姐弟好好学习，为个啥你知道吗？"

"妈，我没忘你的话，我好好学习了。"

"可你现在不想上学了。"

女人在儿子对面坐下。

"你不考中专，不考师范，我还思谋你一心想考大学呢。你比人家的孩子能下苦，学得也踏实，我知道你肯定能考上大学，谁知道你突然给我来个不想上学了，你说咋能不让人心寒呢。"

"妈，我就是不想上学了。"

"你太让妈失望了，你不知道妈的心思啊。你想像妈这样一辈子蹲在这个小村子里吗？儿子，妈要让你抬起头活人，外头的世界大得很呢，沙窝里本来就不是我们待的地方啊！要想出去就只有考试这一条路。"

"妈，我知道，这些道理我都懂，可是我喜欢咱们的村子，我喜欢下地干活，我能干，妈，我真的不想上学了。"

"没出息的东西！"

女人抬手打了儿子一个耳光。

"你对得起你妈吗？"

女人没想到儿子犯了犟劲，脸扭过一边，脖子通红，咬着牙说了一句：

"可我对得起我爹。"

猛地听到这话，女人不由身体一颤，这话若是别人说也就罢了，就当别人放屁，可是自己的儿子这么说了，震动了女人那根脆弱的神经，无力地跌坐在地上，眼泪顷刻间就流了下来。

锁锁吓了一跳，赶紧抱住母亲，颤声问道：

"妈，妈，你咋了？你咋了，妈，妈？"

女人摇摇头，注视着儿子。

"锁锁，你恨妈吗？"

"不，妈，我抱你起来。"

锁锁把女人扶坐在炕上。

"那就听妈的话，去上学吧，考上大学就能走出沙漠了。妈也知道，妈的名头不好，给你们丢脸了，妈还指望你带妈出去。"

"妈，你说的我都知道，可是，我爹呢，我爹太苦了啊。"

锁锁握着母亲的手，首次向母亲敞开了心扉。

"妈，我们家的事我全都知道，我们几个从小就叫人骂成是个野孩子，为这个我和小锁没少和人家打架，我们不是野孩子，我们有爹有妈，我们有家。妈，我们不是野孩子，妈管着我们，爹护着我们，我们很幸福。可是，妈，爹过得太苦了啊，他唯一的快乐就是我们回来陪着他的时候，姐姐失踪了，爹连话都不说了，我现在如果走了，爹就更加寂寞了。妈，爹还不到五十岁吧，你看爹没有一根黑头发了，爹一个人养活我们一家人，爹太累了。妈，爹从来不算账，也不管家里的账，可是我知道，这些年来爹为我们姐弟三个上学太辛苦了。妈，你看我们村上家家都在买手扶拖拉机种地了，可我爹还靠二牛抬杠种三十来亩地，妈，你看我爹的手，老茧厚的像个硬板板，拳头都握不来了，这样下去过不了几年爹就不能劳动了。妈，我不说你们大人的事，可我知道，我爹心里苦闷得很，自从姐姐出事，爹就跟痴呆了似的。你一开口就骂爹是窝囊废,妈,你想过没有,爹是个男人,干啥就能容忍你这样骂他,如果是外人这么骂他,爹肯定会和他拼命的,妈,爹是为了这个家啊。我爹真的太苦了,妈。"

锁锁这个小男人在和母亲说到爹的时候眼里就涌了泪,女人注视着儿子,儿子含泪的双眼像两颗闪亮的星。

"妈,姐姐给我来信了。"

锁锁看着母亲的眼睛。

女人又是一颤,握紧了儿子的手。

"姐姐说她想你,想爹,她想回家,可是怕你生气。"

女人眼泪长流,呆呆地注视着窗外。

"妈,姐姐的事不该连爹也不说啊,爹太伤心了。"

"答应妈,这事先不告诉你爹,行吗?"

"我没说,姐姐也让我多帮爹干些活,姐姐说等她挣钱了,她供我和小锁上大学,这样爹就不会太累了。"

"我的女儿长大了,我的儿子也懂事了。"

女人含泪把锁锁搂在怀里许久,抚摸着儿子的头发:

"锁锁,这就是你不上学的理由吗?"

"妈,我也长大了,我帮爹,爹真的太累了,我能干地里的活。"

"可是锁锁,这样你就太亏了,你学习好,脑子聪明,你能考上大学的。"

"妈,上不上学都无所谓,我不能让爹累垮了,小锁也上中学了,妈,爹会累死的。"

"那你去上学,妈和你爹种地供你们上学,我就想我的娃娃们都考上大学给他们看。"

"妈,你哪能下地呢,你从来不说,可我和姐姐知道,你身体有病,根本就不能干重活的。"

女人再次把儿子揽在怀里。

"我的儿子,你真的懂事了。可是你太小了,妈不忍心你受苦,你不考大学妈也不甘心哪。"

"妈,只要能让妈过得好,能让爹不太累着,妈,我愿意。我不考大学,姐姐和小锁都能考啊。"

"我的儿子，我的儿子。"

女人紧紧地抱着儿子，亲吻着儿子的头发喃喃地说：

"苦了你了，我的娃娃。"

二十八

李喜春并不知道女人和儿子说了什么，只是奇怪儿子自此就不去上学了。

"锁锁，你不念书了？"

干活的间隙，他问。

"爹，我不念了，我念不进去。"

"哦。"

李喜春坐在地埂上，抽烟。

"还说你能考个大学呢。"

"爹，你想让我考大学啊？"

"考大学好啊，有文化好啊，你妈就有文化呢。"

"爹，种地也好啊，你看我的身体多结实。"

锁锁说着握紧拳头展示他胳膊上的肌肉，冲他爹做个鬼脸。

"你不上学，你妈同意？"

"同意，我不上学可以帮爹干活，我可以科学种田啊。"

"我看你妈就不是这个意思。"

李喜春掐住烟头猛吸两口，在锹头上蹭灭了。

"爹，我念不进去了，一看书就头痛，再念高中还是瞎花钱，还不如早些帮你干活呢。"

"嗨，念不进去就不念了，种地也不差，地里养人呢。"

"嘿嘿，我就和爹一起劳动。"

从此人们就经常看到李喜春父子俩每天一起在地里劳作的身影，儿子就像是他的影子，时时跟着他，父子间的话语多了，儿子天真无虑的笑声时不时在地里响起，李喜春的脸上绽开久违的笑容。

到底是念了几年书，锁锁的思想就不像老辈人那么保守。锁锁琢磨着村里家家户户的种植都以小麦玉米等粮食作物为主，品种单一限制了家庭收入，从而制约了村里整体经济水平的发展。锁锁去村里和干部们商量，是不是改变一下种植模式，带领村里人多种植经济作物。

然而在队长和书记眼里，像锁锁这样的小毛孩的想法太简单，简直就不值一提。

张三队长就一句话：

"嘴上毛还没长上呢，就想吃天了！"

书记倒好态度：

"小小年纪能想大事，不简单，回去和你爹好好研究研究吧，说不定你还能做成大事情呢。"

虽然在村里碰了壁，锁锁并不灰心，这就是年轻人的心劲，敢想敢做敢闯。

回家和爹妈商量，先试种几亩地的西瓜，到时候拉到镇子上卖。将近一万人的镇子，所有的生活用品都依靠外运，瓜果蔬菜很少，村子又是距离镇子最近的一个农业村，应该能消化掉的。

李喜春有些犹豫，现在队上开会少了，从前队上经常开会说发展经济以粮为纲，不种粮食作物去种经济作物，能有收成吗？

女人支持儿子。

"男子汉不能光嘴上的劲杖，想了就要做，做就要做好。"

李喜春就不再说话，放手让儿子去做。

但是在沙地里种西瓜村里是没有尝试过的，虽然只试种了两亩地，父子俩却付出了更多的艰辛。

功夫不负有心人，7月份，西瓜长成了，锁锁雇人家的拖拉机拉去镇上卖，很快被抢购一空，两亩地的西瓜净利润居然有两千多块，是粮食作物的三四倍，在村里引起轰动，人们都对这个初出茅庐的男孩子刮目相看了。一家人更是乐得合不拢嘴。

有了一次成功的经验，锁锁的劲头更足了，次年开春的时候，和他爹商量着多种西瓜，种上十亩，如果收成好，赶秋天就能买辆小四轮了。

虽然村上也有跟风种西瓜的，对锁锁的十亩地西瓜的销售却没有什么影响，镇子上的需求超出了他们的预估，依然是供不应求。

李喜春一家人从来没有见过这么多的钱，看儿子将大把的钞票交给他妈时兴奋的脸庞，李喜春从没有过的开心，儿子长大了，儿子长能耐了。

二十九

灾难降临的时候往往就没有征兆，李喜春怎么都没有想到，他将承受一次更大的打击。

锁锁去卖最后一趟西瓜后就再也没有回来。

拉瓜的拖拉机在半路上出事了，车斗反扣在路边，车斗上的七八个人都被摔了出去，其他人没什么大碍，偏偏锁锁就再也没有醒过来。

李喜春痴呆呆地坐在锁锁的坟前。

按地方习俗，锁锁没有下葬，用土坯砌了个泥坟。只有若干年后父亲死了他才能和父亲一起入土。

儿子没了，李喜春像是被抽走了根骨，浑身没有了一点力气，眼泪也已流干，昏花的眼睛呆呆地注视着刚刚砌起的泥坟。

我的儿子，我的儿子，我的儿子只有十八岁啊！干啥走的偏偏是我的锁锁？

李喜春心里痛如刀绞，有太多的话要说，有太多的感情要倾诉，但是，李喜春一句话都说不出来。

女人仍在放声痛哭，从听到儿子噩耗的那一刻起，女人就没有停止过哭泣。

"锁锁我的儿呀，你咋就走了呢，你咋就忍心不要妈了呢，我的儿呀，你才只有十八岁啊，你死得冤哪……我的儿呀，你咋就忍心走了呢，谁来给你爹送终啊……"

女人哭得悲切，李喜春看在眼里，却一句话都不说，木呆呆地注视着阴阳两隔的儿子的坟墓。

李喜春想不明白，自己到底是上辈子做了什么孽，老天这样地惩罚，让他两次失去了孩子。人生最大的悲伤事莫过于白发人送黑发人，怎么就偏偏让我李喜春遇上了呢，先是丢了女儿，现在又折了儿子。老天，你太不公平了啊！我可怜的两个娃娃啊！

李喜春仰望苍天，毒日头灼烤着他的双眼，血往上涌，一阵目眩，几乎摔倒。

自此李喜春做什么都没了心劲，锁锁的死对他而言是致命的打击，从此没有了说话的伴儿，没有了将来的依靠，连同生活的指望也都没有了。

但是，即便是生活没有了乐趣，李喜春也得打起精神去劳作。

女人烟抽得凶了，咳嗽也越厉害。李喜春去村上的大夫跟前问过女人的病，女人过去太好强了，月子里少了照顾，又不得不去挣工分养活孩子，所以就落下了病根。

小儿子也上高中了，给他妈娇惯了的，受不得农田里的苦，学习倒还上进，学校老师们都说他一定能考上大学，所以就得好好地供他念书。就是他想回来种地也不让回来了，锁锁本来也是上学的好材料，叫这个家给拖累了，最终没了命。再不敢耽误小锁了。

没了锁锁，西瓜是种不成了，种瓜是个细活儿，李喜春一个人种不了，就算种成了也没有人去镇上卖，他分不开身，也算不来账。锁锁没白活啊，给村里人家摸索出了一条致富的路子，村子逐渐发展成了一个西瓜种植基地，西瓜甚至销售到了北京广州。村里人都记着锁锁的好呢。

李喜春的身体一天不如一天了，地里的活儿总是干不完，种不了经济作物，只能反过来再种粮食，这样，收成就跟不上别人家了。李喜春心里气恼，一辈子干啥事还不如人家了！但是不服不行，自己老了，二牛抬杠的传统种植方式赶不上小四轮的机械化种植了。

李喜春怀念锁锁帮自己种地的那段日子。说白了，李喜春是留恋和儿女们在一起的日子。

三十

听到李喜春死在玉米地里的噩耗，女人一时没缓过劲来，一个失手，刚刚做好的一锅饭全都扣在灶膛里，"噗"的一声，腾起一股灰雾，呛得女人和来报信的人满脸满身的灰尘。

"你说啥？"

女人颤巍巍地抓住来人的胳膊。

"喜春大爹死了，死在玉米地里了。"

"啊——"

女人哭叫一声，朝地里跑去。

人们把李喜春从水渠里抬出来，平放在地埂上。李喜春双眼紧闭，就似平日睡熟了的模样。

"他爹，他爹，你醒醒啊！"

女人一来就扑在李喜春身上，哭喊着使劲地摇晃他。

"他爹，你醒醒啊，他爹啊，你不要我了吗？锁锁不要妈了，锁锁走了，你也不要我了吗？他爹啊，你说过的，你要我一辈子的，你会照顾我一辈子的，你咋就走了呢？他爹啊，你咋就不要我了啊……"

李喜春被抬回了家，女人让人把李喜春抬到她住的屋里，让所有的人都出去外头等着。

女人亲自给李喜春擦洗了身子，看到他肚子上的那道伤疤，女人放声大哭，她俯下身亲吻疤痕，把自己受伤的脸紧紧地贴在那里，这道伤痕让她永远不能释怀，这道伤痕剪断了夫妻的情分，为此她自责了十几年。十几年来她无时无刻地在想着怎样能让这道疤痕不留下痕迹，可她从来就没有看到过这道疤痕，现在她终于看到了，可这个每日在一起生活却依然让自己魂牵梦绕的人却永远地离开她了。活着你不肯原谅我，死了总让我好好地看看你吧。

女人一边哭着，一边仔细地给他擦洗着身子。当年也曾这样给他擦过身子，可当年是火热的身躯，现在却变得冷冰冰没有一点知觉了。

女人打开炕上的红箱子，取出新崭崭的衣裳给李喜春里外换上，还有鞋，女人亲手做的布鞋是李喜春最合脚的鞋。

李喜春终于又穿上女人亲手做的鞋了，可惜却是在死了之后。李喜春不知道，女人只给他一个男人做过鞋，这个世上也只有他李喜春才能穿上女人做的鞋。

女人给李喜春穿戴整齐才开了屋门。邻居们来了，李喜春唯一的朋友茂林也来了，队上的干部们也都来了。进屋看见了安详得睡着了一样的李喜春，茂林和王家弟兄泣不成声。

茂林问女人后事该怎么处理，他去招呼村里人来帮忙。

女人却说先不忙，李喜春还有个心愿未了，她要给他了了这个心愿。

然后，女人打发走了满屋子的人，她要一个人安静地陪着李喜春。

人们不明白女人到底有什么打算，女人一生行事都透着神秘。

书记安顿茂林，其他的事先放下，就专门办李喜春的事，看女人的情绪不对头，看着些，别让想不开了。

三十一

就在李喜春死去的第三天下午，村子里突然就来了三四辆轿车，轿车径直开到了李喜春家。

村里从来没有来过这么多的高级车，人们不约而同地来李喜春家看稀罕。男女老少十几个人见着女人就哭开了。一个年轻的姑娘喊一声"妈"，扑在女人怀里放声痛哭。村里人眼尖，那姑娘不就活脱脱女人刚来村里时的样子吗。

李小芹！

真的就是李小芹！

李小芹压根就没有失踪！

这些人不消说就是李喜春女人的娘家人了，原来女人娘家人在城里做大官哪。村里人对这家人的行事理不出个头绪。

李小芹和李小锁披麻戴孝挨家挨户地跪请村里的人帮忙发送爹爹。人们的兴致不在李喜春逝去这件事上，对李小芹的突然出现充满了好奇，李小芹年轻秀美，一点不逊于她妈年轻的时候。女人的身世本来就是个谜，现在李喜春死了，失踪的女儿也回来了，女人的娘家人也都来了。村里人知道，揭开谜底的时候到了。

李喜春的葬礼是在他死后的第五天办的，全村男女老少都来了，李喜春睡在朱漆的大红棺材里，被人们抬到了村西的沙岗上。生的时候卑微落寞，死了却极其尊荣。

让人不明白的是，女人一再嘱咐茂林，把炕上的那两个红箱子也一同抬到坟地上去。箱子里盛的是什么？人们充满了好奇。

头天茂林就领人打好了两孔墓穴，李喜春和先他死去的大儿子锁锁一同下葬。

女人和李小芹李小锁哭天抹地地趴在棺材上死活不让棺材下坑，娘家人强行拉开他们。

女人叫人搀扶着颤巍巍地绕着墓穴里的两口棺材走了一圈，然后捧起一把土轻轻地撒在棺材上。

茂林使个眼色，书记吆喝一声"盖土啰"，首先拾起锹夯土，于是，青壮年们也跟着朝墓穴里填起土来。

女人一声悲号"他爹——"

突然止了声，昏死过去。

待女人悠悠转醒，地上已经多了两座新坟，人们扯了绳子两头圆坟。

女人掏出钥匙让茂林打开了两口箱子，人们惊奇地睁大了眼睛。居然是满满两箱子新鞋，鞋子很大，只有李喜春的大脚才能穿上。

女人嘶嘶哀哀地点着了烧纸，然后把烧着的纸丢在了那几十双崭新的鞋子上，布做的鞋子立马就燃烧起来。

三十二

复三这天一早茂林陪着女人和儿女去了坟上，女人让小芹和小锁亲自去给父亲兄弟的坟上填土。

女人坐在坟前凝视着坟头，神情特别专注，仿佛要看穿坟里头。

晨风吹乱了女人的头发，一行清泪缓缓地顺着脸颊淌下。

"他爹，我知道你恨我，是我坏了你的名声，我也坏了娃娃们的名声。可是，他爹，好多事你不知道啊，你们村里没几个好人啊！他爹，你不知道我的身世，起先我是不想和你说，我谁也不想说，可是，后来我想和你说的时候，你不给我机会啊。现在，你听不着了，我还是要和你说，我求你在那边不要怨我，等我再去找你的时候，你不要不理我……"

"他爹，我本来是个下乡知识青年，在另外一个公社，和我一起的还

女人嘶嘶哀哀地点着了烧纸,然后把烧着的纸丢在了那几十双崭新的鞋子上,布做的鞋子立马就燃烧起来。

有几个同学，我和一个同学恋爱了。可是，我的出身不好，他去上工农兵大学就再也不和我联系了，我又怀了孕，在那边也不能待了，同学让我来投靠她的远房亲戚，就是你们村的张队长。他爹，你不知道啊，队长自见了我就没存下好心，第一个害我的就是他，你还把他当恩人看。他爹，说真的，一开始我没看上你，我是个高中生，你连你的名字都不会写，又穷得叮当响。可我再没有办法呀，我没处可去，只能就和你在一起了。可是他爹，你虽然模样粗鲁，心却细诚，我生小芹那阵，你照顾我让我好感动，那时候起，我就打算和你过一辈子了。他爹，我们的命不好啊，你每次去深井上，就有人来欺负我，我不敢脱掉衣服睡觉，我只能拿棒子打，用刀子吓唬啊。他爹，你说过，过个把月就回家来的，可我就是等不到你来，我打不过人家，就叫队长霸占了。村里人都知道这事，就没有人敢再来欺负了。他爹，我是每天盼着你回来，又怕你回来啊……"

"他爹，你和羊群上女人的事我听说了，我不相信，可你就偏偏穿着人家做的鞋回来了。我生气了，我真的生气了，我死心塌地地打算和你过日子的时候你怎么能这样呢？我捅了你一剪子，捅得我心疼啊，我好后悔，我恨自己咋就真的下了手。他爹，你不知道，你在王家养伤，我每天晚上都在他家窗根底下听你的声音呢。我没有想到一剪子毁掉了我们夫妻的情分。他爹，我好后悔啊……"

"他爹，你招呼也不打就又去了深井上，我天天哭着盼着你回来，可你就是不回来，连个音信也没有，我想去深井上看你，可我不敢去队长那里请假，我怕又落虎口。再说，两个娃娃也太小了，我不能丢下他们不管啊。他爹，我病了一场，小锁就是那时候有的，我不知道小锁是谁的，我发现又怀孕了的时候，我死的心都有啊，可是，你不回家，两个娃娃咋办啊。他爹，我脸上的伤是我自己用剪子划的，就是捅了你的那个剪子，我知道没脸见你了，就把脸划了，破相了就该安生了……"

"他爹，你回来了，我心里高兴，可是你不来屋里住，一个人住在凉房里，他爹，我心疼啊，你看都不愿意看我了。他爹，你不知道，黑夜里，你和锁锁睡着的时候，我就在你的炕头前看你的睡相，听你打呼噜。你一个人在地里受苦，我也心疼，可是，生两个小的时着了风，没有人给我看娃娃，

245

等我收工回来，娃娃们全都拉了裤子，我白天上工，黑夜还得照看娃娃，洗他们的脏衣裳，我多希望你能来帮帮我啊，可是我流干眼泪你就是不来，来了还不要我了。病根就是那时候落下的。你不在的时候我还能挺着去上工，你来了我就散了架了，啥事都干不动了……"

"他爹，小芹是我送走的，去城里我哥哥家里。你不知道，咱村里有人打小芹的主意呢，小芹一个人在镇上上学也不得安生，我怕啊，我怕小芹和我一样的命运。我也怨你啊，你保护不住你的老婆，我也怕你保护不住丫头啊。所以我让小芹去舅舅家，没敢给你说。我也是成心不想给你说，好不容易等你回家了，你却不要我了，整天和娃娃们有说有笑的，我生你的气呢。丫头丢了，看你在镇上丢了魂似的到处找，我难受啊，忍不住就要给你说了，可你去派出所报案了，我怕节外生枝就没有说。现在可以和你说了，小芹大学已经毕业了，本来就打算这几天回来看你，让你高兴，可是，他爹，丫头回来了，你却不在了。我知道你怨我呢，丫头也在怨我呢。都是我的错啊……"

"他爹，我是从城市来的，我的出身不好，那时候爹和哥哥都挨批斗，我不能返城去，一起下乡的知青都返城了，可我回不去，我有家不能回，你就是我唯一的靠山啊！后来，爹和哥哥平反了，好不容易找到了我，那时候你在深井上，我捅了你一剪子，我愧疚，我放不下你，所以我没跟哥哥回城里，为了你，我留下来了。可是他爹，我没想到你回来就不要我了，他爹，你怨恨我，我知道，可我伤心你知道吗……"

"他爹，三个娃娃都不是你的，你都当自己亲生的养着疼着，我心酸，我也高兴，我想给你生一个你自己的娃娃，可是他爹，造化弄人呢，我没给你养下，我心里也憋屈啊。我告诉三个孩子，你是他们的爹，他们就你一个爹，从小就让他们和你在一起，为的就是不让你寂寞，老了有个靠头。锁锁心疼你，自己不去上学了，他爹，你知道不，锁锁脑子聪明，肯定能考大学的，为了这个家，他不去上学了，谁知道，我娃就把命也搭进去了。他爹，你现在就和锁锁在一起了，我虽然还有小芹和小锁，可我心里疼呢，我想着我们一家人能团圆，他爹，你没这个福分哪，我也没这个福分，一辈子就是个心疼的命……"

"他爹，你能听到我说的话吧，你能听着，你和锁锁都能听着，就让锁锁陪着你吧，你们爷俩在一起也不寂寞了。他爹，我要走了，和小芹小锁去城里住了，你在这里，每天能看着你，心里还实在，可是你不在了，我心里堵得慌，我不爱这个地方，真的，要不是有你，我早就走了，我讨厌这里的人。他爹，我想你，我会经常来看你和锁锁的。等我老下的时候，我让儿子丫头送到这里来，和你埋在一起，他爹，活着的时候你不要我，死了你可不能嫌弃我啊……"

女人烧完带来的最后一张烧纸，拉着儿女默默地磕了几个头，缓缓地起身。

汽车尖锐的喇叭声在荒漠里响起，女人回头注视着两座新坟渐渐地远去……